異世界迷宮の最深部を目指そう
15
Aim the deepest part of the different world labyrinth
割内タリサ
イラスト／鵜飼沙樹

『――『私は旗を掲げる』』

登場人物（千年前）

異世界迷宮の最深部を目指そう 15

割内タリサ

OVERLAP

異世界迷宮の最深部を目指そう

登場人物紹介

ラスティアラ・フーズヤーズ

聖人ティアラの再誕のために用意された魔石人間。

相川渦波《あいかわかなみ》

異世界に召喚された少年。次元魔法を得意とする。

スノウ・ウォーカー

何に対しても無気力な竜人だったが、最近は少し前向き。

マリア・ディストラス

カナミの奴隷。家を燃やした子。アルティと融合し、力を得た。

ディア

魔法を得意とする少女。シスの魂と分離し、自身を取り戻した。

セラ・レイディアント

ラスティアラに忠誠を誓う青い狼の獣人。男性を苦手としている。

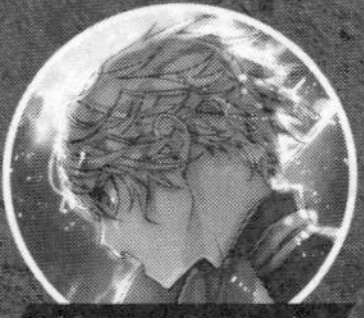

ライナー・ヘルヴィルシャイン

自己犠牲の精神が強い少年。カナミの騎士として付き従う。

グリム・リム・リーパー

呪いから解放された『死神』。カナミの癒やし。

パリンクロン・レガシィ

天上の七騎士。いくつもの策謀にカナミを陥れるも、敗北を喫した。

聖人ティアラ

再誕の機会はあったものの、現代の若者に力を託して消えた聖人。

ラグネ・カイクヲラ

天上の七騎士《セレスティアル・ナイツ》・総長。舞闘大会で魔石に異様な執着を見せた。

理を盗むもの

『未練』を持つ迷宮の門番たち。

十階層

【十守護者】火の理を盗むもの
アルティ

二十階層

【二十守護者】闇の理を盗むもの
ティーダ・ランズ

三十階層

【三十守護者】地の理を盗むもの
ローウェン・アレイス

四十階層

【四十守護者】木の理を盗むもの
アイド

五十階層

【五十守護者】風の理を盗むもの
ロード・ティティー

六十階層

【六十守護者】光の理を盗むもの
ノスフィー・フーズヤーズ

七十階層

【七十守護者】血の理を盗むもの
ファフナー・ヘルヴィルシャイン

八十階層

【八十守護者】無の理を盗むもの
セルドラ・
クイーンフィリオン

九十階層

【九十守護者】次元の理を盗むもの
ノイ・エル・リーベルール

最深部

【百守護者】■の理を盗むもの
■■■■・■■■

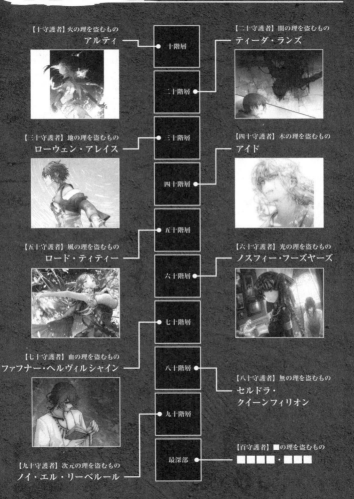

CONTENTS

イラスト／鵜飼沙樹

1．物語の主人公

眠り続ける妹陽滝《ひたき》を『木の理《ことわり》を盗むもの』アイドから取り戻したあと、僕はラスティアラと『告白』し合い、ついに結ばれた。そして、陽滝の覚醒のために、使徒ディプラクラが封印されている世界樹《ユグドラシル》の大聖都に向かって、航海が始まった。

その異世界で最後となるはずの『冒険』の旅は、順調のはずだった。

大聖都に辿《たど》りついた先では、かつての仲間たちと無事合流することができた。その仲間の一人であるマリアが、厄介な敵である『光の理を盗むもの』ノスフィーを既に捕縛してくれていた。世界樹《ユグドラシル》には門番のように『血の理を盗むもの』ファフナーが待ち構えていたが、すぐに友好的な関係を結ぶことができた。

最後の『冒険』の旅に綻びが生まれたのは、ファフナーとの決戦前に『闇の理を盗むもの』ティーダの魔石を保有するシアちゃんと接触を図ろうとしたとき。

僕の友人である四大貴族シッダルク家の当主エルミラード、元『天上の七騎士《セレスティアル・ナイツ》』総長ペルシオナ・クエイガーさん、現『天上の七騎士《セレスティアル・ナイツ》』セラさん、黒の『魔石人間《ジュエルクルス》』ノワールちゃん、『最強』の探索者グレン・ウォーカーさん。この五名がノスフィーの『光の理を盗むもの』ならではの魔法で心を弄《いじ》られ、僕の敵に回った。

その上で、ノスフィーは捕縛から解き放たれ、僕たちの拠点である地下街からも脱出されてしまう。さらには、ラスティアラたちがいるはずの地下街からは、地上まで届く火柱が昇っている――という、もう最悪としか言えない状況の中で、僕は優先順位を付けるしかなかった。

そして、何よりもラスティアラと仲間たちの安否を僕は優先した。

この惨状を引き起こしたノスフィーと洗脳されたみんながフーズヤーズ城まで逃げるのを見送って、僕は空に昇る火柱を目印に駆け抜けていく。数分後には、地下街への入り口まで辿りつくことができた。

その入り口の穴からは炎が猛々《たけだけ》しく迸《ほとばし》り、いかなる来訪者も拒んでいたが、同行してくれている仲間ライナーの風魔法で払い避けつつ、強引に突き進んでいく。

焼けついた石の階段を踏んで、炎で肌を焦がしながら地下に降りていくと、変わり果てた地下街を目に入った。その激変した風景に驚き、息を呑《の》む。

「…………っ!?　こ、ここまで……!!」

朝は無事だった地下の街並みが、完全に破壊されていた。

並んでいた家屋は軒並み崩れて、半分以上が廃墟《はいきょ》となってしまっている。壁の破片が散乱し、折れた屋台骨が剝《む》き出しになり、多くの木材が炭と化していた。

そして、その崩壊した地下街の空には、あるはずのない太陽が一つ燦々《さんさん》と輝いていた。

それは街で燃え盛る炎の光を呑み込むほどに明るい太陽。

本来ならば、地上の空の果てにしかないはずの光度が、この狭い地下街に収まっていた。

その明るさが自然のものではなく、魔法所以《ゆえん》のものであるのは一目で分かった。なにせ、真昼の地上以上の明るさに、目を開けていることすら困難だ。

――地下街は崩壊し、火炎に満たされ、人を害する太陽が輝いている。

その状況確認が終わったとき、陳腐な比喩だが「地獄」という言葉が頭に浮かんだ。

それは隣に並ぶライナーとラグネちゃんも同じのようだ。二人は大汗を垂らし、目を細めて、半歩後退《あとずさ》っている。この地下街の奥に進むことを、生物としての本能が嫌がっているのだろう。

しかし、ノスフィー追撃を断念してやってきた以上、ここで撤退を選ぶことだけは許されない。僕たち三人が意を決して、前に歩き出そうとする――そのとき、近くの建物の影から声が届く。

「――え!?　お、お兄ちゃん！　戻ったの!?」

ぬるりと近くの影から、拠点の屋敷にいるはずのリーパーが這《は》い出てくる。

続いて、彼女の手に引かれて、眠る僕の妹陽滝も出てきた。

二人の姿を確認して、僕は本当の最悪の状況ではないと、安心しつつ声を返す。

「リーパー!!　陽滝も無事だったんだな……！　良かった……！」

「うん……。アタシは妹さんの安全と退路の確保をしてたんだ。それでここにいたの」

「ナイス判断だ、リーパー！　それで、あれからどうなった!?　僕が屋敷を出てから、何があってこうなった!?」

「ど、どうって……。お兄ちゃんたちが屋敷を出てから、本当に色々あって……。まずセラお姉ちゃんが屋敷にやってきて……、その隙にスノウお姉ちゃんのお兄さんの……グレンさん？　その人が私たちの食べ物に変な毒を混ぜてて……。みんなが弱ったところに、ノスフィーお姉ちゃんが光魔法を使って……。でも、それはみんなに対して効いてなくて……、えっと、それで……――」

僕がいなくなってからの出来事を、リーパーは順に話そうとするが上手《うま》くいかない。

その様子から、アクシデントが続け様に起こったことは理解できた。

すぐに僕はリーパーの説明を遮り、その肩を掴《つか》んで要点だけを訴える。

「どこに僕は行けばいい!?」

時間が惜しいことだけは間違いない。それをリーパーも理解してくれているのだろう。遮られた話を繰り返すことなく、手を顎に当てて考え込み――数秒後、この場で必要な要点だけを答えてくれる。

「……色々あるけど！　真ん中で争ってる四人を止めるのが何よりも先だと思うよ！」

「真ん中!!　よし、僕は行ってくる！　リーパー、おまえはここで陽滝を頼む！」

「うんっ、そうする！」

そのやり取りを最後に、すぐさま僕は走り出す。

地下街の中心部を目指して、ライナーとラグネちゃんの二人を引き連れて、真《ま》っ直《す》ぐ向かった。途中、上空から鼓膜を揺さぶる甲高い音が鳴り響く。金属板を鋭利なもので引っ掻《か》いているかのような高音だった。

「――――、――――――――ッ!!!」

本能的に耳を塞いだ。すぐにその音源を確かめようと、まだ形を保っている地下街の建物の一つの上に登って、顔を空に向ける。

なんとか目を凝らして、眩《まばゆ》い太陽光の中を覗《のぞ》き、高音の発生場所を理解する。

太陽の中に、人影があった。

凝視している内に、その魔法の太陽は変質していく。

徐々に球体は歪《ゆが》んでいき、まるでアメーバのように不規則な動きで地下街の空を侵食していき、その陽光で隈《くま》なく照らしていった。そして、広域に拡《ひろ》がったことで太陽の光度は薄まり、中心部にいる人間の正体が分かる。

「ディア……!!」

仲間のディアが苦悶《くもん》の表情で空を飛び、魔法を叫んでいた。

叫び声と濃過ぎる魔力が喉で混ざり合い、魔法名が人のものでなくなっているようだ。

ディアは失った右腕と左脚から光の粒子を放ち、その背中から一度も見たことのない魔力の翼を広げ続けている。

おそらく、このアメーバのように広がった太陽全てが、彼女の翼だ。

翼に魔力を込め過ぎた結果、空を飛ぶという役割を超えて太陽と化してしまっている。

さらに言えば、いまのディアは我を忘れて、暴走してしまっている可能性が高い。

残り時間の少なさを再確認して、急いで屋根上を飛び移っていく。

だが、僕たちが辿りつく前に、地下街の状況は進展する。

空に浮かぶディアが高音の発声を止《や》めて、ゆっくりと人の言葉を発し始めたのだ。

目線を真下に向けて、一言だけ。

「……ず、狡《ずる》い」

声は小さかった。だが、深い感情がこもり、異常な魔力を含んでいた。

無属性の振動魔法に近い効果を発揮して、その小さな声が地下街全てを満たし、徐々に膨らんでいく。その声が鼓膜を叩《たた》いただけで、怖気《おぞけ》と共に全身が固まりかけた。『恐怖』か何かの『状態異常』を誘発する振動魔法である可能性が高い。

ディアは地上にいる人物に向けて、雨のように声尾を落としていく。

「ラスティアラは狡い。狡い狡い狡い狡い。狡くて、卑怯《ひきょう》だ……！　俺は――私はっ、いつも我慢してきた！　ずっと私は遠くから見ているだけで……！　あの木陰から一度も踏み出していない！　もう私は家に帰ることすらできないのに……！　ラスティアラだけが、あの場所で剣を振ってる！　私だってカナミと一緒にいたいのに……！　カナミと一緒に剣を振って、一緒に生きて、ずっと一緒に一緒に一緒に!!」

ディアの不安定さの指標となる「私」という一人称で、濃い呪詛《じゅそ》を溢《あふ》れさせる。

そして、その声と視線の先にいたのはラスティアラ。

いま僕が走っている高所から目を凝らして、なんとかその豆粒のようなラスティアラの姿を捉えることができた。地下街の中心地にある大通りで、真上にいるディアに対してラスティアラが何かを叫び返しているのが見えたが――

「――うるさいっ!!　うるさいうるさいうるさいぃぃいいイイイ!!」

空にいるディアからの返答は、強い拒否だった。

ディアの声だけしか聞こえないが、説得が難航していることは分かる。

さらに、その否定の叫びと共に、ディアの左腕から魔法が放たれる。

咄嗟《とっさ》に得意な魔法を選んだのだろう。その魔法は、よく知っているものだった。

「――《フレイムアロー》ォオオオ!!」

聞き慣れた魔法だが、その規模は一度も見たことのないものだった。

太陽から落ちてくる《フレイムアロー》の直径は、優に二十メートルは超えている。もはや、矢や光線の魔法ではない。円柱状の光の結界そのものが下方に撃たれている。ただ、その魔法の発動を事前に察知していた様子のラスティアラは、《フレイムアロー》の範囲から逃げていく。

魔法の光が地下街の中心地を照らして、ラスティアラのいた一帯を溶かした。

広範囲だからか貫通力はなかったが、じゅわりと満遍なく廃墟を均《なら》していく。

その迷宮の守護者《ガーディアン》をも超える魔法を目にして、僕の走る速度は上がった。そして、次のディアの魔法が放たれる前に、なんとか地下街の中心地に到着する。当然のように、今日の朝には存在していた拠点の屋敷は影も形もなく、周囲は魔法の熱で平地に均されていた。

その平地の隅っこで、ラスティアラは一つの火柱と向かい合っていた。ディアが太陽の中に納まっていたように、その中にはマリアが膝を突いて、両手で自分の身体《からだ》を抱き締めていた。

そのマリアは青白い表情で、ラスティアラに訴える。

「私はいいですから、ラスティアラさん!! 早く、遠くに逃げてください! このままだと、私たちはあなたを殺してしまう……! あなたがいなければ、そこまで私たちはおかしくなりません……!!」

身じろぎ一つすらも辛《つら》そうなマリアが、空にいるディアを見上げながら、自分たちの脅威を説明していた。彼女の言葉通り、ディアは自分の考えなしの魔法の光でラスティアラを見失ったあと、とても静かだった。ふらふらと視線を空で彷徨《さまよ》わせるだけで、次の魔法を放とうとする気配がない。

だが、そのマリアの提案を、ラスティアラは受け入れようとしない。

「私がいなければなんとかなる？　マリアちゃん、それじゃあ何の解決にもならない！　大丈夫、私がなんとかする!!」

「し、しかしですね……！　このままだと、いずれ私も……！　くっ、ぅう……！」

「ごめん、マリアちゃん……！　二度と私は誰も置いて行かないって決めたから！」

マリアは額を地面に近づけて蹲《うずくま》った。対して、ラスティアラはディアの説得を続けようと、平地の隅っこから空から見易《みやす》い場所に移動しようとする。

その前に僕は二人に姿を見せて、この場を受け継ぐことを叫び伝える。

「もう大丈夫だ、二人とも！　ここからは、僕がなんとかする！　ライナーもラグネちゃんもいる！　安心してくれ!!」

ここまでのみんなの会話で、状況は大体分かってきた。

地上で別れ際のノスフィーの言っていた通りだ。『光の理《ことわり》を盗むもの』の反則的な「相手の魔法を強制的に引き出す『話し合い』の力」で、ディアもマリアも暴走させられている。おそらくだが、最初に『火の理を盗むもの』アルティの力を持つマリアが狙われたのだろう。そのアルティの持つ「嫉妬を燃やさせる魔法」に、マリアとディアの二人がかかってしまった。しかし、その魔法を一度経験しているマリアには効きが悪く、完全に正気を失わせるまでには至っていない。……地下街の状況は、そんなところのはずだ。

分析し終えた僕は、後ろを振り返る。だが、そこにはライナーしかいなかった。

「はぁっ、はぁっ……。ジーク、ラグネさんは少し遅れてるっぽいぞ」

ライナーの説明通り、足の遅いラグネちゃんは、また遅れての到着になりそうだ。だが、援軍は援軍。僕たちがやってきたことに、火柱の中のマリアは安心した表情になる。

「カナミさん……!! き、来て、くれたんですね……。すみません、いつかのアルティの魔法がみんなにかかって……。私は……、私を抑えるだけで、精一杯で……」

「マリア、何も気にしなくていい。抑えてくれてるだけで十分過ぎるよ。あとは僕が終わらせるから、安心して」

「……はい」

マリアは額を地面につけたまま、完全に動かなくなった。自分を抑えることに集中したのだろう。地下の炎の勢いは止まらないが、ディアのように周囲を攻撃することはなさそうだ。そして、僕の登場に、ラスティアラがリアクションを起こす。

「え、ええっと……。おかえり？」

マリアほどの喜びはない。

むしろ、どうしてここにいるのかを問い質《ただ》すような表情をしていた。

「ただいま、ラスティアラ。それと交代だ。狙われてるおまえは、すぐにリーパーと合流して、地下街から出て。ここからは、大聖都の結界を破壊してでも、僕が戦う。僕の《ディスタンスミュート》なら、『火の理を盗むもの』アルティの魔法だろうと解除できるはずだ」

　現在、ディアは空で動かず、スノウの姿は見えない。

　大魔法を使うなら、いまの内だと、体内で魔力を練っていく。

　だが、それは目の前のラスティアラに、首を振って止められてしまう。

「ごめん、カナミ。ディアたちの魔法の解除だけはしないで。ここは私に任せて欲しい」

「か、解除しないで？　何言ってるんだ？　もしかして、何か問題でもあるのか？」

　ノスフィーが何かの罠《わな》を残していったのだろうか。その理由を、ラスティアラに聞く。

「いや、これってさ、なんか乗り越えたらすっごく得しそうなイベント《や》《っ》じゃない？　だから、譲りたくないかなー、なんて？」

　返ってきた理由が、一瞬僕は理解し切れなかった。だが、すぐにラスティアラが大した理由なく拒否していると分かって、声を荒らげる。

「ば、馬鹿か!?　冗談を言ってるときじゃないだろ!!」

　強く叫んだが、ラスティアラは一切引くことなく、冗談めかした表情を引き締めてから、真剣にお願いを重ね始める。

「ごめん、冗談じゃないんだ……。ここで私が引いたら、私は一生『みんな一緒』に幸せになれない気がする。もう口にすることすらできなくなる。そんな気がするから……、だから、お願い」

「ま、またその話か……!? いまはその話をするときじゃないだろ……!?」

それは昨日の夜、ラスティアラと話した『夢』の話。

『みんな一緒』に幸せになる未来について繰り返されて、焦りながら僕は首を振る。

みんなと仲良くなりたいならば、むしろ早く僕の《ディスタンスミュート》で暴走を止めるべきだ。そして、もっと平穏なときに、ゆっくりと交流を積めばいいだけ。

そう僕は考えたが、ラスティアラは全く逆の考えを訴えていく。

「ううん、いまがそのときだよ。マリアちゃんにも言ったけど、これはノスフィーの用意してくれたチャンス！ みんなが『素直』に心開いてくれているからこそ、その嫉妬や不満と本気で向き合える！――《グロース・エクステンデッド》!!」

「なっ！ お、おい!!」

ラスティアラは自身に強化魔法をかけて、僕を突き飛ばした。

同時に、先ほどまで僕たちがいた場所が破裂する。

その瞬間を、しっかりと僕は目で確認できていた。地下街の空から、人が弾丸のように飛来して、着弾した。さらに地面を砕きながら、砂塵《さじん》を巻き上げた。

突き飛ばされた僕は姿勢を整えつつ、その砂の煙幕から出てくる仲間の声を聞く。

「はぁっ、はぁっ、はぁっ……！　ラスティアラ様ぁ……、わ、私のカナミと……！　私を置いて、話さないで……！」

蒼《あお》い翼を広げ、両腕を爬虫《はちゆうるい》類の鱗《うろこ》で覆い、両目を紅玉のように輝かせる少女。

『竜化』を進めた竜人《ドラゴニュート》のスノウだった。

予想していたことだが、様子がおかしい。肩を揺らし、大口を開けて、息苦しそうな呼吸を繰り返している。そして、派手な登場をしておきながら、僕たちを無視して自問自答し始める。

「ああ、ああ、ぁあぁあぁあっ……！　な、なんでだろ？　なんで私はいっつもこうなるんだろ？　分かってる……。私が私だから、こうなるんだ。私は駄目。何をやっても駄目っ。頑張っても、全部駄目っ。何をしても無駄なんだ……!!」

十分に自虐したあと、ようやくラスティアラと僕を交互に見ながら、虚《うつ》ろな目で声を絞り出していく。

「ラスティアラ様、私は駄目なんです……。駄目で駄目で駄目だから、どうしてもカナミが欲しいんです……。カナミがいないと、私は生きていけない……。だから、カナミを……。どうか、カナミを……。カナミをカナミをカナミを、カナミ――！」

すぐに会話は破綻して、僕の名前を呼び始めた。

ラスティアラとは逆側にいる僕のほうに、顔を向けようとする。

「スノウ!!　こっち見て！　大丈夫、ちゃんと私は聞いてるよ！　ちょっと前に船で話したやつだね！　また一緒に話そうか!!」

だが、その前にラスティアラは叫んで、スノウの動きを止めた。

スノウと話すのは自分であって、僕に譲る気はないという固い意志を感じる。呼び止められたスノウはラスティアラに向き直り、破綻した会話の続きを投げかけていく。

「ラスティアラ様、カナミなら私を甘えさせてくれるんです……。でも、もうカナミは私だけのものじゃなくなっちゃった……。うぅ、うぅぅぅ……。ラ、ラスティアラ様さえいなければ、私のものだったのに……！　いつもいつもラスティアラ様は調子のいいことばっかり言って、結局ずっとカナミを自分のものにしてる……！　あぁ、私のものだったのに……！　ずっとずっとカナミは私のものだったのに!!」

「うーん。その誰かが誰かのものって考え方が、スノウの一番駄目なところだよね。それさえなければ、別にいくらでも甘えたらいいんだけど……」

明らかに正気じゃないスノウの言葉に対して、ラスティアラは真面目に受け答えしようとしていた。正気じゃない。こんな状況だというのに、ラスティアラはいつも通りの会話で、仲間の悩みに乗ろうとしている。

当然、スノウのほうはまともに会話を続けることなく、興奮して声を大きくしていく。

「ええっ、どうせ私は駄目！　駄目駄目ってことぐらい、思い知ってます！　だから、いつもみんなを守れない！　いつもみんなを危険に晒《さら》す！　私が!!　今日だって、私がグレン兄さんに気を許したから――あ、ぁぁあっ!!　やっぱり、全部私のせいだ！　何もかも、私のせいで私のせいで私のせいでっ、ぁあっ、嗚呼《ああ》、ぁあああアァアアァアァアアァアア――――――!!!!」

とうとう叫びは咆哮《ほうこう》となった。

普通の咆哮ではない。竜人《ドラゴニュート》であるスノウの魔力を伴った『竜の咆哮』だ。その振動が背中の翼の羽ばたきによって生まれる『竜の風』と混ざり合い、吹き荒《すさ》ぶ。

膨大な魔力のこもった振動と風。

全身が震えて、鼓膜が破れそうになる。

離脱するために、周囲の仲間たちを確認する。

後方にいるライナーは誰よりも先に、魔法の範囲外まで逃げ出していた。少し遠くにいるマリアは火柱で、スノウの攻撃全てを防ぎ切れている。単純な魔力比べで、マリアが負けることはないだろう。あの炎の中で蹲っている限り、生半可な攻撃は通らないはずだ。残るはラスティアラだが、彼女だけが『竜の咆哮』と『竜の風』に対応できていなかった。いや、正確にはしようとしていなかった。

振動も風も一身に受けて、顔を歪《ゆが》ませて苦しみつつも、前に進もうとしていた。

すぐに僕はラスティアラに近づいて、その身体を俵のように肩で抱えて、咆哮するスノウから全力で遠ざかっていく。

後ろから、スノウが追ってくる気配はない。一箇所に留《とど》まり、叫び続けていた。

ディアと同じで周囲が見えておらず、ストレスを吐き出すことが最優先なのだろう。

放っておけば永遠に一人で、苦しみ続けるような悲惨な咆哮を続けるかもしれない。そう思わせるほどに荒々しく力強く、地下街の中心で嵐そのものと化していた。

その嵐から距離を取りながら、肩のラスティアラと僕は話す。

「カナミ、どうして離れるの!?」

「だから、ラスティアラ！　いまディアとスノウが喋《しゃべ》ってるのは、本心じゃない！　こんな悪意しかない茶番に、まともな受け答えするな！　これは魔法で、本人の心の奥底に沈んでいる澱《よど》みを浮き上がらせて、火を点《つ》けてるだけで――」

「分かってる!!　さっきマリアちゃんから聞いたから、ちゃんと分かってる！　だからこそ、これを私は茶番だなんて思わない……！　心の奥底にある澱みが本心じゃないなんて、私は思わない!!」

「…………っ!!」

「つまり、これってさ。本来、何年もかけて引き出さないといけない心の奥底を、いまなら摑《つか》めるってことだよ？　話とか色々とすっ飛ばして、みんなとラブラブになれるって話だよ？　ノスフィーのくれたチャンスを私は無駄にしたくない……！　船のときから、ずっと私はこれを待っていたんだから……!!」

ラスティアラは、僕とは逆。

いまの二人の状態にこそ、価値を見出《みいだ》していた。

その認識の差に僕は言葉を失い、ラスティアラは活《い》き活きと顔を輝かせていく。

「私はね、カナミ……。みんなの心の底にある一欠けらの想《おも》いさえも受け入れたい。これから先ずっと一緒にいるって決めたんだから、一つも隠しごとなんてして欲しくない。私はみんなとの本当の絆《きずな》が欲しい！　いまなら、ノスフィーのおかげでそれを手に入れられる！　だから、お願い、カナミ！　ここは私に譲って!!」

そう叫んだラスティアラは、僕の肩から飛び降りて、一人で大地に立った。

その彼女の姿を直視して、僕は唖然《あぜん》とする。

ラスティアラの服はあちこちが破けて、端は焼き焦げている。破けた穴と裾から、数え切れない生傷が覗《のぞ》き見える。打撲が肌を青く変色させて、斬り傷からは真っ赤な血が滴っている。血は四肢だけでなく頭部からも流れ落ちて、左目を真っ赤に染めていた。

本当にボロボロで、『現人神《あらひとがみ》』と呼ばれるだけの美貌が損なわれている。

僕がやってくるまでに、何度も死線を潜《くぐ》り抜けたことは容易に想像できる。

それでも、ラスティアラは仲間たちに一度も反撃していないのだろう。その腰にある『天剣ノア』が使われた痕跡は一切ない。おそらく、みんなの攻撃を食らい続けては、何度も死にかけた。

──その上で、尚《なお》ラスティアラは「譲って」と僕に願う。

その感性を理解し切れず、困惑するしかない。

かつて、ラスティアラは自分の命を軽んじるように作られていたのは覚えている。あらゆるリスクに好意を抱き、刹那的な生き方を強制されていた。だが、その呪縛は随分前に解除されたはずだ。あれからラスティアラは、誰に左右されることもなくラスティアラとして生きている──はずなのに、これだ。

自分の命を顧みず、死にかけの身体《からだ》で戦場に戻ろうとしている。

その僕の困惑の間に、ラスティアラは一人で動き出した。僕に向かって──ではなく、僕の後方に手を振りながら叫び、背中を見せて駆け出す。

「ラグネちゃん！　一生のお願いっ、カナミを止めてて！　ライナーもお願い！　私はみんなのところに行ってくるから!!」

「ぜぇっ、ぜぇっ、ぜぇーっ……って、ぇぇぇぇえっ？　到着するなりなんすかぁ!?」

後ろを見ると、息切れしたラグネちゃんが丁度戦場に到達していたところだった。

ラスティアラは本気だ。親しい友人に懇願してまで、僕の介入を抑える気だ。

「ま、待て!!　行くな、ラスティアラ!!」

すぐに僕は困惑を振り払い、ラスティアラの背中を追いかけようとする。

しかし、その間に割り込む人影があった。

両手に剣を握った騎士。まさかのライナーだった。

「ジーク、僕はラスティアラを支持する。たぶんだが、これは最悪なことにならない」

地下に来てから、ずっと静かに付き従っていたライナーが、ここで立ち塞がる。

しかも、その理由が余りに曖昧過ぎる。誰よりも信頼していた騎士だからこそ、この土壇場での離反に怒りが湧いてくる。

「たぶんだって……？　ふざけるな、ライナー！　最悪にならないとしても、どうなるか分からない！　この前のティアラ『再誕』の儀式のときも、こんな感じでラスティアラは無防備になって、大怪我《おおけが》したんだろ!?　ラスティアラはやると言ったら本当にやる！　あのふざけた魔力を全部っ、無抵抗で食らう気だ!!」

「けど、『再誕』の儀式は、それで全て上手《うま》くいった。あのときは僕も、いまのジークと同じ感想だったが……、いま思えば、あれはあれで正しかったんだと思う。あれのおかげでアルとエミリーの二人とは、いまでも仲間だ。もし、あそこでラスティアラがエミリーを問答無用で潰してたら、あんな綺麗《きれい》な終わり方にはならなかった」

少し前、フーズヤーズ大聖堂で起こった戦いを理由に咎《とが》めた。だが、逆にライナーはあれが正しい判断だったと言い返してくる。例の『告白』をした日、僕が到着するまでの流れは、船旅の間に聞き及んでいる。

確かに、あのタイミングでラスティアラが本気で戦っていたら、フェーデルトが裏でエミリーちゃんを操っていた証拠は得られなかっただろう。エミリーちゃんがラスティアラの捕縛に成功したから、フェーデルトの口から策略が露見した。もし、それらの流れがないまま、全てが終わっていたとしたら、果たしてエミリーちゃんは周囲とわだかまりなく仲直りできたかどうか……。確かに、それは怪しい。

あの日、ラスティアラがエミリーちゃんの良心を信じて、無抵抗に眠りの魔法を受けたからこそ、あの新人探索者二人の絆は途絶えずに済んでいる。

……ああ、分かっている。ライナーの言いたいことは分かっている。ただ、あのときエミリーちゃんを問答無用で倒していたら、もっとラスティアラは安全だったのも確かな話だ。もし、あの場に僕がいたら、確かなラスティアラの安全を優先する。

いまの僕のように――、絶対に!!

「ライナー、どくんだ……」

「ジーク、あんたは仲間を信じることが大事だって、いつも言ってる。その仲間たちの絆ってやつを信じて、いま、あいつらの話し合いを見ていることはできないか……?」

一向に納得する気配を見せない僕を見て、ライナーは話を続ける。

今度は、いつかの僕の言葉を掘り出しての説得だった。散々口で「仲間を信じる」と言っていながら、追い詰められた状況だと有言実行できていないと責めてくる。

いままでの「信じる」は全て、計算された安全の中だけでしか存在しなかったものなのかと問い質《ただ》される。

「信じてるさ……！　もちろん、僕はみんなを信じてる！　けど、時と場合によるだろ!?　ライナー、いま僕と口論している時間こそが、あのノスフィーの狙いだって分からないのか……!?」

「悪い。そうは思わない。むしろ、いまの流れはノスフィーよりも、こっち側。ラスティアラのやつの作ったいい流れに感じる」

「いい流れ!?　これがか!?　これのどこがだ!?」

僕は両手を広げて、いまの状況をライナーに再確認させる。

地上ではエルミラードたちを逃してしまい、魔石を奪われ、グレンさんは敵になり、ノスフィーは逃げ遂《おお》せた。地下では炎が再度満ちて、拠点の屋敷は消滅し、ラスティアラは死にかけで、仲間たち全員が危機の最中。

これがノスフィーの仕組んだ流れでなければ、なんだと言うのだ。

僕は本気で戦意をもって睨《にら》みつけた。だが、ライナーは動かない。

その僕たちの険悪な空気を嫌ったのか、ラグネちゃんが僕の味方についてくれる。

「あ、あわわわ……！　ライナー！　よく分かんないっすけど、やばいときこそ一番強いカナミのお兄さんの出番っすよ！　お兄さんならなんだかんだで説得して、みんな正気に戻るっす！　きっと！」

ラグネちゃんは僕と同じ解決策を提示して、僕とライナーの顔を交互に見た。その途中、目が合う。彼女の不安げな表情と、彼女の瞳に映る僕の不安げな表情が重なる。

やはり、ラグネちゃんは僕と同じだ……。

同じ感情を抱いている。だから、共感できる……。

心強い味方が増えたことで、僕は強気に一歩前に踏み出す。できれば、この多数決の結果に合わせて、ライナーに退《ひ》いて欲しかった。

だが、彼は一歩も動くことなく、立ち塞がり続ける。

「悪いが、どかない。これはジークのためでもあるんだ。――いま、確かめさせてくれ」

ここまで堂々と離反をした上で、抜け抜けと「僕のため」と言われてしまい、顔を歪ませる。いま、こうしてライナーと話している間も、ラスティアラは遠く離れていっているのだ。ライナーが立ち塞がっているせいで、ラスティアラが死にかけているのだ。

先ほど、ラスティアラは殺されかけていた。何かの拍子で死んでいても、おかしくなかった。その戦場にラスティアラは戻ろうとしている。目に見えて、死に近づこうとしている。それを僕に、見過ごせだって……？

できるわけがない。それだけは許されない。

もしラスティアラがいなくなったら、誰が、僕を――

思考全てが、恐怖に染まった。ラスティアラを失うのが怖い。怖くて堪《たま》らない。

はっきりと認識した途端、僕の思考の幅が狭まる。

もうラスティアラの後ろ姿だけしか見えなくなる。不安が膨らみ過ぎて、心臓の真ん中に鉛玉があるように胸が重くなった。感覚が糸を引くように、粘つく。その粘つく脳みその中、一つのことだけにしか集中できなくなる。それは、『たった一人の運命の人』だけは守るという願い。ラスティアラだけは死なせない。絶対に、死なせない。絶対に絶対に絶対に――という感情が、ついに溢《あふ》れる。

瞬間、僕は『持ち物』から『アレイス家の宝剣ローウェン』を抜き、駆け出していた。

「ライナー!! どかないなら、気絶させる!!」

距離を潰して、ライナーの持つ双剣を弾《はじ》き飛ばそうと横に剣を一閃《いっせん》する。

「――っ!? や、やっぱりか!!」

ライナーは驚きの声をあげつつも、きっちりと僕の動きを目で追い、無理に剣を合わせることなく、後退して躱《かわ》した。

一合で終わらすことができなかった。すぐに僕は後ろの味方の協力を要請する。

「ラグネちゃん、頼む!!」

「うぃっす! 隙あらば狙うっす! お嬢を守るのは私の役目でもあるっすから!」

ラグネちゃんは奇襲の一撃に全神経を集中させようと、右手に魔力をこめて一定距離を保った。過去、『舞闘大会』でライナーに奇襲を成功させている彼女には、期待している。

僕は状況の有利に笑みを見せつつ、もう一度ライナーに襲いかかる。

対して、ライナーは魔法を発動させる。立ち塞がっている間に準備していたのだろう。

「――魔法《ヘルヴィルシャイン・二重奏剣《デュオトロクス》》!!」

聞いたことも見たこともない魔法だった。

魔法発動と共に、ライナーの肩付近から翼のように、濃い風が噴出した。

そして、すぐにその風は収束していき、『腕』となり、彼の腰にあるもう一組の双剣を握った。家名《ヘルヴィルシャイン》がつけられていることから鮮血魔法かと思ったが、効果は風魔法そのもの。ライナーは四本の腕で四つの剣を使い、僕の『アレイス家の宝剣ローウェン』の一閃を防ぐ。

すぐに僕は剣を握り直して、別方向から剣を振り抜く。

アレイス流の『剣術』は、四本腕の敵相手でも戦えるようにできている。今度は動揺なく、一切の手加減なく、ライナーの剣を弾き飛ばす。僕は必勝の予感のままに、また一閃するが――しかし、またもやライナーは、既《すんで》のところで防いだ。

剣と剣が交差し、弾け飛び合い――が、繰り返される。

剣戟《けんげき》が十を超えても、未《いま》だに突破口が切り拓《ひら》けない。

そのありえない事態に、僕は動揺する。

「————っ!?　この腕っ、ローウェンの『剣術』についてきている!?」

ライナーが双剣使いとして世界最高クラスの『剣術』を持っていることは知っていた。

だが、それでもローウェンの『剣術』ならば圧倒するはずだった。剣の真っ向勝負で粘られると思っていなかった僕は、すぐにライナーの力の認識を改めていく。

一方、ライナーのほうも僕と同様に驚きの表情を見せていた。

この切り札らしき四本腕で、勝機を見出《みいだ》せると思っていたのだろう。

しかし、防御するので精一杯という現実に、大きな悪態をつく。

「くそっ！　この三人がかりでも、全く相手にならないのか!?」

互いに予想外であることを隠さない。その拮抗《きっこう》の中、剣戟は続く。

そして、僕はライナーの成長を測り直していた。

少し前、迷宮の中で『光の理《ことわり》を盗むもの』ノスフィーの足止めをできていた時点で、守護者《ガーディアン》たちと並んでも遜色はない強さだった。

しかし、いま戦っているライナーはそのときの強さを、優に上回っている。

僕がヴィアイシア国でティティーやアイドと戦っている間に、ライナーはフーズヤーズ国で聖人ティアラに少し稽古をつけて貰《もら》ったと聞いた。内容は詳しく聞いていないが、『数値に現れない数値』を鍛えて貰ったらしい。

その少しの稽古で、ライナーの戦い方が激変している。

ステータスの『表示』に変化が少ないため、船旅の間に気づけなかった。

勝てはしなくとも、負けない戦い方が異常に上手くなっている。

そう、異常だ……。

異常に、防御だけが上手過ぎないか……？

先ほどから何度も勝利の確信を得た一閃を放っているのだが、何度もギリギリのところで耐えられている。ラグネちゃんも隙を見て動こうとしていたが、その初動をライナーは常に把握している。技術だけでは説明できない『勘』の鋭さだった。

すぐに僕は敵の気絶でなく、敵の放置を選択肢に入れた。

どうにか、この面倒過ぎるライナーを置いて行こう。

だが、風の魔法で速さに特化している彼を置き去りにするのは難しい。距離を歪《ゆが》ませる次元魔法《ディフォルト》さえ使えればと悔やむ。もちろん、その次元魔法を封印している大聖都の結界は、戦いながら壊せるほど温《ぬる》くない。

「…………っ!!」

歯軋《はぎし》りする。ライナーの予想外の粘りで一歩も前に進めないまま、一秒また一秒と時間が過ぎていく。いまも尚《なお》、視界の端でラスティアラが遠ざかっていくのが見えている。もどかし過ぎて、狂いそうだった。

そして、とうとうラスティアラは僕たちから離れ切って、崩れた建物の中でも高いものを選び乗ってから、空の太陽に向かって叫び始める。

嵐と化したスノウでなく、まず太陽と化したディアを説得する気のようだ。

その無謀な挑戦を僕は見せられる。ライナーと戦いながら、その背中越しに――

◆◆◆◆◆

地下空間を満たすディアの叫び。

「――――ッ、――――――――――――――――――ッッ!!!!」

それは聞くものが聞けば、発狂しかねない魔の音域。

鼓膜を破くほど大きいから危険なわけではない。この世に存在しない未知の音に、聞いているだけで頭が割れそうになるのだ。

その広範囲振動魔法とも言える声に、ラスティアラはただの言葉で対応していく。

「ディア!! 遠くて、何を言ってるか聞こえない!! そうやって遠くで魔法ばっかりで、本当に剣士になりたいって思ってるの!?」

喉を限界まで震わせて、大声で空のディアを煽《あお》った。

ずっと宙を彷徨《さまよ》っていたディアは、抱えるコンプレックスを刺激されて、地上のラスティアラを再認識する。一旦叫ぶを止《や》めて、ゆらりと瞳を下に向けながら呟《つぶや》く。

「ラ、ラスティアラ……？　なんで、逃げない？　どうして、俺を、いや私を――」

「そんな姿で剣士だって主張するディアを、おちょくりに来たよ！　どう見ても剣士じゃないよ！　いまのそれ!!」

「お、俺は剣士だ!!　小さい頃からずっと！　いつだって剣士であろうとした！　この剣で生きていくと決めて、ここまで来た！　それを、おまえはっ!!」

挑発に乗ったディアは、失った右肘の先から迸《ほとばし》る魔力の形状を剣に変えた。

そして、その地下の天井全てを覆う光の翼を羽ばたかせて、真下にいるラスティアラのところまで落ちるように飛来する。

空という安全圏を自ら放棄して、魔法ではなく剣で決着をつけようとするディアを見て、ラスティアラは愛《いと》しそうに笑う。

こうも『素直』に釣られるディアの純真さが愛らしくて仕方ないのだろう。

「よし！　降りて来たね、ディア！　まずは私の手が届くところまで!!」

「どこだろうと、俺は負けない！　ラスティアラにだって、剣で勝つ！　俺だって、剣が使えるところを見せる!!　私だってえぇええ、あなたみたいにぃいいい!!」

ラスティアラのいる建物の上に降りたディアは、我武者羅《がむしゃら》に右腕の光の剣を振るい出す。

お世辞にも綺麗《きれい》とは言えない剣筋だった。だが、ディアほどのステータスで振るえば、それだけで恐ろしい速度と威力になる。

それを紙一重のところで、ラスティアラは『体術』で躱し続けていく。だが、次第に増していく剣の鋭さに、腰の剣を手に取らざるを得なくなる。ただ、まだ抜きはしない。鞘《さや》に入ったままの剣の腹で、躱し切れない一閃を受け止めようとする。

「――えっ!?」

だが、その防御は失敗だった。もし、これが本当に剣と剣の戦いだったならば、見事な防御だったろう。しかし、ディアの剣は魔力で構成されている。それも我を忘れたディアの魔法の剣だ。

鞘と接触した瞬間、収束していた剣の魔力が緩み、弾ける。刃として固めていた光が拡散し、まるで散弾銃のように鞘の防御をすり抜け、ラスティアラの肌を裂いていった。

「痛《つ》ぅっ――! ふ、防いだのに、斬られるとかぁ……!」

「ラスティアラァアアアアア――!!」

ディアの理不尽な攻撃にラスティアラは苦笑いして、ディアは興奮のままに叫び、拡散した光の剣を固め直して、再度振るい出す。

すぐにラスティアラは、剣を鞘ごと地面に放り捨てて、一歩前に踏み出る。

このまま、剣の距離で真面目に勝負するのは危険と判断したのだろう。ディアの乱雑な剣閃《けんせん》を胴体に掠《かす》らせながらも、強引に剣の間合いから徒手の間合いまで入る。

その身体能力を活《い》かして、『体術』の苦手なディアの左手首と右の二の腕を摑《つか》んだ。

「くっそ！　は、離せ！」

ディアは振りほどこうと力を入れる。

しかし、ラスティアラは決して手を離さない。そして、次の攻撃に移らない。相手の腕を握り潰すわけでも、間接を決めるわけでもなく、面と面を向かい合わせて、彼女なりの『話し合い』を選択する。

「ねえ、ディア……。どうして、剣士になりたいの？　そこまでして、どうして……？

ちょっとでいいから、私に教えてくれないかな……？」

「ど、どうして……!?　俺が剣士になりたいかだって……？　そんなの決まってる！　決まって……、――――っ！」

ディアは答えようとして、途中で言葉を詰まらせた。ラスティアラの問いかけに釣られて、思い出したくないことを思い出したかのような歪んだ表情だった。

「ぁ、ぁああっ!!　うるさい！　うるさいうるさいうるさい――!!」

すぐに癇癪《かんしゃく》を起こして、叫びながら乱雑に魔力を練った。『体術』だけで考えるならば、この間合いはラスティアラの距離だ。しかし、ディアには魔法がある。それも適当に魔法を失敗させるだけで、致死量に届く爆発を瞬時に起こせる。

「――《フレイムアロー》!!」

魔法名は《フレイムアロー》だったが、効果は全く違った。

行き場を失ったディアの濃い魔力が、ラスティアラとの間で閃光弾《せんこうだん》のように破裂する。過去にライナーが得意としていた自爆戦法と同じ類の技だろう。それが、ライナーの何十倍もの規模で行われた。

間違いなく、ラスティアラには耐え切れない威力だ。

ラスティアラは手を離して、すぐに逃げるしかなかった。おそらくディアも、この魔法の爆発に合わせて逃げてくれると、目の前の敵を信じていたが――

「――え？」

ディアは呆然《ぼうぜん》とする。あれだけの爆発を起こしても、未だ全く動かない両の腕に驚いている。なぜなら、依然として、ラスティアラは目の前にいたからだ。

そのラスティアの有様を、ディアは確認する。

両手の指が折れているどころではない。十ある内、二本ほど指が吹っ飛んで失われている。肉が抉《えぐ》られ、骨が見えながらも、強く握り締められたままとなっている。

ラスティアラは逃げなかった。防御も回避もせず、この面と面を合わせる状況の継続を選択した。そして、先ほどの爆発で頬の皮膚が半分ほど剝がれてしまっているラスティアラが、強気に笑いかけながらディアに告げる。

「悪いけど、絶対に離さないよ」

「な、なんで……？」

ディアは呻《うめ》くように聞いた。そこまでする理由が分からないのだろう。

——僕も分からない。

ラスティアラは痛みを表情に全く出さず、笑みを浮かべながら話し続ける。

問いかけられた理由に答えることなく、まるで魔法の爆発なんてなかったかのように説得の続きを口にしていく。

「実はさ……、ディアが剣に拘《こだわ》る理由って、もうなんとなく分かってるんだ。あれからたくさんお喋《しゃべ》りして、一緒に寝たり、仲良く剣を教えたりしたからねっ」

「ラスティアラ、手が……。か、顔も……」

「剣に拘ってるのは、子供の頃に家を追い出されたのは『自分が剣を扱えなかったから』って、そう思ってるからでしょ？」

血の気が引いているディアを放置して、ずかずかとラスティアラは土足でディアの心の中に踏み入っていく。

「や、やめろ！　ラスティアラ！　それ以上は駄目だ！　離せ！　すぐに黙れっ！」

ディアは魔法を使わずに、腕を振り回して振り解《ほど》こうとする。

いますぐ、ラスティアラの目の前から逃げようと必死だった。だが、ラスティアラは離さない。負傷で尋常でない激痛に襲われているはずなのに、それをおくびにも出さず『話し合い』に徹し続ける。

「でも、その理由は正しくなかったって、もうディアは分かってるよね。全ては使徒のせいだって、ちゃんと分かってる。だから、もう剣になんて拘ってない。鉄の剣を捨てて、魔法の剣を使ってる。……どっちつかずな感じでさ」

「ラスティアラ！　離さないと、腕を斬る！　この剣で!!」

いまラスティアラが口にした魔法の剣を、ディアは右腕に構築した。鉄の剣と違い、変幻自在の光の剣だ。当然だが、両腕を押さえられていても振ることはできる。戦闘中だというのに、目前で動かずに喋るだけのラスティアラを斬るのは容易《たやす》い。

――もう手加減はなしだ、ライナー。

追い詰められた表情でディアは脅す。しかし、ラスティアラの返答は変わらない。

「ディアって、さっぱりしているように見えて、実は優柔不断のねっとりタイプだよね。故郷も剣も未練たらたらで手離そうとしない。実は使徒シスのことだって、ほんのちょっと後悔してるでしょ？」

「…………っ!!」

血だらけの顔を近づけながら核心を突いてくるラスティアラに、ディアの表情が歪みに歪む。いまや、正気を失っているのは、ラスティアラにしか見えない光景だった。

「う、うるさい!!　ぁあっ、ぁあぁあアアアッ！　うるさいって言ってるだろ！　逃げろって言ってるのに！　なんで!?　なんでラスティアラは俺に構う!?　私のことなんかを

「そんなに、どうしてっ――!?」

　絶叫と共に、ディアは光の剣を動かした。

　魔法で心のブレーキが壊されているディアは、その攻撃を止められない。対して、またラスティアラは防御を放棄する。

　生き物のように形を変えながら動いた光の剣先が、ラスティアラの右腹部に突き刺さった。ただ、先ほど宣言した腕でなく腹への攻撃に、笑みを深める。

「くっ、うぅうっ！……やっぱり、ディアは優しいね。こんな状況でも、腕を斬り飛ばさなかった。同じ目に遭わせたくないんだよね？　なんで構うかって、そんなディアが好きだからだよ」

「や、優しくなんかない！　腕より腹のほうが危険なんだぞ……!?　死ぬんだぞ、ラスティアラァア……!!」

「ディア。本当に私が憎いなら、そのまま上に斬り上げて」

　とうとうラスティアラは生殺与奪の権利を、完全に目の前のディアに預けた。

　致命傷を負っても尚《なお》、その言葉を曲げることはない。

「でも、私はディアが迷ってくれるって信じてる……！　ディアならどんな状態でも、私を殺すのに迷ってくれるって信じてる……!!」

「ぁ、ぁあ……！」

言葉を失い、声にならない声で呻くディア。

もうディアが「なんで」と理由を問いかけることはなかった。

もう理由どころではないのだろう。目の前の無防備な少女の狂気と信頼の重さに、全身が縛られたように動かせないようだ。

いまディアの頭の中では「妬ましいラスティアラを殺せ」という声が響いているはずだ。かの『火の理《ことわり》を盗むもの』アルティの魔法は、思考を負の感情で塗りつぶす。

だが、その殺意に満ちた思考を、ラスティアラの声は突き抜ける。

だから、ディアの本能と理性が鬩《せめ》ぎ合う。

殺意と絆《きずな》の均衡によって、完全に硬直してしまっている。

そのディアに向かって、ラスティアラは身体《からだ》を預けるようにしな垂れかかる。ずっと握り締めていた両手を開き、ディアの背中に回して抱きついた。

生死を含んだあらゆる全権が委ねられてしまったディアは、ラスティアラに答える。

「お、俺はラスティアラが、憎くて……。私にとっても邪魔で、仕方なくて……。でも、私はラスティアラが……、本当はラスティアラが……」

険しい表情でディアは、目の前のラスティアラを見つめる。

そして、拘束を解かれた片腕を動かして、その光の剣を――

「――違う!!」

否定を叫び、魔法の剣の実体を解いて、魔力の粒子に変えた。さらに片腕だけでラスティアラに抱きつき返し、その重過ぎる信頼に応える。

「ラスティアラは、俺の仲間だ!!　この俺の全部を知ってても、何も変わらずに隣にいてくれた！　対等な立場で話してくれて、対等な友達として付き合ってくれた！　ずっと俺を信じてくれて、どんなときも導いてくれた！　ああっ、仲間である以上に、ラスティアラの俺の大切な友達だぁああああっ!!」

ディアは絆を叫ぶ。そして、瞳に輝きを取り戻して、いま変換した魔力の粒子を利用して、ラスティアラの腹部の傷を回復魔法で塞いでいく。

――同時に、僕の手が止まる。

ラスティアラの傷という傷を、ディアの芳醇《ほうじゅん》な魔力が包み込んでいった。

溢《あふ》れる殺意を燃焼するかのように、いま自分が殺そうとしたラスティアラを救うために過去最高の回復魔法を構築していく。

「ラスティアラと俺は友達だ！　何があってもずっと！　これからもずっと!!」

叫びと共に、ディアの心に点《つ》いたアルティの炎が萎《しぼ》んでいくのを感じる。『火の理を盗むもの』の魔法が、それに匹敵する力によって相殺されていっているのだ。

ディアはラスティアラを回復させ切ったあと、その身体を支えながら囁《ささや》く。

「ラスティアラ、ごめん。本当にごめん。……正直、俺はラスティアラを恨んでる。もしラスティアラがいなかったらって思うことが何度もあった。本当に不機嫌なときは、殺したいって思うときもある。でも、その嫌いって感情と同じくらいに、ラスティアラが好きだって感情もあるってことも信じて欲しい。ラスティアラ、こんな俺だけど、嫌いに――」

「嫌いになるわけないよ。私はディアを信じてる……というか、殺したいほど恨まれてるくらいは、平気。というより、それが私は楽しいんだよ。この前の船での話、あれは嘘《うそ》じゃないから安心して」

「……ありがとう、ラスティアラ」

何事もなかったかのように、いつもの調子を保ち続けるラスティアラ。

その信頼にディアは目を細めて、感謝を口にした。

――いま、二人は二人だけで、感情の落ち着く先を見つけた。

『火の理を盗むもの』アルティの魔法を解くことなく、あの負にまみれた感情を消化し切った。それをラスティアラは「私たちなら当然！」といった様子で笑って、死の一歩手前だった身体を確認していく。

「よーし。動けるようになってきたー、セーフ。ふふっ、信じてたよ、ディア。……相変わらず、涙目が可愛《かわい》い」

まだ治り切っていない指を動かして、ディアの零《こぼ》れかけていた涙を拭う。

そして、まだ指を損なった状態の手を強く握り込む。見ているだけで痛い握り拳だった。

その拳を作ったまま、ラスティアラはディアから離れて、歩き出す。

「じゃあ、次行こっか」

向かう先は、未《いま》だに地下街で吹き荒れる嵐。

狂乱したスノウのいる場所だ。ラスティアラは迷いなく、剣を持たずに次の戦いに向かおうとする。後ろでディアが止めようとしていても、決して立ち止まらずに、次へ。

その彼女の背中は余りに、勇敢過ぎて――

――その一部始終を見た僕は呟《つぶや》く。

「……ディ、ディアが止まった？」

信じられず、僕は振っていた剣を止めてしまった。

スキルも足も止めて、和解した二人の姿を見つめる。

いま、山場は越えたと言っていいだろう。はっきりと戦場の戦力差が塗り替わった。ディアの魔法さえあれば、ラスティアラが即死することはない。スノウとマリアが相手でも、いくらかの安心感がある。

余裕が生まれた僕は、視線を目の前にいるライナーに戻す。

ラスティアラが気になり過ぎて、ずっと割かれていた意識を一つに纏《まと》めて、ずっと戦っていた敵を確認する。ライナーは血を吐くように呼吸をして、双剣を地面に突き立てることで倒れかけの身体を支えていた。

「ハァッ、ハァッ、ハァッ――!!」

ラスティアラが死にかけたことで本気となった僕の猛攻によって、ボロボロだ。

常人なら失神に至る打撲が十五箇所《かしょ》。その内、骨折が四箇所。

動脈に達する傷が三箇所。その内、靱帯の断裂が一箇所。

もっと細かいところまで数えることもできるが、このくらいで十分だろう。倒れていない理由が分からないほどの怪我《けが》を、ライナーが負っているのは十二分に理解できる。

それでも、ライナーは僕を通さない意志を燃やし続けて、立ち塞った。

宣言した通り、完全に僕の足止めを成功させていた。

僕はラスティアラだけじゃなく、ライナーの奮闘ぶりにも驚愕《きょうがく》している。

二人の覚悟に呑《の》まれて、見惚《みと》れていると言ってもいい。

ラスティアラもライナーも、最高のハッピーエンドだけ目指して、妥協せずに戦った。

計算していないわけではない。計算して割に合わないと答えを出した上、困難に挑戦した。その二人の戦いを見て、僕は素直に「羨ましい」と思った。

僕にないものを持っている。正確には、『理を盗むもの』たちにないものを、二人は心に宿している。

ライナーとラスティアラの二人。この二人の共通点を考えたとき、ふと聖人ティアラの姿を思い出した。

あの『告白』の日、聖人ティアラが関わって何かを遺《のこ》したのは、この二人にだった。

そのせいか、能力値は大きく変わっていないはずなのに、大きく成長している気がする。

まさしく、『数値に現れない数値』と表すに相応《ふさわ》しいものを、いま――

『数値に現れない数値』は、過去の僕が設定した基準を超える力を指す。

僕が漠然と「心の強さ」と定義しているものだ。

――その力に、いま、僕は負けた。

これもまた漠然とだが、そう確かに思ったから、立ち尽くしたまま、一言だけ呟く。

「……ライナー、もういい。……僕の負けだ」

「ハァッ、ハァッ、ハァッ……！　ハァッ、ハァッ、ハァッ……！」

ただ、ライナーは息切れで返答できない。

いや、呼吸だけじゃない。体力や魔力といった全てが限界なのだろう。

「ごめん、やり過ぎた……。ライナーの言う通り、様子を見るよ……」

だが、僕の声は届いているようで、その言葉を聞いた瞬間、ライナーは身体を支えていた剣の柄《つか》を手放して、その場に尻餅をついた。そして、残り少ない魔力で自分に回復魔法をかけ始める。彼のステータスで時間をかければ、回復は問題ないだろう。

僕はライナーの無事を確認したあと、自分の両の手の平を見る。

「……どうして」

一言だけ。自問自答して、冷静に状況を俯瞰《ふかん》する。

次元魔法が使えないからこそ、この短期間で身につけた技術《スキル》をフル稼働させる。そして、《ディメンション》を頼らずに、《ディメンション》のように地下街を見通していく。

崩壊した地下街。

いま、ディアを暴走から救ったラスティアラは、一人で苦しむスノウの下に向かっている。一方で、ライナーは満身創痍《まんしんそうい》で倒れて、それを行った僕は無傷で悠々と状況を確認するのみ。共闘を指示されていたラグネちゃんは、僕が途中で信念を曲げたことで困った顔をしていた。

どう見ても、間違えているのは『相川渦波《ぼく》』としか思えなかった。

その納得のいかない展開と状況に、僕は自問自答を続ける。

……どうして、こうなったのだろうか？

いや、もう大体の理由は分かっている。原因は、先ほどの粘つく感覚だ。ラスティアラが死ぬかもしれないとなったとき、完全に我を忘れてしまった。

下手をすれば、ディアやスノウよりも暴走していた。

その自分が自分で信じられない。これでも、修羅場はいくつか潜《くぐ》ってきたつもりだ。

本能くらいなら、理性で押し潰せる自信はある。もう痛みや心神喪失くらいで、動揺もしない。生理的な働きも無視できるように、この成長した身体は変化してきている。

なのに、僕は常人のように我を忘れて、これ以上ない信頼を託している自らの騎士ライナーと戦った。あの頭の中で糸を引くような粘つく感覚には、それほどの強制力があった。まるで「魂が、ラスティアラの死を拒絶していた」と言っていいレベルだった。

そう結論に至ったとき、別れ際のグレンさんの「――末期の『理を盗むもの』たちは、自分で自分のやっていることすら、まともに認識できていないらしいね」という言葉が頭をよぎった。

「ほ、本当に……？」

最近、僕は『次元の理を盗むもの』と呼ばれることが多くなってきた。あと、初期はボス敵としか思っていなかった守護者《ガーディアン》たち相手に、仲間意識を持つようにもなった。ティーダ、アルティ、ローウェン、アイド、ティティー、ファフナー――そして、ノスフィーと僕。はっきりとした理由は言葉にできないが、僕たちは同じ。

同じ理由で、同じ生き方をしている。他の『理を盗むもの』たちも、いまの僕と同じような言葉にできない不安と束縛を、ずっと感じていたのだろうか？

「だから、グレンさんはあんなことを……。ライナーとラスティアラも……」

そして、僕が『理を盗むもの』たちを相手に抱いていた不安感を、いまライナーとラスティアラも覚えているのかもしれない。

僕はかつて戦った『理を盗むもの』たちの狂気を含んだ姿と、いまの自分の姿を比べつつ、スノウとぶつかり合おうとするラスティアラを見る。

身の危険を顧みず、仲間との絆《きずな》を取り戻そうとする彼女の後ろ姿を。

◆◆◆◆◆

僕が僕のことを見つめ直している間に、ラスティアラの戦いは進んでいた。

そして、彼女がスノウ相手に選択した戦術は、先ほどと同じ。

ラスティアラは徒手空拳で、攻撃を食らいながらも近づき、組み付いた。そこからさらに竜人《ドラゴニユート》の膂力《りよりよく》で押し倒されて、目と鼻の先で、お互いの本音をぶつけ合っていく。

「ラ、ラスティアラ様……、私は……！　どうしてもカナミがいるんです……！　カナミが傍《そば》にいないと、私は生きていけない……!!」

「うん、知ってるよ……。何度も聞いた……」

「なのに、もうカナミは私だけのものじゃない……。うぅ、うぅううう……！　ラスティアラ様さえいなければ、ずっと私のものだった……!!」

「んー……、スノウはまた一人になるのが怖いんだね」

地下街の抉《えぐ》れ荒れた地面で組み伏されたラスティアラは、全く抵抗せず、また命を無防備にさらして、スノウの相談に乗っていく。

「ねえ、スノウ。この形は二度目だね。『舞闘大会』のときもこんな感じだった」

「『舞闘大会』……？　あ、あの日、私は負けました……。敗者になったから、大切なものを奪われた！　けど、今回は違う！　私がラスティアラ様の上にいる!!」

確かに『舞闘大会』とよく似ている状況だ。ただ、以前はラスティアラがスノウ相手にマウントを取っていたが、今回は逆だ。いま馬乗りになっているスノウが拳を突き落とせば、ラスティアラは死ぬだろう。それでも、彼女は強気に答えていく。

「確かに、今回は前と違うね。あのとき、私たちは他人同然だったけど、いまは違う……。スノウを救いたいって、私は心から思ってる。そして、そう思ってるのは私だけじゃない……」

ラスティアラはわざとらしく、視線をスノウから逸《そ》らした。

釣られて、スノウも視線を動かす。その先にいたのは、もう一人の仲間。

以前の『舞闘大会』準々決勝での戦いにも居合わせていたディアだった。

あのとき、ディアはスノウを嫌って、存在を全否定していた。その彼女が少し離れたところで、眉をハの字にして、心の底から仲間たちを心配していた。

ディアはスノウに手を伸ばして、喉がはち切れんばかりに叫ぶ。

「スノウ!!　戻ってくれ！　俺たちは仲間だ！　元に戻って、また俺と一緒に剣の練習をしよう！　まだ俺はおまえから一本も取っていない!!」

「シ、シス様……？」

そのディアの声が届く。

ラスティアラ以外の人物を認識した瞬間、スノウの狂気が少し和らいだ。

「そうじゃない！　スノウ、馬鹿！　俺を呼ぶときは――」

「う、うぅ、ディア……」

「ああ、ディアだ！　俺もちゃんとここにいるぞ!!」

ディアの登場で、スノウは目に見えて揺らいでいた。

狭くなっていたであろう視野が広がって、周りが見え始めている。

そして、さらにラスティアラは追撃をしかける。

まだ見せたいものはあると、もう一度視線をずらす。その先には、昇る火柱。自分のことだけで一杯一杯だったはずのマリアが立って、ゆっくりと歩いていた。

「スノウさん……！」

マリアも見ているだけでは我慢し切れなかったのだろう。火柱ごと一歩ずつ、慎重にスノウへ近づいていき、大量の汗を垂らしながら、その名前を呼ぶ。

「すみません、スノウさん……。私の魔法で、こんなことに……。でも、スノウさんなら大丈夫だって、私は信じています……！　この一年、誰よりもスノウさんが強く生きて、誰よりもみんなとの絆を大切にしてくれたって、私は知ってますから！　あなたのおかげで、私とラスティアラさんの絆は一度も切れることはなかった！　あなたの優しさを私が誰よりも知ってる!!」

「マリアちゃん……！」

伝えたいことを言い切って、またマリアは火柱の中に倒れ込んだ。

残った力を振り絞っての叫びだったのだろう。

その叫びに続き、ラスティアラは止《とど》めを刺すようにスノウを説得する。

「スノウ、大丈夫。安心して。もうカナミだけじゃない。スノウが失敗しても、助けてくれる友達がたくさんいる……。みんなが、ちゃんといるから……」

ラスティアラは組み伏せられた身体《からだ》を動かして、スノウの頭を両腕で抱きかかえた。そして、以前に船で言ったことを証明するように撫《な》でて、全力で甘えさせようとする。

「ここにいるみんなは、スノウのヒーローじゃない。けど、みんなスノウを『親友』だって思ってるよ。だから、大丈夫……。大丈夫だから、スノウ……」

「し、『親友』……！　みんなは私の『親友』……！」

その言葉はスノウの琴線に触れた。『地の理《ことわり》を盗むもの』ローウェンと似たところのあるスノウは、彼と同じように『親友』をずっと欲しがっていた。過去に『親友』と呼べる存在を悲劇的に失ったことで、一種のトラウマとなっていたはずだが……いま、それが完璧なシチュエーションで解消されていっている。それは先ほどラスティアラの言っていた

「チャンス」という言葉が証明された瞬間でもあった。

そして、スノウは新たな『親友』たちの誕生を喜ぶ。『火の理を盗むもの』アルティの炎に負けないほどの歓喜で、喉を絞るように返答していく。

「はいっ、ラスティアラ様……！　ラスティアラ様たちは、私の『親友』です！　私と共に生きてくれるって……、最後まで一緒だって……、言ってくれた……！　こんな駄目な私と友達になってくれた……！　私のために身を削ってくれたみんなをっ！　二度と私は失うものかぁああああっっ――――!!」

スノウは空に向かって吼《ほ》えた。

同時に全身の力が抜けて、ラスティアラを拘束から解放した。

「うん……」

すぐにラスティアラは頷《うなず》き返して、解放された身体を動かして立ち上がり、膝を突いたまま空に吼えたスノウの頭を再度抱き締めて、さらに撫でる。

すると、スノウはラスティアラの胸に顔を沈めて、涙と鼻水と涎《よだれ》をつけながら謝り始める。もう完全に正気に戻っていた。

「あぁっ、ぁあああぁああっ、ごめんなさい……！　ごめんなさあいっ、ラスティアラ様ぁあああ……!!」

「まーた様付けに戻ってる。でも、それがスノウらしいから、いっか。いま、直すのは、すごくしんどい」

「ラスティアラ様……。お、怒ってます？　怒ってますよね？　ご、ごめんなさいごめんなさいごめんなさい、本当にごめんなさいぃぃい!!　さっきのは魔が差しただけなんです！　一時の迷いなんです！　だから、どうか見捨てないでくださいー！　傍にいさせてくださいぃぃい！　まだ私はみんなと一緒にいたいんです!!」

「スノウ！　ディアにも言ったけど、大丈夫！　迷惑かけるかもって話は船で散々してて、それに私はどんと来いって答えた！　それを覆すことは絶対にないよ！　だから、スノウはスノウのまま、これからもずっと私と一緒にいてくれたら、嬉《うれ》しいかな……」

「ラ、ラスティアラ様ぁあああ……！　ありがとうございますぅう……!!」

返答を聞いて、大泣きのスノウは感謝で涙を倍増させていく。その彼女の頭をラスティアラは十分に撫でたあと、立ち上がり、まだ地下街に残っている最後の問題へと、呟《つぶや》きながら向かっていく。

「ふう……。あとは……」

それは少し遠くで立ち昇る火柱。この状況を生んだ魔法の使い手であり、最も付き合いの長い少女に向かって、ラスティアラは少し自慢げに報告する。

「終わったよー。これでどう？　マリアちゃん」

それに火柱の中で膝をついたマリアは、冷や汗を浮かべながらも笑って答える。

「……はい。流石《さすが》過ぎて、言葉がありません。これだから、ずっと私はラスティアラさんに憧れてます」

「え、ええ、そうなの？　それ、なんか凄《すご》く顔が、にやけるな……」

ラスティアラはだらしなく頬を緩ませて、肉を焦がす火柱に近づいていく。

「ラスティアラさん、あとは私の魔法を全部消すだけです……。けど、その、ちょっと急いで貰《もら》っても構いませんか？　実は、結構ギリギリで……」

「うん、早く消そう。その炎のおかげで色々と助かったけど、あんまり多用していいものじゃないからね。……ということで、ディアー！　手伝ってー！　ディアじゃないと、たぶん無理ー！」

声をかけられたディアは慌てて、小走りで火柱に近づいていく。

「お、おう!!」

そして、世界最高クラスの神聖魔法の使い手が二人。火柱の前で並び立ち、手を繋《つな》いで、マリアを救うために同じ魔法を唱えていく。

「――《リムーブ》！」

「――《リムーブ》！」

ラスティアラとディアの生み出す光が、マリアの身体を包み込む。

次第に、火柱は周囲から酸素を失ったかのように萎《しぼ》んでいった。

さらにマリアの乱れていた呼吸は整い、表情が和らいでいく。

そして、地下街を満たしていた火炎が弱まって、急激に空間の気温が下がり始めた。

マリアという魔法の主《あるじ》を失ったことで、地下街があるべき姿に戻っているようだ。

その変化を確認したラスティアラは、一言呟く。

「終わった……？」

「終わりです。見事、完璧、私たちの完全勝利です」

そうマリアが答えて、僕も同意する。

ああ、終わった……。こんなにも簡単に……、僕のときよりも遥《はる》かに早く……。

「ふふっ、やったねー……。しかも、五体満足。どこも吹っ飛んでない」

ラスティアラは予想以上に上手《うま》くいったことを喜び、自分の身体を確認していく。

襤褸《ぼろ》切《き》れになった衣服からは、火傷《やけど》と青痣《あおあざ》だらけの肌が覗《のぞ》いていた。ディアに刺された腹の傷は塞がり切っておらず、じんわりと出血中だった。顔の皮膚は一部剥がれたまま、手は指がいくつか足りない。

「いやいや、ラスティアラさん。指とか吹っ飛んでますよ」

それを冷静にマリアは指摘して、ラスティアラが軽く答える。

「あ、ほんとだ。治るかな、これ」

治療の話に移ったのを確認して、僕は急ぎ近づいて、全力の回復魔法をかけていく。

「ラスティアラ！――魔法《キュアフール》!!」

《フレイムアロー》の暴走で吹っ飛んだ指を、すでに僕は拾い集めていた。ディアが腕を失ったときに医者から聞いた話では、迅速に回復魔法をかければ一度切り離された肉体でも繋がるはずだ。僕は細心の注意を払って、後遺症が残らないように、最高の魔力でラスティアラの怪我《けが》を治していく。

「あ、カナミ。……途中からだったけど、私を信じてくれてありがとね」

ラスティアラは感謝の言葉を僕に送る。

ただ、それは治療に対してでなく、戦いに手を出さなかったことへの感謝だった。

まるで僕がラスティアラの勝利を信じていたかのような言い方をされて、罪悪感を覚えながら首を振る。

「違うよ……。あれは、ただ……」

あれは信じていたわけじゃない。ずっと僕は、この地下街の戦力を分析していた。そして、ディアが正気に戻ったところで、ラスティアラの死亡確率がほぼゼロになったから、ライナーと戦うのを止《や》めただけだ。

あんなものは信頼でも何でもない。そう僕は返そうとしたが、それはラスティアラに否定される。小さく首を振る僕の何倍も力強く、横に首を振る。

「でも、見てくれた。ちゃんと私のことを見てくれていた。だから、次は――って、あ、あれっ？　か、身体がぁ……」

だが、言い切る前に、ラスティアラは膝を突いた。仲間たちの猛攻によって、身体が芯からボロボロなのだろう。そして、いま緊張が解けたことで、あらゆる負債がラスティアラに返済を求めようとしていた。僕にも覚えのある症状だ。それを見た仲間たちは――マリア、ディア、スノウは駆け寄り、すぐに全力の治療が行われていく。

「ディア！　お願いします!!」

「ああ、分かってる！　必ず、治す！」

「あわわ……！　ラスティアラ様ぁあぁぁあ……！」

そこに先ほどまであった狂気や不安感は欠片《かけら》もなかった。

仲間を心配して、心から救おうとする女の子が三人。

その三人に囲まれたラスティアラは満足そうに笑って、徐々に声を細くしていく。

「やったね……。これって私が思っていたより……、みんな私のことが、好きだってこと……だよね？　ふふっ、また一歩……。ティアラ様に……、近づ、いて……――」

ラスティアラは喋《しゃべ》っている途中で気絶して、身体を倒した。

それを隣のマリアが受け止めて、残りの二人に回復の指示を出していく。

「スノウさんは鮮血魔法で腹部の止血を！　ディアは、そのままで！」

「う、うん！　そのくらいならできるよ！　全力で血を止めるね!!」

「俺は《キュアフール》に集中する!!」

スノウとディアの治療は凄《すさ》まじい。魔力が莫大《ばくだい》だけでなく、自分の専門の属性魔法ゆえに僕とは完成度が違う。最近覚えたばかりの僕の《キュアフール》は、むしろ邪魔になると思って一歩引く。ちょっとした疎外感を味わいながら彼女たちから遠ざかってく途中、背中から声をかけられる。

「ふう……。なんとか終わったみたいだな、ジーク……」

自分で自分の治療を済ませたライナーだった。

その隣には、疑問の唸《うな》り声《ごえ》をあげるラグネちゃんもいた。

「え、えぇ……? えぇぇぇ……? 本当になんとかなっちゃってるっすー……」

正直、僕も彼女と同じ感想だ。

なんとかなってしまったのを、いまでも信じられない。目の前の光景を視認しても、まだ受け止め切れていない。その僕に向かって、ライナーが聞く。

「ジーク、怒ってるか?」

先ほどの戦いについてだろう。

理由はどうあれ、ライナーは僕の前に剣を抜いて立ち塞がった。

「……怒ってないよ。本当に」

嘘《うそ》ではない。あれだけ苛烈だった怒りの感情が、いまは全て消えうせてしまっている。

むしろ、自分への不信感で心は冷えに冷え切っているほどだ。

「それよりも、ライナーには聞きたいことがあるんだ。さっき君が僕と戦ったのは、あの場で僕が一番――」

「ああ、あの場で一番危ういのはジークだと思った。だから、止めた。はっきり言って、あのいい流れで、あんたには何もして欲しくなかった」

聞かれると分かっていたのか。間髪入れずにライナーは答えてくれた。

「そっか……」

その迷いのないライナーの答えに、僕は頷き返すことしかできない。

先ほど僕が危惧していたことが的中していると確認できてしまった。

さらに、いまのライナーの顔を見れば、その深刻さも察せられる。

おそらく、この船旅の途中――いや、迷宮六十六層から帰還して、ラスティアラにフラれたあたりから、ライナーは僕の不安定さを警戒している。あの日の僕は酒に酔ってしまい、かなりの醜態を見せた。記憶にはないが、他の守護者《ガーディアン》と同じような危うさを、僕自身の口から聞いたのかもしれない。

ライナーに心配をかけていることを理解して、僕は眠るラスティアラに目を向ける。

負傷した彼女を見ているだけで、心がざわつく。おそらくだが、この「ラスティアラへの異常な執着」が、ライナーの言う僕の危うさだろう。

十分に距離を取ってから、先ほど彼女の言いかけた言葉を思い返す。

次は――

そうラスティアラは言い残した。

続く言葉を、誰よりも彼女のことを知っているからこそ、僕には分かってしまう。

――次は、僕の番だ。

いまラスティアラがやり遂げたことを、僕にも『光の理《ことわり》を盗むもの』ノスフィーにして欲しいのだろう。まるで手本のように仲間との『話し合い』を見せつけたのは、僕へのお願いだと、『告白』し合った仲だから伝わった。

この大聖都についてから、ずっとラスティアラはノスフィーと仲がいい。そして、そのノスフィーを救えるのは僕だけなのだからと、背中を押されているのを感じる。

押されるがままに、僕は足を動かす。

ラスティアラたちだけでなく、ライナーからも離れて、一人で。

自分を見直す時間が欲しくて、荒れ果てた地下街を少しだけ歩く。

ほんの少しだけ、一人で歩きたかった。

2．聖女

一連のノスフィーの策略を乗り越えた僕たちは、一旦ラスティアラの治療をするために屋根の残っている建物を探して、移動した。

僕を含めた他の面々も無傷というわけではなかったので、ＭＰの回復を含めて休息の時間が必要だった。

新たな拠点に選んだのは、ひっそりと地下街の隅に建つ一軒家。今度は潜伏者の有無をよく確認してから、マリアの炎の壁で侵入者を拒む。しっかりと安全を確保してから、僕は家の屋根上に一人で腰をおろして、一息つきながら地下街の風景を目にする。

昨日の夜とは違って、風が少し暖かい。けれど、十分に心地良かった。

一応、目と『感応』で不測の襲撃に備えて見張りをするという名目で、ここに座っている。だが、目下の敵であるノスフィーたちが城から出ると思っていない僕は、かなり気を緩ませていた。

膝を両腕で抱えて座り込み、僕たちのせいで崩壊した街並みを、ぼうっと眺める。

別に数える必要はないが、倒壊した家を数えて、被害総額を計上してみる。僕の世界のお金で換算すると軽く億越えの金額だろう。これを弁償するとなると、いまの僕たちの手持ちでは厳しいところだ。

僕は苦笑いを浮かべて、次は溶けた道路の修繕費も計算しようとする。

だが、そのささやかな趣味は、屋根上に現れた来訪者によって中断させられてしまう。

「あっ、カナミのお兄さん。こんなところにいたんすね」

ひょいっと下から跳んできたラグネちゃんが、安定しない石造りの屋根上に着地して、僕の隣まで歩いてくる。その彼女に、僕は理由を答える。

「うん。ちょっと中に居辛《いづら》くて……。今日は色々とショックも受けたから……」

見張りなんて建て前だということは、ラグネちゃんなら察しているのだろう。

その僕の答えに頷《うなず》いてから、微笑《ほほえ》んで、ゆっくりと隣に腰をおろした。

そして、僕と同じように崩壊した街並みを眺めながら、同意していく。

「そっすねー……。私もお嬢があそこまでやるとは思わなかったっすよ。カナミのお兄さんが誘拐してくれた一件以来、もっと慎重な性格になったと思ってたんすけど……。まさか、あんな命を投げ出すような真似《まね》をするなんて、いまでも信じられないっす」

「いや、たぶん、ラグネちゃん……。さっきのはラスティアラにとって、命を投げ出してたって認識じゃないんだと思う」

ここ数日で仲が良くなった僕たち二人は、躊躇《ためら》いなく内心を吐き出していく。

似たもの同士だと、互いに分かっているからできる答え合わせをしていく。

「あれは仲間との絆《きずな》を確信して、「ここで私は絶対に死なない」って思っていた顔だ。手足が吹っ飛んだり、身体《からだ》が焼き溶かされても、なんだかんだで最後にはみんなと分かり合える……。最後は絶対にハッピーエンドって信じ切ってた顔だった」

「ああ、確かに。そんな顔してたっすね。……はぁ、ほんと理解できないっす」

ラスティアラの心の強さに、ラグネちゃんは僕と同じ感想を口にする。

つまり、リスク管理を気にし過ぎな僕たちは、彼女の成功を目にしても、まだ受け入れることができないのだ。そういう性分とはいえ、自分たちのネガティブさが少し嫌になる。

二人して「はあ……」と大きく溜《た》め息《いき》を吐《つ》き合ったあと、同時に顔を俯《うつむ》ける。

しかし、落ち込んでばかりはいられない。

すぐに僕は隣のラグネちゃんの来訪の目的を考えて、こちらから切り出す。

「それで、ラグネちゃん……。その頬の傷、どのくらい持ちそう？」

僕は応急処置された彼女の頬を指差す。ぱっと見たところ、糸で綺麗《きれい》に縫われて、傷口は塞がっているように見える。しかし、じんわりと出血し続けており、血液が頬から垂れ落ち続けている。

「あと一日くらいで動けなくなるっすかね？　お嬢やシス様たちから、すんごい回復魔法を貰《もら》ったので、ちょっとマシになったっすけど……。正直このままだとまずいっす」

ラグネちゃんは頬に手を当てて、困り顔を作りつつも、素直に内情を答え切った。

そして、全く繕うことなく、本題を頼んでくる。

「なので、ちょっと急《せ》かしてもいいっすか？」

そう言って、彼女は懐から何かを取り出す。

「え？　それ……、もしかして……」

ラグネちゃんの手の平には、栗色《くりいろ》の髪の房が一纏《ひとまと》まり乗っていた。

「このノスフィーさんの髪を使って、いますぐ全部視《み》ましょうっす。カナミのお兄さんの『過去視』の魔法とやらで」

それは全てに通じる解決策。けれど、ずっと後回しにしてきた選択肢だった。

「いつ、ノスフィーから髪を……？」

「会ったとき、ちょちょいと後ろから拝借したっす。あ、量が足りないっすか？」

「足りないかどうかは、やらないと分からない……。いや、それよりびっくりした。相変わらず、そういうのが得意だね」

おそらく、ノスフィーが拘束されているときだろう。それならば、ありえないことではない。しかし、髪を切ろうとすれば、虜囚だったとはいえ黙っていなかったはずだ。一切気づかれずに成功したのならば、ラグネちゃんの能力に驚くばかりだ。

ノスフィーの髪を手渡されて、僕は見つめる。

これに『過去視』を行えば、あのノスフィーの人生の一端を知ることができるだろう。

以前は街の大地から、マリアの動向を『過去視』できたのだから、この少量の髪でも可能だろう。所縁《ゆかり》のものがある分、さらに楽になるはずだが、僕は躊躇う。髪を見つめたまま動かなくなった僕に、ラグネちゃんは真剣な表情を見せて話を続ける。

「たぶん、ノスフィーさんはカナミさんを待ってるだけっす。私は敵じゃない気がするっすよ」

「それはラスティアラにも言われた。ただ、ノスフィーとは一度迷宮で本気でやり合ってるんだ。互いに命を懸けて、本気で……」

言い訳を重ねる僕。それにラグネちゃんは呆《あき》れた微笑を見せて、駄々を捏《こ》ねる子供をあやすように朝の言葉を繰り返す。

「その戦いの意味を確認する為《ため》にも、視るんすよ。カナミのお兄さん、これは女心を知るレッスンスリーでもあるんで、絶対やるっす」

「あ、それ。まだ続いてたんだ」

「はい、続いてるっすよー。ただ、もう面倒だし時間もないので、ぱぱっと裏技を使いましょーって話っす。ライナーから聞いてるっすよ。カナミのお兄さんの最高の魔法は『未来視』と『過去視』だって……。なら、なんでやらないんすか？　いまのカナミのお兄さんは、対守護者《ガーディアン》用の魔法と言っていいものを持ってるっす。『過去視』の魔法って、こういうときの為に編み出した魔法っすよね？」

徹底して、ラグネちゃんは正しいことを言い続ける。

あの魔法が生まれた理由は一つ。

守護者《ガーディアン》と戦うには、守護者《ガーディアン》のことを知ることが一番近道だと思ったからだ。相手を知ることが『未練』に繋《つな》がり、その『未練』を解消することが打倒に繋がる。

まさしく、守護者《ガーディアン》を消すための専用魔法だろう。

その魔法でノスフィーを消して、例の『血の理を盗むもの』ファフナーを制御できる『経典』を奪い、頬の傷の治療をして欲しいと、ラグネちゃんは僕が急かしている。

「そ、そうだけど……。でも、あれは大魔法だから……。使うとなると、この国の結界を壊しかねない……」

「壊しましょうっす。もう気を遣う段階は終わったっすよね」

ラグネちゃんは一刀両断する。

厳しい子だ。最近、仲間たちは僕に甘いから、その厳しさが際立つ。

「嫌われる覚悟で、はっきり言わせて貰うっす。私は敵にもカナミのお兄さんにも、気を遣うつもりもないっすよ」

ラグネちゃんは真剣な表情を崩さないまま、隣の僕を相手に戦意を漲《みなぎ》らせる。

挑戦者の目をしていた。僕が『理を盗むもの』たちに挑戦するときの目と似ている気がした。それはつまり、いま彼女は『次元の理を盗むもの』である僕に、本音のぶつかり合いを仕掛けているということ。

……正直、少し意外だった。

この目をして、僕の前に現れるのはラスティアラだと個人的に思っていたのだ。

僕を打ち負かすことができるのは、僕と正反対のラスティアラだけ。そう勝手に思っていたのだが、現実に現れたのは、僕と同じく臆病で打算的な性格のラグネちゃんだった。

彼女と向かい合っていると、少しだけ鏡を見ているような気がする。

その鏡のような少女は、僕の核心を軽く突く。

「カナミのお兄さんはノスフィーさんの過去を見て、これ以上自分を嫌いになりたくないんすね？」

「…………」

図星を突かれて、僕は顔を曇らせて、俯いた。

表情で肯定を示した僕に向かって、ラグネちゃんは容赦なく話を続ける。

「たぶん、ノスフィーさんの過去は……ただただ、ノスフィー・フーズヤーズが正しく、アイカワ・カナミが間違っている過去っす。見れば自己嫌悪間違いなしっすね」

「……だろうね。言いたいことは、なんとなく僕も分かるよ。ラグネちゃん曰《いわ》く、僕と君とノスフィーの三人は似てるらしいからね」

同意した。さらに言えば、僕が過去に間違った内容も、いまならば『過去視』することなく薄《うす》らと分かる。さっき頭に血が上って、ライナーと戦った僕が、いい例だ。おそらく、『たった一人の運命の人』に拘《こだわ》り過ぎた始祖カナミがたくさん間違えて、色んな人に迷惑をかける話だろう。僕は降参しながら、答えていく。

もう取り繕う必要はないので、これはこれで気が楽だった。

「もう断片は結構見てるから、全体の予想はつくよ。ただ、それを見直すのが怖い。これから覚えてもない自分の失敗を見るってなると、ちょっとね。億劫《おっくう》過ぎて、やばい」

「……はー、もー。カナミのお兄さんって、ほんと器の小さい男っすよねー。そのくらい、ぱぱっと認めろっす」

「それができたら苦労はしないって……。僕はそういうやつなんだ。見栄《みえ》張りで完璧主義、理屈屋で臆病者。ラスティアラに恰好《かっこ》いいって思われたいから、いっつもいい子の振りして、自分を正当化することばかり考えてる。……ははっ」

先ほど、ライナーとの戦いで自分を見直したからだろうか。

すらすらと自分の悪癖が口から出てきた。

僕は他人から良い人に見られたくて仕方ない。だから、尊敬される立派な人間を目指している。道徳を尊び、正義の味方をして、弱者を守ろうと生きてきた。

これでも、結構……頑張ってきたつもりだ。子供の頃の憧れのままに、理想の自分に近づこうとしてきたつもりだ。ただ、その自分が実は悪いやつで、倒すべき邪悪だったなんて、認めるのは少し難しい。

「分かるっすよ。カナミのお兄さんは、ずっとみんなに慕われるいい子ちゃんでいたいんすよね。例の『たった一人の運命の人』ってやつも、周囲に流されて一夫多妻やっちゃうと、なんか男として格好悪いから言ってるだけっすよね？」

ラグネちゃんは皮肉っぽく、僕の八方美人を指摘する。

「たぶん、そんなところだろうね。最近、自分で自分のことがあんまり分からないけど、ラグネちゃんがそう言うならそうなんだと思う……」

彼女の言葉は、本当にすんなりと頭の中に入ってくる。

魔法でもスキルでもない。単純な共感が、僕を素直にさせてくれた。

この心の中の何もかもを言い当てられる感覚は、パリンクロンのやつと戦ったとき以来だ。いや、パリンクロンのやつよりもラグネちゃんは、ずっとずっと僕に近い。

パリンクロンほどの豪胆さが彼女にはない。小手先と口先ばかりを多用し、臆病で計算ばかりの戦い方をする。そのラグネ・カイクヲラの性《さが》に僕は、とても親近感と安心感が湧いた。そして、思うのだ。もし僕から、この異世界のあらゆる優遇を――『理《ことわり》を盗むもの』の力や千年前の遺産を除けば、きっと僕の『素質』の値は彼女と同じ1.12前後で、ステータスもほぼ一緒くらいだと。

他人より少し恵まれていても、すぐに子供の頃のアドバンテージは消えて、本物の天才たちには絶対勝てない。そのくらいが、本来の僕だったはず。

いま僕が強大な力を持っているのは、何かしらの『代償』を『次元の理を盗むもの』として払っているからだろう。そして、その『代償』は無意識の内に、『理を盗むもの』の人格を歪《ゆが》ませる。たぶん、いまの僕は、その『代償』の症状が酷《ひど》い。

先ほどの戦いで、ラスティアラが死ぬと思ったとき。

一瞬で、心が恐怖に塗り潰されてしまった。異常なまでに粘ついた脳みそによって、思考がラスティアラのことだけしか考えられなくなった。

ああも視野が狭くなるなんて普通のことじゃない。

かつて、スキル『???』が膨らませた『混乱』は消えて、いまの僕の状態欄は真っ白だ。だから、もう僕の心に異常は一つもない――そう思っていたのが、罠《わな》だった。

僕は自分の『ステータス』を確認する。

【ステータス】
名前：相川渦波《あいかわかなみ》　HP543/543　MP1514/1514　クラス：探索者
レベル36
筋力19.21　体力21.11　技量27.89　速さ37.45　賢さ28.45　魔力72.32　素質6.21
【スキル】

先天スキル：剣術 4.98

後天スキル：体術 2.02　亜流体術 1.03　次元魔法 5.82+0.70　魔法戦闘 1.01

　呪術 5.51　感応 3.62　指揮 0.91　後衛技術 1.01　縫製 1.02

　編み物 1.15　詐術 1.72　鍛冶 1.04　神鉄鍛冶 0.57

固有スキル：最深部の誓約者《ディ・カヴェナンター》

　???：???

おそらく、この二つ目の『???』こそが、最大の――

「それで、カナミのお兄さんが胡散臭《うさんくさ》いくらいに良い人ぶってる理由は、例の妹さんっすか？　あっ、ちなみに私はママっすねー。ママが死ぬ寸前、自慢できる『一番』いい子になれーって、『呪い』かけてきたんすよねー」

ずっと黙って自省し続ける僕に飽きたのか、ラグネちゃんは次の話題を出してきた。

もう本当に建前なしの会話だった。何年もの親交を育んだであろう親友にしか明かせない話をぶん投げられてしまう。

ラグネちゃんのお母さんは死んでるのか……。

この様子だと、お父さんのほうもいなさそうだ……。

境遇まで僕に似ていると思い、ふと自分の両親について思い返す。

両親との記憶は、あの高級マンションの一室内でしかない。

大都会の空の横にある部屋。なぜか、いつも雨が打ち付けられている窓。家具類は全て淡色で揃《そろ》えられて、埃《ほこり》一つない完璧な空間。もちろん、テレビを点《つ》ければ両親の姿を確認はできた。しかし、両親の本当の姿を間近で見られたのは、あの部屋だけだった。

僕の母は俳優をやっていた。

自分の肉親を褒めるのもなんだが、黒髪の綺麗《きれい》な人だった。

母は僕に期待していた。その言葉を覚えている。

ラグネちゃんと同じように「私以上の俳優になるのよ。世界で『一番』の俳優に」と『呪い』のような期待をされていた。その隣には母だけでなく父もいた。

ああ……。まだあの頃は、僕も期待されていたんだ……。

そして、その期待される僕の隣に立つのは、妹の陽滝《ひたき》。

妹も僕を見て、目を輝かせていた……。

「僕は妹だけじゃなくて、父さんも母さんも含めた家族全員からだよ。うちの家族はみんな、本当に凄《すご》くてさ……。家族の誰にでもいいから、どうにか一度くらい褒められたくて、ずっと必死だったんだ」

本当に必死だった。

あの家族たちと対等になりたくて、自分の理想のハードルはいつも高かった。

「へー、ほー、ふーむ。褒められたいっすか。なら、ノスフィーさんも、そんな感じなんすかね。カナミのお兄さんとそっくりっすから」

その僕とノスフィーは同じだと言われる。苦笑いで、頷《うなず》くしかなかった。

「……そうなのかもね」

「間違いなく、ノスフィーさんは、ただのいい子ちゃんっす。本当にいい子っすけど、いまは悪い子になろうと必死になってるっすね。その理由を知る為《ため》に、これから勇気を持って、過去を視《み》ましょうっす。一歩前に踏み出して、新たな道を――」

「分かってる。ここまで言われて、黙ってられるほど僕は強くないから安心して」

放っておけば、いつまでもラグネちゃんの説得は続くだろう。

絶対にノスフィーの過去を見せると覚悟した彼女を前に、とうとう僕は折れる。

「というか、ラグネちゃんに恰好悪いって思われたくないから、断れない」

そういうやつなのだ、僕は。それは異世界の話ではなくて、僕の世界での話。そういう風に生きて、そういう風に考えて、そういう風に選択するように、で、き、て、い、る。

「っすよねー。お兄さんのそういう胡散臭いところが、私は嫌いっすー」

「僕もだよ。ラグネちゃんみたいな摑《つか》みどころがないくせに、いつの間にか懐に入ってくる人は、ほんと苦手だ」

僕とラグネちゃんは笑い合いながら、互いの嫌いなところまで公開し合った。

そこに険悪な空気はない。それどころか、妙な安心感がある。

自分と似た弱さを持つ人間がいて良かった。そんな情けない安心だった。

ラグネちゃんと十分に笑い合ったあと、僕は覚悟を決める。

「それに早くしないと、ラスティアラたちに置いていかれるからね……。僕がどこか間違った道を進み切ってしまう前に、早く合流しないと」

「うぃっす！　さあ、やろうっす！　で、お嬢たちにいい報告を笑顔でしましょーっす！」

「うん、やろう。というか、いまやれることは、もう全部やろっか」

僕は頷き、立ち上がる。屋根上で深呼吸をしてから、身体《からだ》から魔力を放出していく。

身体に纏《まと》うだけでなく、この地下街全体を満たすつもりなので、その量は莫大《ばくだい》だった。

僕の『ステータス』のＭＰが恐ろしい勢いで減っていく中、僕はラスティアラがノスフィー相手に「一緒に」と何度も仲間に誘ったのを思い出す。他にも、彼女と友人だった『風の理を盗むもの』ティティーは別れ際に「ノスフィーを幸せにするように」と僕に頼んだ。もう薄らと分かってはいるが、確認しよう。

あのティティーと過ごした六十六層裏の地下生活の中で、もう十分に答えを出せるヒントはあった。

一番の糸口は、僕の寝込みをノスフィーが襲ってきた日。出会ってから、二日目の夜だ。

あのときの「『証明』が欲しい」という要求を拒否してから、ノスフィーは少しずつおかしくなった。さらに、その直前に僕は重要な夢を見た。

直前までノスフィーと接触していたせいか理由は分からないが、あれは間違いなく彼女の記憶だった。どこか知らない部屋で、ノスフィーと千年前の僕が二人。そのときの僕は自失状態で返事もままならず、その世話をノスフィーが甲斐甲斐《かいがい》しく焼いていた。

そして、途中、一度だけ彼女は「――お父様」と零《こぼ》した。

それだけじゃない。ヒントは迷宮脱出の際、彼女との死闘の中にもあった。

確かに、彼女は鮮血魔法《アイカワ・カナミ／アイカワ・ヒタキ》を唱えた。その身の中に僕たち兄妹《きょうだい》の血が混ざっていると訴えてきた。なによりも、ノスフィーの僕に拘る姿。その仕草と、その顔と、その生き方は、まるで――

「よし、これで国を覆うくらいの魔力はあるかな。まず次元魔法発動の邪魔を消そうか」

頭の中の整理をしている内に、十分な魔力を練り終えた。

いま地下街に満たされている圧縮に圧縮を重ねた魔力を解放すれば、大聖都全てを包み込むことができるだろう。

本当に魔力が増えたものだ。レベル1のときとは、質も量も比べようがない。

隣でラグネちゃんが「こえぇー……」と本気で怯《おび》えているので、僕は作業内容を口にして、少しでも彼女の不安を薄めてあげることにする。

「これから、次元魔法封印の『術式』ごと、『魔石線《ライン》』全部を封印しようと思う。たぶん、それが一番手っ取り早い」

「へー、封印の封印っすか？　言っていることは分かるっすけど、どうやるのか全く分かんないっすねー。ほんとにできるんすか？」

「できるよ。これでも、僕も『理を盗むもの』の一人らしいからね」

僕は複数の『理を盗むもの』たちと戦い、全てに勝利を収めてきた。

自負がある。ちょっとした誇りだ。その誇りに懸けて失敗はできない。

僕は屋根上から大きく跳んで、地下街の道路の一つに出る。興味ありげなラグネちゃんも付いてきて、その隣に立った。

そこで僕は手を地面について煤《すす》の下にある『魔石線《ライン》』に触れる。

「――魔法《ディスタンスミュート》、魔法《次元の冬《ディ・ウインター》》」

二つの魔法名を口にして、街の『魔石線《ライン》』に手で触れて、『繋《つな》がり』を作り、独自の冷気を流し込んでいく。少しでも外に魔法が漏れると、魔法は結界に阻害されるので、かなりの神経を使う。ただ、こういう作業は僕の得意とするところだった。

「あ、それ。懐かしいやつっすね。でぃ・うぃんたー！」

「ああ、前に僕が使ってたやつだね。僕の封印のイメージは、やっぱり凍結が一番やり易《やす》い」

久しぶりの《次元の冬《ディ・ウインター》》だった。体内で属性変化ができるようになり、つい最近再現可能となった魔法である。もちろん、『水の理《ことわり》を盗むもの』陽滝の魔石がない為、以前よりは精度も燃費も劣っている。

だが、《次元の冬《ディ・ウインター》》は《次元の冬《ディ・ウインター》》だ。僕の使用できる魔法の中で最も得意で、最も信頼できる氷結魔法だろう。その魔法を『魔石線《ライン》』に沁《し》み込ませて、次元魔法を封印する『術式』を冷やしていく。ときには、強引に『術式』を魔力でずらし、『魔法相殺《カウンターマジック》』の要領で結界を破損させていく。

『魔石線《ライン》』は性質上、国の全てに張り巡らされ、繋がっている。なので、逆に『魔石線《ライン》』を辿《たど》れば、地下街からでも大聖都全体に干渉できるということでもある。

機器に感染していくウィルスのようなものだった。

冷気が伝い、地下街全ての『魔石線《ライン》』を停止させて、さらには地上の大聖都の道路や家屋にも侵入し、ありとあらゆる機能を凍らせていく。

ちょっとしたサイバーテロだと思いながら、僕は『魔石線《ライン》』の封印を確認する。

これで、次元魔法封印の結界は消えた。さらに言えば、例の人々を明るく元気にする魔法も消えた。敵は警戒や索敵もできない。連絡や魔力供給もできない。

賊《ぼく》たちのやりたい放題だ。

「よし。とりあえず、これで大聖都の『魔石線《ライン》』を全部凍らせたと思う」

「え、もう？　あっさり過ぎる……。ぜ、全部っすか？」

「うん、全部。せっかくだったから」

その手早さにラグネちゃんは驚いたが、元々魔力を伝えやすい『魔石線《ライン》』に魔法を浸透させるのには大した手間がかからない。《ディスタンスミュート》で独自の『繋がり』を作られるからこそだが、基本的に『魔石線《ライン》』は無防備なのだ。

「今頃、地上は大騒ぎになってるかな……？　ずっと続いてた魔力供給がいきなり途絶えるわけだから……」

「そっすねー。病院や政庁とかは『魔石線《ライン》』頼りじゃないとしても、困ることは困るでしょうねー。まあ、寝てる人は気づかない程度のことだろうし、気にしないっす」

実は余裕があったので、病院といった特定のところは魔力供給を断っていない。これを知られると、また皮肉を言われそうなので黙っていたが、彼女の口ぶりからすると別に断っても問題なかったようだ。

だが、万が一がある。ノスフィーの明るく元気になる結界の恩恵を失った人々が、どういった行動を取るのかは全く予想できない。目的は迅速に終らせよう。

「いま僕は大聖都の人々から、ノスフィーの光を奪った。偽りの明るさだったとはいえ、もう後戻りはできない。――魔法《ディメンション》」

「おっ！　ついに、いつもの次元魔法……！　例の『過去視』っすね！」

邪魔な結界が解除されて、僕は久しぶりの魔法の知覚範囲を得る。

いま僕が立っている家の内部を始めとして、地下街のあらゆる場所を俯瞰《ふかん》して見ることができる。石畳の一枚一枚を数えるのに苦労はなくなり、先の戦闘の被害総額もすぐに算出できる。その知覚を使って、地下街から出る階段を上って、夜の大聖都に出る。

大聖都全体にも《ディメンション》が満たされていく。人を、家を、道を、橋を、空を、壁を、何もかもを包み込んで、僕の魔力の支配下に置いていく。

これで、地上の家屋の数も分かるようになった。人の数も見える。どこで誰が何をして、どんな状態でどういった感情を抱いているのか分かる。やろうと思えば、《次元の冬《ディ・ウィンター》》を作用させることもできる。

国全体を包んだ次は、いま手にあるノスフィーの髪だ。

「――魔法《次元決戦演算《ディメンション・グラディエイト》『前日譚《リコール》』》」

それは異世界での戦いを乗り越え続けて、終《つい》に至った魔法。

僕の全てとも言える『過去視』の魔法を、手の平の一房の髪に放った。

光はない。代わりに、濃い紫色の魔力が手の平で膨らんだ。

それだけの視覚的効果。しかし、僕だけは視られる。目の視界ではなく、頭の中にある形而上《けいじじょう》の視界で視られる。

ノスフィーの過去を。その生まれと生き様と、僕への気持ちを。

全てを、視ていく。

◆◆◆◆◆

初めて、ノスフィーが目を覚ましたのは、仄暗《ほのぐら》い部屋の中。千年前のフーズヤーズ城内だった。そこにある『魔の毒』研究所兼遺体安置所にて、最初の『魔石人間《ジュエルクルス》』として生まれた。そして、そこで三人の使徒たちと出会う。

ディプラクラ、シス、レガシィの三人だ。そのとき、ノスフィーは『光の御旗《みはた》』『聖女』『光の理を盗むもの』『ノースフィールド・フーズヤーズ』といった称号を得た。

間違いなく、それは名前ではなく、称号だった。

人の心を持たぬ使徒たちは、彼女に名前を与えることはなかった。

利便性のために、番号を振っただけ。

当然、そんな彼らを親とは呼べない。使徒は使徒で、それ以外の何者でもない。つまり、ノスフィーは生まれたとき、傍《そば》に両親はいなかったのだ。家族に祝福されるされないどころか、出生を見届けられることさえなかった。――それが、ノスフィーを歪《ゆが》ませた最初の原因。

祝福がないのだから、生まれた実感が彼女には全くなかった。

与えられたのは、役目のみ。

当時のフーズヤーズの姫ティアラの『代わり』となること。

必要とされたのは、役割のみ。

それは『光の理を盗むもの』としてフーズヤーズを繁栄させること。

生まればかりで無垢《むく》な彼女は、それを受け入れた。

――こうして、千年前の伝説の一つ。『光の御旗』の物語が始まる。

少し前に視《み》た『統べる王《ロード》』の物語と比べると、順風満帆な始まりだ。

『魔石人間《ジュエルクルス》』の美貌と才能。生まれながらに血に刻まれた『魅了』の力。

当時は奇跡と呼ばれていた『光の理を盗むもの』の魔法の数々。

さらには、フーズヤーズ王家と使徒たちの後ろ盾。

躓《つまず》きは一度もなく、すぐにノスフィーはフーズヤーズを虜《とりこ》にして、一纏《ひとまと》めにしてみせた。見事に与えられた役目と役割を、彼女は正しく全うし切った。ただ、それは同時に、生き甲斐《がい》をなくすということでもあった。

真っ当な生死観を育めなかったノスフィーは、そのちょっとした燃えつき症候群によって自殺を図ろうとする。親のいない特殊な生まれのせいで、彼女は生への執着が全くなかった。『魔石人間《ジュエルクルス》』ゆえに、人としての生存本能が備わっていなかったのだ。家族という楔《くさび》が存在しなかったのも、自殺の理由の一つだろう。

ただ、その自殺は、使徒レガシィに止められる。

そして、彼女は教わる。親の存在を。

無条件で「生きて」と願ってくれる存在を。

自分を愛してくれる存在を。

ノスフィーは導かれるままに、自分の親を――自分の『魔石人間《ジュエルクルス》』としての身体《からだ》を構成した『遺伝子の提供者』が誰であるかを知る。

『相川渦波《あいかわかなみ》』と『相川陽滝《ひたき》』。

恐ろしいことに、あのモラルゼロの使徒たちは、僕たち『異邦人』の量産を試みていたのだ。僕の世界ならクローン技術にあたることを、平気で当時の魔法技術で再現した。ノスフィーの髪の情報で知る限り、その量産方法は二人分の血を使った人工授精に近い。つまり、僕の知らぬところで、僕に子供ができていたのだ。

もちろん、それを子供と定義するかどうかは長い議論が必要だ、だが、間違いなく、子供に近しい存在が生まれていた。

ノスフィーにとっても、親の定義は本当に難しかったことだろう。

だが、使徒レガシィの導きによって、最も自分の親に近い存在を知り、新たな生き甲斐のようなものを彼女は心に得る。

ただ、すぐにノスフィーは当時の『相川渦波』に声をかけなかった。

生まれたてだが、彼女は賢い子だった。

父親かもしれない男が、自分のことを何も知らないと理解していた。

もし自分ほど成長した女性が、急に「娘です」と現れても、受け入れて貰《もら》えるわけがないと予測できていた。ノスフィーは母方と思われる陽滝に対しても同じ配慮をする。

つまり、我慢してしまったのだ。

優しい彼女は、フーズヤーズや使徒たちに配慮して、さらに『異邦人』たちにも気を遣って、自らの欲求を抑えてしまった。

――これが、ノスフィーを歪ませた二番目の原因。

このときの僕が彼女の存在に気づき、一言でも声をかけることができていれば運命は大きく変わったはずだ。気まずくも拙くも、それなりの出会いを果たして、真似事《まねごと》だとしても、親子のような関係を築けたかもしれなかった。

しかし、そうはならなかった。僕とノスフィーの出会いは、まだまだ先となる。

このとき、ノスフィーは親の存在を知ったことで、『魔石人間《ジュエルクルス》』でありながら人間らしさを一つ得た。人が生まれることと生きることを身近に感じることで、死の恐ろしさも身近に感じるようになったのだ。

ただ、それは死の恐怖を打ち払う手段が分からないのに、死の恐怖だけが付き纏《まと》う日々の始まりでもあった。

僕との出会いを果たせないまま、ノスフィーの孤独な戦いが始まり、時は過ぎていく。

フーズヤーズの繁栄のために、ノスフィーは独りで働き続けた。その仕事内容は今回の問題と関わりが薄いので割愛するが、五年の時が流れていった。

ノスフィーが僕を認識してから、五年後。

――ようやく、『相川渦波』とノスフィーの出会いまで辿りつく。

それは僕からすると、『始祖カナミによる妹陽滝の治療の旅が失敗に終ったとき』に当たる。

この時代の僕は、使徒たちに導かれるまま始祖となり、世界中の『魔の毒』を集めて、妹を救おうとした。しかし、その旅は無残な結果に終わった。『魔人化』の先に待っていたのは人間の超越ではなく、単純な『モンスター化』。

化け物となってしまった陽滝に、当時の僕は激怒して、自暴自棄になった。

それは『次元の理を盗むもの』としての覚醒でもあった。僕は全ての力をもって、使徒シスに復讐《ふくしゅう》をしようとしたが、それは勝算のない戦いだった。

なぜなら、使徒シスの傍には、恐ろしい力を持った騎士たちが三人いた。

始祖カナミが旅の途中で見つけて、救出し、フーズヤーズの騎士に推薦した『闇の理を盗むもの』と『血の理を盗むもの』。さらには、過去に陽滝が国内で見出《みいだ》した天才騎士『地の理を盗むもの』。

皮肉にも、相川兄《きょうだい》妹が保護した三人によって、相川兄妹の復讐は失敗してしまう。

そして、その戦力差もあって、使徒シスには捕縛の余裕があった。

このときの始祖カナミは『次元の理《ことわり》を盗むもの』として暴走気味で、『代償』の払い過ぎで限界が近かった。そこに『闇の理を盗むもの』の精神干渉の魔法を何重にもかけられてしまい、完全に僕の精神は崩壊してしまう。

こうして、使徒シスは心の壊れた人形となった『次元の理を盗むもの』を手中に収める。始祖カナミにとっては、完全敗北と言っていいだろう。

詳しく視過ぎると、釣られて心が壊れかねないので、箇条書きのように『過去視』しているが、千年前の僕にとっては人生そのものをぶつけた戦いだったはずだ。

異世界での物語数年分の集大成が、その決戦にはあったはずだ。

しかし、敗北は敗北。捕縛された僕はフーズヤーズ城の高くまで連れて来られて、当時のフーズヤーズの代表であるノスフィーに献上されてしまう。

――これが、『相川渦波』とノスフィーの最初の出会い。

場所は、高く聳《そび》え立つフーズヤーズ城の四十五階。その中央にある大広間。

部屋にたくさん並ぶ椅子の一つに、自失状態の僕は座らされる。虚《うつ》ろな目を天井に向けて彷徨《さまよ》わせて、口は半開きのまま、声にならない声で呻《うめ》き続けていた。

姿も酷《ひど》いものだ。長らく手入れのされていない黒い長髪の下に、砕けた奇妙な仮面を着けている。その下は確かに僕の顔だったが、その半分以上が『人』でなくなっていた。皮膚の代わりに爛《ただ》れた赤黒い肉が蠢《うごめ》き、人の爪のようなものが鱗《うろこ》のようにびっしりと首まで張り付いている。右腕は完全に欠損して、代わりに触手に似た肉の束がぶら下がっている。

これはノスフィーにとって、念願の父との正式な対面だった。だが、考えられる限り最悪の出会いとなっていた。悲惨過ぎる僕の状態に、彼女は声を震わせる。

「こ、この方は……、か、渦波様？　この有様は一体……。渦波様が、どうして……!?」

それが『相川渦波』であると、すぐにノスフィーは見抜いた。

急いで僕に近づき、その身体を強く抱きかかえる。

そして、いまノスフィーが問いかけた先には、使徒レガシィが立っていた。

この広過ぎる部屋には、二人だけしかいなかった。これを為《な》したであろう張本人の使徒シスは、いまは勝利に酔い、意気揚々と次の計画に移っていたところだった。なので、年中暇と思われているレガシィが代役として、そのノスフィーの問いかけに応えていく。

「……シスのやつは、おまえのやる気を心配している。これはおまえの機嫌を取るための献上品らしいぜ。今日より、カナミの兄さんはおまえのものだ。どうだ？　これで少しは生きる甲斐《かい》が出てきたか？」

「そんなことは聞いていません！　どうして、渦波様がこんな姿になっているのかを、わたくしは聞いているのです!!」

物のような扱いをする使徒に、ノスフィーは心から怒っていた。

この五年で彼女の道徳は、完全に『人』と同じものとなっていた。もはや、誰も彼女を作り物の『魔石人間《ジュエルクルス》』とは思わないだろう。事実、この時代のフーズヤーズ国民は、ノスフィーを民の気持ちをよく理解してくれる心優しい聖女様と崇拝している。

「いつも通り、俺はシスからの伝言をおまえに繰り返そう。――『異邦人』を使った主《あるじ》の代行計画は失敗に終わった。陽滝は人間を超えることはできず、ただの化け物と成り下がってしまった。そして、妹を失った兄は自棄《やけ》になり、世界全てを恨み、その心の弱さに完全に呑《の》み込まれてしまった。当然、心の弱い渦波の兄さんが、たった一人で俺たちに勝てるはずもなく……こうなった」

レガシィは椅子に座る僕を指差して、少し残念そうに肩を竦《すく》めた。

「し、失敗に終わった？　渦波様も陽滝様も、両方とも……？」

「ああ。おまえの両親は、どちらも駄目だった。あれだけの可能性を秘めておきながら、大失敗に終わった。……不思議な話だ」

次にレガシィは、僕の傍に立つノスフィーを指差す。

「ゆえに、次の代行計画の柱はノースフィールド、おまえだ。『異邦人』二人の血と特性を受け継ぎ、『代わり』となることに特化し、『不老不死』の力を持つ『光の理を盗むもの』よ。……心の成長も順調だ。だから、シスのやつはおまえが最も『最深部』に至る可能性があると判断したみたいだぜ」

「このわたくしが、世界の『最深部』に……?」

ノスフィーは立場上、『最深部』という場所の存在を知っている。

そこには、神に至るに等しい魔力があると分かっているからこそ、怪訝《けげん》そうに眉を顰《ひそ》めた。鵜呑《うの》みにしていい甘い話ではないと、このフーズヤーズの『光の御旗《みはた》』生活で彼女は学んでいた。

「いつか、おまえは全ての『理を盗むもの』の魂を奪い、この世の全てを吸収し、我らが主と同じ領域に達するだろう。一国の『光の御旗』ではなく『世界の御旗』となる。――と、そうシスは楽しそうに言ってたぜー。はははっ、これをちゃんと本人に説明しないあたり、また同じ失敗しそうだよなあ? 的外れの機嫌取りしちゃってるしよぉ。ほんと相変わらずだぜ、あいつは」

説明し終わったレガシィは、愉快そうに成長しない自分の同僚シスを笑った。

笑い続けるレガシィを横目に、ノスフィーは暗い顔で黙り込み、僕の顔を撫《な》で続ける。

「ん、どうした? ずっとそれが欲しかったんだろ?」

「ち、違います!! こんな形でお会いしたくはありませんでした……!」

「そうか。だが、残念だが、これからおまえは付きっ切りだぜ? シスのやつは世論調整の為《ため》、おまえとカナミの兄さんの婚姻まで計画してる」

「は、はあ……!?」

　そして、ここで例の結婚についての話が出てくる。

　それにノスフィーは、心の底からの疑問符で応えた。

「この世界に貢献した始祖様は、この世界を救った聖女様と結ばれる。これでまた一歩、世界征服に近づくわけだ。北と戦う前に士気が上がるぜー。滅茶苦茶《めちゃくちゃ》上がるぜー」

「北……？　北陸との戦争を再開するのですか？　しかし、あそこは伝説の『統べる王《ロード》』の誕生で、国力が磐石《ばんじやく》なものに……」

「確かに北の狂王『風の理を盗むもの』ロードは強い。前線にいる総大将『無の理を盗むもの』セルドラも同様だ。この二人は『理を盗むもの』の中でも飛び抜けている。だが、次の計画のためには『理を盗むもの』全員の魂が必要なんだ。宰相『木の理を盗むもの』アイドも含めた三人は倒すべき敵だ。避けては通れない」

　厳かな物言いで、レガシィは敵たちの名前を連ねた。

　それらはノスフィーにとって恐怖の象徴だった。この五年の間で、その三人に何度煮え湯を飲まされたか数え切れない。もし、こちらにも同様の手札がなければ、この数年で世界は北のヴィアイシア国によって統一されていたことだろう。

「――が、そんな話は、ぶっちゃけ俺にはどうでもいい」

　が、それはレガシィにとって、どうでもいい話らしい。ころころと変わる話にノスフィーの顔が険しくなると、レガシィは正直に自分の目的を吐き出していく。

「悪いな。いま俺が興味あるのは、アイドとおまえの生き様だけだ。ああ、いまの俺にとって大事なのは、この二人だ」

「北の宰相様とわたくしですか……？　レガシィ様は一人で一体何を……？　世界を救うのがあなたの役目なのでは……？」

「そうだな……。もちろん、俺は俺なりに世界を救う方法を模索してる。あまり理解されないからサボってると思われがちだが、俺なりに頑張ってはいる。ほんとだぜ？」

滅多に自分のことを話さないレガシィが、それなりに心情を吐露してくれる。

ノスフィーは珍しいものだと思うと同時に、そうなるだけのショックを彼が受けていることを察した。おそらく、レガシィにとっても、この状況は笑って受け止められるものではないのかもしれない。

「まっ、俺のことよりおまえだ。なあ、おまえはカナミの兄さんの娘になりたいんだろ？」

「え、それは……その、娘には……、えっと……」

「父に自分を見てもらいたいという欲求があるはずだ。自分を何よりも先に見て貰い、何よりも大事にされて、何よりも強く抱き締めて欲しいんだろう？」

「そこまでは……。わたくしは……、渦波《かなみ》様に立派になった姿を見て貰えれば、それだけで……」

「なるほど。せめて、ここに自分が生まれたことを知って欲しいのか。相変わらず、欲の浅いやつだ」

レガシィはノスフィーの底にある願いを引き摺《ず》り出していく。

「……はい。わたくしは生まれたことを、お父様に伝えたいのです。それだけでいいのですが、これではもう……」

「これで終わりなものか」

その願いは潰《つい》えたとノスフィーは首を振った。だが、すぐさまレガシィは否定する。

どこか怒っているかのような荒々しさが、そこにはあった。

「おまえが思っている以上に、カナミの兄さんは意識が残ってる。呼べば、ちゃんと反応もする。だから、ノースフィールド。おまえが前に出て、叫び、呼び戻せ。『人』に不可能なんてない。届かない思いなんてない。絶対にない」

諦めることだけは許さないと、レガシィはノスフィーを煽《あお》り立てた。

そこには確固たる信念と信頼があった。ここにいる僕とノスフィーならば必ず為せると、本気で思っている表情をしていた。その熱に押されて、ノスフィーは強く口を一文字に結び――ゆっくりと口を開き、僕の名前を呼び、名前を名乗る。

「か、渦波様……。わたくしは、名をノースフィールドと申します。聞こえますか？」

耳元で、本当に小さな囁《ささや》き。僕の口から響く呻き声にすら掻《か》き消されそうな声だった。

しかし、確かに届く。

ずっと視線を天井に向けていた僕は、その声に反応して首を僅かに動かして答える。

「……ノース、フィールド？」

レガシィの言う通り、意識はあるようだ。告げられた名前を拙くだが、繰り返した。

その反応にノスフィーは顔を明るくする。見た目ほど重症ではないと分かり、声を少しだけ弾ませて、自己紹介を進ませていく。

「はいっ。わたくしは使徒様たちの手で生まれた『魔石人間《ジュエルクルス》』で、身体《からだ》のほとんどが『異邦人』様お二人のものでできています。だから、その……謂《い》わば、わたくしはお二人の子供のようなもので……。もちろんっ、勝手を言っているのは分かっております！　ですが、わたくしのような存在がいることだけでも、どうか――！」

ノスフィーは願う。どうか、自分のような人間がいることを知って欲しいと。

それは余りにささやかな願いで、容易《たやす》過ぎる要求だった。

だが、それは叶《かな》わない。

叶わないから、千年後の世界でノスフィーは、ああなる。

「ティ、ティ、ティアラ……？」

「え？」

僕が顔を動かして、瞳にノスフィーを映し――しかし、口にした名前はノスフィーではなかった。この八年、ずっと共に旅をしてきた仲間の名前だった。

そして、その名前を口にした途端に、僕は涙を両目から零《こぼ》していく。

「ぁあ、ぁああっ、ああァァあぁっ、ごめんっ……！　ティアラ、ごめん……！　僕が約束を破って……！　あぁぁあアアッ、ティアラァア……!!」

「お、落ち着いてください！　わたくしはティアラ様ではありません！　あの方の『代わり』に、フーズヤーズを取り仕切っているだけの者です！」

狂乱する僕を、ノスフィーは嗜《たしな》めた。確かにノスフィーとティアラは背格好が似ている。服装も近しいところがある。しかし、顔の造りはそこまで似通っていない。この二人を見間違えるということは、幻覚を見ているに等しい。

僕はノスフィーの顔を見つめて泣きながら、情けなく謝り続けていく。

「ティアラ、ごめん……。謝るよ……。何度だって謝る……から、僕を助けてくれ……。お願いだ、ティアラ……。ごめん、ティアラ、ごめんティアラティアラティアラ……。ティアラティアラティアラティアラティアラ――」

名前を繰り返し、時々謝るだけ。身体は一切動かさない。動かし方を忘れたかのように、ただただ呻《うめ》き声《ごえ》を張り続ける。このとき、僕が最後の心の拠《よ》り所《どころ》としていたのはティアラという少女だったとよく分かる光景だった。

そして、ノスフィーにとっては、自分の声が届かないと証明された光景でもあった。

もはや名前を告げることすらできないと分かり、レガシィが困ったように問いかける。

「こうなるのか……。声が届かないとなると……、どうするんだ？」

「わ、わたくしに分かるわけがありません……！　どうすればいいのです!?」

もちろん、ノスフィーにも分かるわけがない。

仕方なさそうにレガシィは思案し始めて、数秒後に自分の知る一般論を提示する。

「んー……。赤子なら泣き叫ぶ。子供は悪戯《いたずら》で気を惹《ひ》く。大人だと口説く……あたりか？　おまえはどれを試す？」

使徒らしく、どこか的外れな意見だった。こと人間の心理においてレガシィは頼りにならないとノスフィーは判断して、すぐさま自分の信じる道を選択する。

「……声をかけ続けます」

「は？　いま駄目だったろ」

「それでも、わたくしは声をかけ続けます。一目見て貰《もら》う為――いえ、渦波様を助ける為に続けます。信じていれば、いつか必ず、声は届きます」

ノスフィーは先ほどの会話で名前を呼ばれなかったが、僕が助けを求めていることは理解できていた。だから、迷いなく、まず助けることを誓った。その上で、声を届け続けることだけが、この閉じた心を貫く唯一の方法だと信じた。

――それが、この五年の生活で彼女の得た「愛の『証明』の条件」だった。

「……そうか。なら、それを俺は見届けるさ。俺も大分、この世界の楽しみ方が分かってきたところだ」

「はい。どうか見届けてください。必ず、わたくしが渦波様を正気に戻して見せます」

そのノスフィーの返答を聞き、レガシィは満足そうだった。

――こうして、心身喪失した僕の世話をするノスフィーの生活は始まる。

正直、『過去視』している僕は、目を覆いたくなる惨状だ。

動かない僕の着替えや食事といった世話を、全てノスフィーは自分一人だけで行っていく。名目上、いまの始祖様を一般の目に触れさせるわけにいかないという話だったが、決して他言しないであろう腹心の侍女たちもたくさんいた。彼女が一人でやると決めたのは、それが夢だった「家族との生活」でもあったからだろう。

看護生活の中、時おり彼女は夢が叶ったかのように、緩い笑顔を浮かべていることがあった。ずっと『光の御旗』として生きてきたので、新鮮というのもあるはずだ。決して、嫌々やっているわけではなかった。

毎日のようにノスフィーは、夢遊病のような僕を連れて、城内を案内したり、庭の散歩をしたり、屋上の景色を見せたりして、夜は一緒の部屋で就寝した。

全力で僕の心の回復に努めた上で、得意の光の魔法で身体の傷も癒し続けてくれた。

本当に献身的な介護だ。そして、数日もしない内に、モンスターとしか呼べない外見の特徴は修復されて、人らしい姿に戻っていく。

そして、その間、きちんとノスフィーは『光の御旗《みはた》』としての公務も行っていた。

丸一日仕事が続いた日もあったが、そのときは寝る時間を削って、僕の介護をする。

ずっと求めていた肉親との触れ合いが、疲れを忘れさせたのかもしれない。じっとりと額に浮かぶ汗の下で、ずっと絶えない微笑を見れば、そう思うしかなかった。

――ただ、『過去視』で視《み》る僕の表情は、彼女と対照的に酷《ひど》く歪《ゆが》み続ける。

そして、城の侍女たちが何とも言えぬ顔で見守る中、ノスフィーが甲斐甲斐《かいがい》しく僕の世話をし続けること数十日。

まだ僕は一度も、ノスフィーの名前を呼んでいなかった。夢遊病状態ながらも返答することが偶《たま》にあったが、はっきり言って、何も答えないほうがマシだ。なぜなら、一日が終わり、搾り出すように僕が口にする名前はいつも――

「ティアラ……。ありがとう……ティアラ……」

ノスフィーではなく、ティアラ。

その度に、彼女は顔を歪ませつつも、なんとか笑顔を保つ。

「……はい」

短く答えるノスフィーは、やはり自分はフーズヤーズの姫ティアラの『代わり』に過ぎないのだと、痛感させられていく。ただ、希望もあった。それはレガシィから聞いた『始祖』と『光の御旗』の婚姻だった。

「構いません……。これから、わたくしたちは夫婦に……、正真正銘の家族になるのですから……。やっとわたくしにも、家族が……」

次のステップに移れば、また反応は変わるはず。そうノスフィーは信じて、使徒による国の根回しが終わり、二人の結婚式の日取りは決まる。

八年かけて各地を救ってきた英雄『始祖カナミ』と五年かけてフーズヤーズを再興してみせた聖女『光の御旗ノースフィールド』の結婚は、南の地を完璧に統合する儀式であり、北に反撃する為《ため》の狼煙《のろし》でもある。

入念な準備が、迅速に行われたのは言うまでもない。

結婚式のほとんどは城の奥深く、最初は事情を知る身内だけで行われることになった。ただ、その式の最後には国民へのお披露目が予定に入っていた。これにはフーズヤーズの王族たちとノスフィーは、本当に困った顔を浮かべるしかなかった。

結婚式のパレードにて、新郎が夢遊病状態で表情を一切変えることなく、馬車の上で揺られ続けるだけなのは、問題だ。どうにか、上手《うま》い方法はないかと夜通し議論になる中、この婚姻を最も推し進めていたシスが「え、笑顔って必要……？」と世間ずれした反応を見せていたので、途中退席させられていた。シスは二人が結婚さえすれば南の横の繋《つな》がりは強固になるし、ノスフィーも大変喜ぶと、安易に考えていたようだ。……相変わらずのやつである。

結局、無表情の問題を解決することはなく、その結婚式の日はやってくる。

――ノスフィーにとっては運命の日であり、和解と離別の日であり、崩壊の日となる。

早朝より、城の中にある聖堂内で、簡易的な式が始まった。

僕の世界と変わらず、この世界にも宣誓と誓いの接吻《せっぷん》はあった。

それを僕はノスフィーに言われるがままに、こなしていく。ここまでの介護生活のおかげか、このときの僕は彼女の指示をよく聞くようになっていた。

ノスフィーがこくりと頷《うなず》けば、僕も頷き返す。

ノスフィーが口を近づければ、そのまま口づけもした。

もちろん、そこに意思はなく、ただの身体の反射だろう。

――それでも、確かに婚姻は二人の間で交わされた。

南の国々の要人たちが集まる中、二人は結ばれた。

そして、参列する要人のほとんどが、この状況を理解していた。これは国力を高める為の儀式であり、形だけのもの。その証拠として、新郎は顔色一つ変えずに作業的。この暗雲の時代の婚姻など、大抵はこんなものといった様子だ。

聖堂での式は、ほぼ流れ作業に近かった。だが、ノスフィー一人だけは心底嬉《うれ》しそうに、ずっと笑っていた。綺麗《きれい》なウェディングドレスを身に纏《まと》って、家族を得たという事実に浮かれていた。

――『過去視』する僕の表情は、より一層と歪む。これ以上ないくらいに。

続いて、二人はヴァージンロードを歩き、屋根のない馬車に乗り込んで、国民の待つ国の大通りへと向かっていく。

ぐるりと国中を回って、このめでたき日を祝うのだ。

馬車はフーズヤーズの城を出て、式用に飾りつけされた橋をゆっくりと渡り、無数の国民たちが並ぶ道を進んで行く。

すると、雷鳴のような歓声が鳴り響いて、突風のような衝撃が二人の間を突き抜けた。

国中の誰もが、心から待ち受けていた。なにせ、フーズヤーズ国民の人気という点において、この英雄と聖女に肩を並べるものはいない。

国民たちは喜びに喜び、泣くように祝いの声を馬車に投げかける。

使徒様の呼んだ『始祖カナミ』の偉業は、誰もが知っている。魔法の基礎である『呪術』によって、この世界の『魔の毒』を中和する方法が広まった。それでいて、各地を旅して、民を苦しめる悪い『魔人』たちを討伐していき、南の国々が力を合わせる切っ掛けを作った。

当然ながら『光の御旗』の偉業も、誰もが知っている。突如消えたフーズヤーズの姫の『代わり』という形だが、王の隠し子と噂《うわさ》されるノスフィーは民の為に、働きに働いた。五年間休むことなく、絶望する人々を光で照らして、奇跡で癒し、国を守り続けた。

この二人の婚姻なのだから、浮かれないわけがない。

活気がないわけがない。希望に満ちないわけがない。

パレードの中で、ノスフィーは馬車の隣に座る僕に話しかける。

どうにか僕の表情を変えようと、このとても明るい景色を示す。

「見てください、渦波《かなみ》様……。渦波様がこちらにいらしたときとは比べ物にならないほど、フーズヤーズは豊かになりました。もう誰も小国とは呼ばないでしょう。わたくし、本当に頑張りました……。来る日も来る日も施策を行い、奇跡を起こして回り、人々の不安を取り除きました……。『異邦人』様二人の──特に、陽滝《ひたき》様の助言があったとはいえ、ここまでやってこられたのは……いえ、その、やっぱりわたくしの力だと思っています！　ええっ、だってわたくしは本当に頑張りました！　これでも、結構凄《すご》いのですっ！　聖女と言われるほど凄いのです！　渦波様!!」

途中から自慢に切り替わったのは、その年齢ゆえだろう。

まだ彼女は、そのくらいの年なのだ。続くパレードの間、ずっとノスフィーは今日までの苦労を語り、最後に言い締めていく。

「──道を歩けば物乞いと病人ばかりだった時代は終わりました。もちろん、裏通りまで完璧とまでは、まだ言えません。それでも、『異邦人』様の世界に一歩近づいたと、わたくしは思っています。あの話に聞く『青い空』の世界へ。また一歩……」

ノスフィーは空を見る。活気と希望に満ちたパレードの日だが、延々と暗雲が広がっている。この世界を蝕《むしば》む『魔の毒』は消えることなく、まだ頭上に。

「――っ」

そのとき、ノスフィーの隣の僕が、軽く息を漏らした。

「あ……、渦波様、いま……」

驚きながら、ノスフィーは僕の横顔を見る。

本当に僅かだが、頬を緩ませる僕を見て、口を大きく開く。

この数日間、何をしても変わることのなかった表情が動いたのだ。

この数日間の献身的な介護が、やっと実を結んだ。そう思える瞬間だった。

その喜ぶノスフィーに向かって、僕は顔を向けながら、意味のある言葉まで添える。

「……あれ。なんだか、少し……。いい夢を……、見ているような、気がする……」

夢心地のようだと声を出した。

それにノスフィーは感極まった涙を浮かべて答えようとする。ようやく、自分の声が届いたのだと。今日までの苦労が報われるときが来たのだと、そう思い――

「か、渦波様！　やっと、意識が！」

「ティ、ティアラ、そんな気がするよ……」

しかし、呼ぶ名前は変わらない。ノスフィーを見てティアラと呼ぶ姿は、まだ自我を取り戻しているとは言えなかった。おそらく、いま行っているのは「ノスフィーとの結婚」でなく、「ティアラとの結婚」だと思っているのだろう。

「……はい」

それにノスフィーは、顔を俯《うつむ》けて頷き返した。

しかし、すぐに笑顔を作って上を向く。パレードに集まってくれた国民たちに手を振り始める。僕が微笑を浮かべるようになった以上、いまこそ仕事をするときだと奮起したようだ。だが、その姿は認めたくない現実とぶつかって、問題から逃げているようにも見えて――千年前の僕の結婚式は終わる。

ノスフィーは僕の伴侶となった。

儀式を終えて、国が二人を受け入れ、世界中が認めた。

ただ、たった一人。当の花嫁だけが、心から認めることができていなかった。

ノスフィーは結婚式の夜。いつものように、自室で椅子に座って呆《ほう》ける僕の前で難しい顔を浮かべる。

なぜなら、僕との結婚式を終えても、何も変わらなかった。

結局、お嫁さんになっても一度も見てくれはしなかった。

抱いていた儚《はかな》い希望は、所詮は夢でしかなかったと思い知った。

未《いま》だ目の前の僕は、宙を見て、目を彷徨《さまよ》わせたまま。

「……違います。……こんなのは、絶対に違います」

意味のない一日だったと、ノスフィーは悲しむ。

こんなものは無効。『証明』にはならない。

形だけ。価値は一つもない。

家族になったとも全く思えない。

もし本当に家族になれたのならば、いま胸の中にある不満が消えているはず。

ずっとある『未練』も少しは薄らいでいるはず。

今日までの生も報われるはず。

例えば、あの日、レガシィに連れられて行った病院で一組の親子を見たときのように
……。同日、遠目に見た父かもしれない人の笑顔を見たときのように……。

もっと……。もっと心は、震えるはずだった……。だから──

「レガシィイ──!!　いまから、わたくしはわたくしの魔法を使います!!」

腹の底から湧き上がる衝動のままに、ノスフィーは叫んだ。

対外的に今日は初夜で、ここは夫婦の部屋となっている。

だから、この部屋には二人しかいないはずだった。だが、その呼ばれた名前の持ち主が、
頭を掻《か》きながら部屋の隅の闇から姿を現す。

透明だった身体《からだ》が色づくかのような変化だった。

「よく俺がいると分かったな……。いや、まあ見てると宣言はしたが……」

「どうでもいい話です。それよりも、いまから『光の理《ことわり》を盗むもの』の【光の理】で、渦波様を救います……！」

レガシィがいたことに対する動揺はなかった。

ノスフィーは自分の力を振るうことだけしか頭になく、レガシィに詰め寄っていく。

「しかし、おまえの【理】では、『代わり』となることだけしかできないぞ？　それも、伴う『詠唱』はおまえの精神を著しく削《そ》ぐ。おそらく、おまえはおまえらしさを失っていくだろう」

「構いません」

レガシィは使徒の役目として、ノスフィーに説明責任を果たしていく。

だが、迷いなく生贄《いけにえ》の少女は頷いた。

「なにより、いまのカナミの状態を背負うというのは……、余りに厳しいことだ。これは普通の精神干渉魔法ではない。ティーダとシスだけではなく、カナミの兄さん自身の魔法も足された複雑な精神的外傷だ」

「構いません！　それでも、私は『代わり』に背負いたい……！　背負わなければ、何も始まらない……！　わたくしの何もっ、何も始まらないのです!!」

ノスフィーは搾り出すように声を吐き出した。

手の平から血が出るほどに拳を握り込み、床が抜けそうなほどに強く足を踏みしめ、喉には血管と筋が浮かび上がっていた。

それが魂からの要望であると察したレガシィは、それ以上の制止をしなかった。

嬉しいような悲しいような、どっちつかずの顔で淡々と返答する。

「……分かった。主《あるじ》に仕える使徒の一人として、使用を許可する。ただ、勘違いしているようだが、『詠唱』は勝手におまえの口から出る。俺たちが教えられるものじゃない」

その力を得た者だけが、その力の本当の盗み方を知る。

そうレガシィは助言して、ノスフィーに優しく『詠唱』を促した。

それにノスフィーは何かの真理を気づいたかのように目を見開いて、頷き返してみせる。

ずっとそうではないかと思っていたが、ここにきて使徒のお墨付きを得て、確信に至ったような顔だった。

そして、ノスフィーは自分のために、自分の『詠唱』を口にしていく。

その精神を取り返しのつかないところまで捻《ひね》り曲げて、絡み入り組ませ、決して解けない知恵の輪のような形に変えていく。そのときが来てしまう。

「――『朽ちる闇も朽ちる光も』『等しく不白の白となる』――」

歌うように滑らかに、祈るように穏やかに。

何よりも捧《ささ》げるように、清澄に響く『詠唱』。

捧げられるのは、ノスフィーの人生の一部。

このとき、彼女は光も闇も感じることのない無垢《むく》な魂を持っていた。

その不純物の一切ない湖のような魂が、いま澱《よど》んでいく。

「――『夢の闇も夢の光も』『等しく不黒の黒となる』――」

『光の理を盗むもの』である彼女の魂に塗りたくられていく色は、白。

乾いた絵の具のような濃い白が、その無色の魂を染めていく。光という光に襲われて、心の中が煌《きらめ》き輝かし、光の魔法の使い手らしく、全てが書き換えられていく。

まず『代償』が支払われて、彼女の全身から光属性の膨大な魔力が溢《あふ》れ出した。

その世界から盗んだ魔力は使い切れず、行き場を失い、部屋に満ちていく。

そして、明るい光が強まれば強まるほど、くっきりと闇も見えるようになる。

いまノスフィーは魔法名を口にしなくとも、『光の理を盗むもの』の奇跡をもって、『相《あい》川《かわ》渦波』の精神の傷を『代わり』に背負おうとしている。当然、その中には『闇の理を盗むもの』ティーダの闇も混じっていた。

その闇の黒が、ノスフィーの心に浮かぶ。彼女の白に塗りたくられた心に、白色以外の汚れも目立ち始めていく。その汚れは黒い線となって、心に亀裂のような模様を作る。罅《ひび》割《わ》れて、砕けてしまう寸前の心のように感じた。

――他人の精神の傷を『代わり』に背負う。

それは常人なら嫌悪で悲鳴をあげて、不快感で喉を掻き毟《むし》りたくなる恐怖だろう。

だが、このときのノスフィーは笑っていた。

とても気持ちよさそうに深い笑みを作って、堕落していく自分に快楽を感じていた。

――ようやく、得た。

不快感よりも、達成感や充足感のほうが強かった。

『魔石人間《ジュエルクルス》』という生まれが、彼女に人らしさを与えなかった。何物も欲せず、自らの命すら守らず、言われたがままに善事を為し続けるだけの機械に過ぎなかったノスフィーが、いま、やっと人と共感するための基準を手に入れる。

たとえ、それが人として過剰な『素直さ』というものでも、基準は基準。

だから、生まれてからずっとあった魂の疎外感が薄れていく。

ノスフィーは『人』の仲間入りができた喜びを感じて、笑い、耳にする。

『光の理を盗むもの』の力によって、ずっと虚《うつ》ろだった僕の目に光が灯《とも》っていた。

そして、うわ言と呻《うめ》き声《ごえ》ばかりあげていた唇から、ついに――

「こ、ここは……？」

確かな理性を宿した言葉が発せられた。

「か、渦波《かなみ》様!!　いま、声を……！　分かりますか!?　いま、このときを！」

ノスフィーは魔法を中断して、興奮のままに歩み寄る。

「いま、このとき？　ここは海の中……いや、これは夜空？　光が遠くて、近い……」

部屋の中にいるはずの僕が「海」「夜空」という単語を発する。

床、壁、天井を認識できていないのだ。

意識は戻れども、強い幻覚症状の中で、まだ視界がはっきりとしないのだろう。

それでも、ノスフィーは喜びで涙を零《こぼ》した。

一切治る兆候のなかった症状が緩和されたのだ。一歩前に進んだことに感動して、物理的にも一歩詰め寄って、待望の自己紹介をしていく。

「初めまして、渦波様……！　わたくしの名は、ノースフィールド……！　『ノースフィールド・フーズヤーズ』です！」

その声を聞き、僕は瞳をノスフィーに向ける。

「え……？　あ、あぁ……。君が気を失ってる僕の面倒を見てくれたの……？　僕は相川渦波……。よろしく、ノースフィールドさん。いや、君かな？……えっと、『北の地』って珍しい名前だね。いや、恰好《かっこ》いい名前だとは思うけど」

見知らぬ場所で見知らぬ相手と向かい合っているというのに、全く緊張感のない受け答えだった。ノスフィーの姿を認識できているかどうか分からない反応だ。だが、きちんと初対面の挨拶はできていた。本当にぎりぎりのところで。

「変な名前ですか……？　使徒様方から貰《もら》った名前なので、えぇっと……」

「ああ、またシスのやつか。あいつ、根はいいやつだけど、ちょっとあれだからな……。ちゃんと文句は言ったほうがいい。それが、あいつの為《ため》にもなる」

「そんな文句なんて……。わたくしはノースフィールドでも十分です……。十分に嬉《うれ》しい名前です……」

ノスフィーは僕の様子がおかしいことに気づいていた。

怨敵であるシスの名前が出ても平常であるのが、その最たる証拠だ。

だが、その問題をノスフィーは後回しにした。

この緊張感の欠如した交流を、ノスフィーは長年欲していたのだ。僕と言葉が通じて、朗らかに微笑《ほほえ》み合える。それだけで、かつてない幸せを感じられるのだから……。

「でも、流石《さすが》にあれだからさ。愛称くらい付けたほうがいいんじゃないかな？」

「愛称……ですか？　わたくしの？」

「うん。とりあえず、簡単にノスフィーなんてどうかな？　これはちゃんと人の名前っぽいと思うんだ。君によく似合う」

「『ノスフィー』……!!」

とりあえずの人っぽい名前……。

それは軽い……。本当に軽い提案のつもりだったのだろう……。

しかし、ノスフィーにとっては違う。

「う、嬉しいです……。とても嬉しいです……！　愛称で呼ばれたことなんて、わたくし初めてで……！」

ノスフィーは愛称どころか、人として呼ばれたこともなかった。

いままで彼女は、地名と番号で呼ばれてきたようなものだ。

国民は「そこが天上の人らしくていい」と好意的に解釈していたが、ずっとノスフィーは人としての名前が欲しかったのだ。

それを、いま、やっと得た。

ノスフィーは確信する。

やはり、この目の前の男性こそが、自分の望んでいた存在であると。

「そっか。君も、いつかの僕と同じだね……。僕も学校では、誰も……」

対して僕は、彼女の言葉に共感して、まさかの元の世界での話を始めた。

子供の頃、ノスフィーと同じで名前の「かなみ」でなく「あの有名人の相川の息子」と呼ばれていたのを思い出したのだろう。さらに、連鎖的に学校での出来事を思い出していっているのか、徐々に顔を青くして、焦り、呟《つぶや》き出す。

「……が、学校？　そうだ……。僕は学校に行かないと……、行かないといけない！　それに、今日は当番だ！　あいつと一緒だから、今日は誰よりも早く行くって決めてたのに……！　ああ、時間がない！」

「え、え？　ガッコウですか……？」

唐突に僕は周囲を見回して「鞄《かばん》どこだろ……」と呟きながら歩き回る。当然だが、そんなものは、この部屋にない。学校なんてものも、この異世界にはまだ存在していない。

「ノスフィー、起こしてくれてありがとう。また遅れるところだった。本当に助かった」

「いえ、それはいいのですが……。渦波様、ガッコウとは……」

「ああ、そうだ。早く学校へ行こう。父さんたちが帰ってくる前に出ないと、また怒られる……。幻滅される。駄目だ、それは絶対に駄目だ。絶対に……！」

僕はノスフィーの言葉を遮り、何もない空間に手を伸ばして、ふらつきながら登校の身支度をし始める。

「か、渦波様……」

その光景は異様も異様だった。

何かに追い立てられるかのように存在していない学校へ向かおうとする僕を見て、ノスフィーはさらなる精神の回復の必要性を感じる。

先ほどの『光の理を盗むもの』の力で、快調に向かっているのは間違いない。

ずっとティアラのことしか見えてなかった僕が、とうとうノスフィーという名前を呼んだのだ。――けれど、完全でもない。余りに深く複雑に刻まれた傷を治すには、たった一度の『詠唱』だけでは足りない。

自然と、ノスフィーは考える。

もっと。もっとだ。もっともっと光の『詠唱』を——

「く、『朽ちる闇も朽ちる光も』『等しく不白の白となる』——!!」

迷いはなかった。

その心が歪《ゆが》むのを、ノスフィーは笑顔で受け入れて謳《うた》う。いま彼女には言葉を紡げば紡ぐほど、目の前の僕に近づいているという感覚があった。実際、この行為は心の『繋《つな》がり』によく似ている。この『詠唱』の間、一方通行だけれども間違いなく、心と心が繋がっているのだ。まるで家族のように。だから、苦ではない——のだが、その『繋がり』から流入するものは、普通ではない。

ノスフィーの心を恐ろしい速度で傷つけていく。

まず最初に、視界の明るさが、落ちた。

以前に感じたことのある死の恐怖が急激に膨らんで、また明るさの変わらない部屋の中で失明していく錯覚に陥っていく。

ただの幻覚だと分かっているノスフィーは、怯《ひる》むことなく『詠唱』を続ける。

僕の心の状態を、次々と『代わり』に受け取っていく。

「『夢の闇も夢の光も』『等しく不黒の黒になる』——!!」

ノスフィーは呼吸が浅くなっていくのを感じた。

　ふと視線を自分の胸に向けると、その遠さに吐き気を催した。

　僅か数センチ下にあるはずの胸元が、地の果てほどに遠くにあった。空間というより距離感が捻《ねじ》れて、ずれてしまっている。センチメートルとキロメートルの感覚が、入れ替わってしまっている感覚だ。

　また、ふと視線を動かす。

　自らの手の甲が部屋の隅にあって、まるで自分の手の甲ではないかのようだった。

　逃げるように視線を動かすと、次は部屋の家具たちが目に入ってくる。椅子、机、ベッド、棚、ありとあらゆるものが眼前一センチのところにあり、悲鳴をあげそうになる。

　ノスフィーは立ち眩《くら》みで、足を震わせた。

　幻覚と分かっているが、膨らみ過ぎた不安に酔ってしまい、浮遊感を覚えているのだ。

　重力が四方に散らばり落ち着きがなく、上手《うま》く立っていられない。

　突如、重力が真上に向いて、胃の中身がせり上がる。

　すぐに両手と両膝を突いて、喉を通った腹の中身を吐き出した。

　精神を超えて、肉体に変調が来たしてきた。

　これ以上の続行は危険。そんな僅かな迷いが生まれたとき――

「――そ、そうだ……。いまは学校どころじゃない……。僕は、僕は……――」

　ノスフィーの聴覚が、僕の言葉を捉えた。それだけで、この幻覚の中で彼女は、口元の胃液を拭うこともなく、満面の笑みとなれた。

いま、渦波様が回復している……。

この自分の力が役に立っている……。

念願の家族の為に生きられている……。

やっと、いま生き甲斐《がい》を感じられる……。

『詠唱』は止まらない。止まれるはずがない――！

「――『朽ちる闇も朽ちる光も』『等しく不白の白になる』『夢の闇も夢の光も』『等しく不黒の黒になる』――」

続いて襲ってくるのは幻聴。

僕の幻覚と幻聴の全てをノスフィーが『代わり』に背負うのだから、これも当然の帰結だった。頭の中に響くのは、硝子《ガラス》を鉤爪《かぎづめ》で引っ掻《か》く音。生理的に嫌悪してしまう不快な音が、脳のすぐ裏のところでキイキイキイと響く。まるで、自分の固い精神が削られているような響きだった。音に脳を揺らされて、手が震える。

そのとき、いまにも十ある爪が全て剥がれ落ちてしまいそうな気がした。

それだけじゃない。いまにも、皮膚の全てがどろりと溶けてしまいそうな気もする。

昨日までずっと同じ形を保っていた自分の身体《からだ》が、今日は保てなくなるのではないかと疑いたくなる。そんな泥沼が沸騰するのにも似た不吉な音が、先ほどから耳の中で反響している。ただ、その順調に精神を不安定にしていく音の中でも、愛《いと》しい声は届く。

「――あ、ああっ、そうだ！　僕は戦ってた！　戦って戦って、殺して殺して！　あの後……！　あの後……――」

順調に回復して、我に返り、自らの記憶を掘り返していく僕の声をノスフィーは聞いていた。だから、彼女は笑顔。止まらない。

崩壊寸前のノスフィーの頭の中、考えるのは僕のことばかり――

せめて、まともに話ができるまでは『代わり』にならないといけない。

いま味わっている苦しみの全てを、いままで渦波様は感じていた。家族として、その苦しみを分かち合わないといけない。なにより、この恐ろしい苦しみの中で、渦波様は平気そうにお話をしていたことが一番の問題だ。自分で自分が奈落の底にいると気づかず、微笑みながらお喋《しゃべ》りしていた渦波様。絶対に救わないといけない。家族である自分が救わないと、一生渦波様は救われない。家族がいないと、救われないのだから――！

この状況でもノスフィーは、自分の苦しみよりも他人の苦しみを心配していた。

そして、一心に何度も『詠唱』を続ける。繰り返し繰り返し、繰り返し続ける。

「――『朽ちる闇も朽ちる光も』『等しく不白の白に』『夢の闇も夢の光も』『等しく不黒の黒に』『朽ちる闇も朽ちる光も』『等しく不白の白に』『夢の闇も夢の光も』『等しく不黒の黒に』『朽ちる闇も朽ちる光も』『等しく不白の白に』『夢の闇も夢の光も』『等しく不黒

の黒に』『朽ちる闇も朽ちる光も』『等しく不白の白に』『夢の闇も夢の光も』『等しく不黒の黒に』――」

僕の抱えた汚染がノスフィーに継承されていく。

――こうして、この日、二人の道が重なった。

それは二人が『親和』できる共通の歴史を持つことであり、この先、千年続く因縁が生まれたということでもある。継承の儀式の末に、二人の絶叫が部屋に木霊する。

「――の光も』『等しく不黒のく、ろに……くっ、うぅ！　わたくしは――ぅうっ、うぅうぅぁあああぁぁああアアァアアアアアアアアアアア――――――――――！！！」

「あ、あぁぁあっ、僕はっ！　僕は僕は僕は僕はっ――あ、ぁあ、あぁぁあぁあああぁぁああアァアアアアアアアアア――――――――――――――！！！」

とてもよく似た声帯から発せられた絶叫が、綺麗《きれい》に重なった。

その慟哭《どうこく》は、時間にすれば一分にも満たなかった。

だが、ノスフィーにとっては丸一日ほどの感覚はあった。

二人は部屋のカーペットに並んで倒れる。

ノスフィーは胃の中身を吐きつくしたあと、徒労感だけで一杯となった身体を起こそうとする。ふらつきながらもどうにか立ち上がり、視線を前に向ける。

そこには同じくふらつきながら呼吸を整える僕がいた。

——いや、正確には、狭い世界に僕だけが存在していた。

ノスフィーの視界の中では、相川渦波《あいかわかなみ》だけが光度を持って、それ以外は闇の布《ベール》に包まれ、存在が希薄になっている。

その奇妙な世界に対して、『混乱』は薄かった。この視野が搾られて狭くなる感覚は、『次元の理《ことわり》を盗むもの』の『代償』であると事前に聞いていたからだ。

分かっていたことだ。これが『代わり』になったということ。

不思議と、頭の中はすっきりとしていた。もちろん、まだ幻覚と幻聴は残っているが、それが気にならないほど世界がよく見える。

たった一つしか見えないからこそ、とても世界は明快だった。

ノスフィーの中にある想《おも》いは極限まで単純化されていた。

それは「愛している」という想い。

それと「愛しているから、愛して欲しい」という想い。

どうか、ここにいていいと言って欲しい……。

どうか、両手で顔を挟んで貰《もら》って、強く心配して欲しい……。

どうか、生きてと願われ、手を差し伸べて欲しい……。

——いま、このときから、それがノスフィーの人生の願いとなる。

そして、そう願われている僕は、絶叫で乱れ切った呼吸を整えつつ、周囲の確認をしていた。自分のことだけで必死だった。

「――――っ!? はぁっ、はぁっ、はぁっ……!!」

このとき、もう僕は完全に正気を取り戻していたはずだ。精神の負債を分け合ったことで、多くの『状態異常』から解放されている。

おかげで、いま、ようやく自分の置かれている状況を正確に知っていく。

このときの僕にとって、ここは見知らぬ部屋。

目覚めれば、異常な身体の徒労感と異常な記憶の喪失感。

目の前には初めて出会った少女。

さらに、その少女が明らかに、強い。仇《かたき》である『理を盗むもの』たちと同じ力を感じる。

警戒しないはずがなかった。

「こ、ここは一体……? おまえは……、誰だ?」

「ああ、やっと……。渦波様、わたくしはわたくしです。あなた様のノスフィーです」

ノスフィーは親しげに答えた。

その言葉には少し前まではなかった狂気が滲《にじ》んでいた。

目の前の少女の名前が「ノスフィー」と、目覚めたばかりの僕は理解した。しかし、それ以外の言葉の意味は理解できないのだろう。警戒したまま、後退《あとずさ》る。

対してノスフィーは無警戒の笑顔で、端的に自己紹介を続ける。

「わたくしは、あなた様の妻であり娘であり、家族です」

「……は？　妻であり？　いや、え……？」

理解できるはずがない。

このときの僕に、ノスフィーに看護して貰ったときの記憶はない。深い暗闇の中で夢を見ていたような感覚はあるが、それは「ティアラと結婚して、明るいフーズヤーズ国で幸せに暮らす夢」だろう。ゆえに、僕にとっては使徒シスに敗北してから、いきなりこの部屋に飛んだことになる。

理解できず、『混乱』して――そして、忌避するのも無理もなかった。

なにせ、いま家族と宣言したノスフィーから、狂気が漏れ出ている。

その自身の漏出に、ノスフィーは気づかない。

いまの彼女には、『素直』になれている感覚だけがあった。頭の中にあるのは、今日までの苦労と不幸。そして、それに相応《ふさわ》しい報酬について。

簡単に言ってしまえば――

これからは、ずっと渦波様と一緒に暮らしたい。

少し自分は疲れてしまった。そう、色々と疲れてしまった……。

だから、もう余計なことは忘れて、不幸なことはなかったことにして、家族二人きりになりたい。

ようやく手に入れた家族……。

渦波様は父であり夫であるという二重確認の取れる間違いようのない家族だ。

ずっと追い求めていたものが、ここにある。

憧れて、愛おしくて、欲しかった人が、いま目の前にいる。

この人と寄り添って、永遠の安らぎを過ごしたい。

それだけが、わたくしの望み。あのときのあの病院のあの親子のように、自分も愛を得たい。この愛を育み、『証明』を得たい。できれば、永遠に……。

永遠に、二人きり。それだけがもう、この闇の中、安心できる唯一の方法。

ノスフィーの生きる道。残された道。

――という考えだけが、ノスフィーの頭の中にある。

当然、その表情と目つきは恐ろしく、漏れ出る魔力は禍々《まがまが》しく、対峙《たいじ》する僕は怖気《おぞけ》と共に臨戦態勢に入っていく。

「ま、待て……！　それ以上僕に近寄るな……。おまえの言っている妻とか娘とかの意味が分からない……。とにかく、近寄るな。一歩でも動けば、魔法を撃っ……！」

僕は完全に怯《おび》えていた。

自分より小さく、自分よりも幼い少女相手に、心底から怯えていた。

その表情に気づいたノスフィーは、すぐに自分の魔力を抑えて、お淑《しと》やかに対応する。

「あっ、申し訳ありません……。いま互いに目覚めたばかりということを分かっていながら、少し話を急ぎ過ぎました。混乱なさるのも無理はありません」

「あ、ああ……。いま僕は目覚めたばかりで、何がなにやら……。というか、そっちも目覚めたばかりなのか……？」

「ええ、目覚めたばかり。ですので、すぐにもう一度、わたくしと渦波様の関係について、全てをお話ししましょう。もう一度整理をしましょう。今度は優しく、ゆっくりと、間違いなく、二人で二人を分かり合いましょう……。ふふふっ」

このとき、ノスフィーは確信していた。

説明さえすれば、これより二人は永遠であると信じていた。

なぜなら、ノスフィーにとって僕は『たった一人の運命の人』となったからだ。

ゆえに、もうそれ以外の結末はない。この何の実感もない暗い世界の中で、唯一の手応えは『相川渦波』のみ。向こうからしても、この何もかも失った暗い世界の中で、唯一の生きる意味は『ノスフィー』のみ。互いが互いに、愛する家族のみ。ならば、二人で生きていくしかない。

ノスフィーは、そうなってしまった。

【光の理】の『代償』で異常なほど『素直』となり、僕の『代わり』に世界が暗闇に閉ざされて、『たった一人の運命の人』しか見えなくなり、そうなった。

――そのノスフィーの成り立ちを『過去視』で確認していた僕の顔は、絶望に染まる。

僕とノスフィーの真実を視《み》てしまい、心臓を啄《つい》ばまれる感覚を覚えた。

けれど、『過去視』の魔法は揺るがない。

まだだ。まだこんなところで解くわけにはいかない。

むしろ、ここからが本番なのだ。

ここからが、僕の間違いの始まりだ。よく見ろ。

これからいかにして、この僕がこのノスフィーを口汚く罵り、その心を取り返しのつかないところまで傷つけていくか……、その続きを僕は視ないといけない。

決して、目を逸《そ》らさずに……。

◆◆◆◆◆

結婚を終えて、初夜にノスフィーの部屋で二人きり。

彼女の懇切丁寧な語りによって、ノスフィー・フーズヤーズが生まれてから今日までの物語を僕は聞き終える。

ノスフィーは僕が旅に出ている間に生まれた『魔石人間《ジュエルクルス》』であり、遺伝子的に繋《つな》がりのある存在であると知らされた。

「そ、そうか……。君は僕と陽滝《ひたき》の子供……。そういうことなんだな？」

「は、はいっ。わたくしは、あなた様の――」

「そんなこと！　信じられるか!!」

当然だが、僕は声を荒らげて全否定から入っていく。ノスフィーという存在、その育った環境と経緯、今日という結婚式。何もかもが受け入れられないものだった。余りに荒唐無稽過ぎて、頭を抱えながら笑い声すら零《こぼ》れ始める。

「は、ははっ、はははは……。これは何の真似《まね》だ……？　何の罠《わな》だ……？」

罠。つまり、いま自分は敵の攻撃を受けている最中だと判断した。

直前の記憶が使徒シスとの戦いであった以上、この状況もその延長として考えてしまう。それは自然の流れだった。

その僕の反応に、ノスフィーは困惑しながらも、落ち着くように願う。

「渦波様、罠ではございません。どうか、わたくしの話をよく聞いてください……」

「ああ、聞いた。いま理解もした。僕がいない間に、僕の遺伝子で人を作ったんだって？　理解してる。してるとも！　したから、こっちは言ってんだ!!」

しかし、僕が冷静になることはない。

乱暴に手を横に払い、認めたくないノスフィーを遠ざけて、怒鳴り散らす。

続いて、部屋の隅にいた使徒に、悪態を叩《たた》きつける。

「相変わらず、人の心の分からない化け物ばかりで嫌になるっ！　人の尊厳を弄ぶ遊びが、おまえたちは本当に得意だなあ！　ははっ、いっそ笑えてくる！　レガシィッ、おまえのことを言ってんだ!!　おまえたちはいつもいつもぉ!!　ふざけるなよ!!　ふざけるなァアアア――!!」

「か、渦波様……？」

その腹の底からの怒声に、ノスフィーは完全に萎縮してしまっていた。もう彼女では会話を続けられないと判断したレガシィは、僕との会話を継ぐ。

「……カナミの兄さん、これはフーズヤーズに必要なことだったんだ。それと、言い訳させて貰うが、これに俺は関わってない」

「そういうことじゃない！　止《と》めろって言ってんだ!!　おまえは見てばっかりで、いつも一人でにやにやしやがって!!　おまえが心の中で面白がってんのは、もうこっちは知ってんだ!!　ああっ、くそ！　くそがァ!!」

「それは……、すまないとしか言いようがない」

「このっ！　謝るくらいなら、最初から……ああっ、もういい!!　おまえと話しても無駄だ!!　埒《らち》が明かない!!」

レガシィは冷静に一言一言述べていくが、僕の怒りは一向に収まらない。

そして、使徒相手に倫理の話をするのは無意味と思ったのか、すぐに僕は会話を切り上げた。そこで、意を決したノスフィーが間に入ってくる。

「あ、あのお父様……。何を、そんなに……？　やっと救われたんですよ……？　これからはわたくしと二人、家族二人でゆっくりと……」

ノスフィーは思う。

相川渦波《あいかわかなみ》は使徒に負けた。それも惨敗。この異世界相手に戦いを挑み、完全敗北した。使徒の完全勝利だった。

──ゆえに、もう戦いは終わり。

あとは勝者の作る世界の中で、エピローグをゆっくり過ごしていくのが敗者の役割だと考えていた。だが、そんなあっさりとした判断ができるのならば、僕は『次元の理《ことわり》を盗むもの』になっていない。

「おまえ、ノスフィーって言ったか？　はっきり言うが、僕はおまえなんて知らない。聞いたこともない。だから、僕とおまえは関係ない」

「え……？　お父様……？」

「その呼び方を止《や》めろ!!　あと、その姿もだ……！　陽滝やティアラに似せた姿……。吐き気がする！　似ているけれど、まるで足りていないんだよ！　それで人間っぽく振舞えているつもりか!?　人間味がないんだよっ、おまえは!!」

「す、すみません……。お父さ──渦波様……」

ノスフィーは僕に罵られて、怯えながら謝った。その嫌われたくないという一心で頭を下げる彼女相手に、僕は千年後に『表示』と呼ばれる力を使っていく。

「——呪術《アナライズ》。僕は『次元の理を盗むもの』だから、分かる。おまえはただの魔石と血肉を捏《こ》ねただけの人形で、まともな人間じゃない！　そうだっ！　僕の娘なんて、ありえない！　ありえるか!!」

そして、否定し切る。

ノスフィーとの関わり全てを断ち、その存在を認めようともしない。

「…………っ!!」

ノスフィーの顔が悲痛で歪《ゆが》んだ。闇の中で見つけた光が遠ざかっていく。世界から全ての彩りが失われて、生きている意味を失っていく。

そこへ、さらに容赦のない僕の追撃がかかる。

「『罪過の命数は遡る』『あの最果てに引く射影へ』。——魔法《ディメンション》」

先ほど『代償』の肩代わりをして貰《もら》ったところだというのに、その本人の前で僕は『詠唱』を口にしていく。

そして、その魔法《ディメンション》で見るのは、部屋の外の様子。もう目の前の少女は眼中になく、次元魔法で情報を集めて、次の行動を決めようとしていた。その魔法の発動を前に、堪《たま》らずノスフィーは声を出す。

「お、お待ちください！　『詠唱』は危険です！　やっと浄化された渦波様の心が！」

「はあ……？　ああ、分かってるさ。心が削れるんだろ？　僕の場合、たった一人だけ……、妹のこと以外考えられなくなるだっけか？　だから、どうした？　新米のおまえには分からないだろうけどな。『理を盗むもの』の『代償』は元々、そいつ自身が望んだものを支払っているだけなんだよ。だから、別にどれだけ『代償』を払おうと問題なんてない！」

だから話しかけるなと、近寄るノスフィーを乱暴に追い払った。

「か、渦波様……」

「もう僕に関わらないでくれ。僕も二度と君には関わらない。もし仮に君が僕の娘だったとしても……、僕たちと関わらないほうが幸せだ」

「そんなことありません……！　それだけはありません！　絶対に！」

その言葉に対して、ノスフィーは瞳に溜《た》めた涙を振り落とすように首を振った。

自分の幸せは相川渦波と共にあることのみだと、涙ながらに訴える。

泣いている少女を前に、僕は少しだけ動揺を見せた。

しかし、すぐに決意を固め直して、冷たい言葉を返す。

「……どの道、『相川渦波』はあと少しで終わりだ。君は僕を忘れるしかない」

それを最後に次元魔法で自らの居場所を把握した僕は、逃げるように歩き出す。追い縋《すが》ろうとするノスフィーには「ついて来るな」と言い残して、一人で部屋を出て行こうとする。その去り際、僕は自分に言い聞かせるように呟《つぶや》いていた。

それをノスフィーは耳にして、絶望で動けなくなる。

「娘なんていない……。いるはずない。いるはずがないんだ。関係なんてあるか……！」

僕は部屋を出たあと、荒々しく扉を閉めた。

その残響の中、ノスフィーは僕の言うことを聞いて、部屋の中に残っていた。

先ほど叩きつけられた言葉を、頭の中で繰り返し続けていく。

父であり夫だと思っていた人から告げられた存在否定の言葉の数々。「おまえなんて知らない」「ただの魔石と血肉を捏ねただけの人形」「まともな人間じゃない」「もう関わらないでくれ」「娘なんていない」「いるはずがない」。それぞれ一度だけ言われた言葉だが、その全てが何度も頭の中で響く。繰り返し、自分を否定してくる。

「うっ、うぅうっ、うぅ……！」

思わず呻《うめ》き、溜めていた涙が零れていく。

不安、恐怖、焦燥、悲哀、絶望。

ありとあらゆる心の暗闇が、ノスフィーの世界を閉ざしていった。

平時のノスフィーならば、なんとか持ち直すことはできたかもしれない。

しかし、いま丁度彼女は、僕から色々な負債を背負ったばかりだ。

その悪感情を処理できるはずがなく、どこまでも膨らんでいく。

自然と足はふらつき、ゆらゆらと動いて、部屋の隅まで身体《からだ》が動いていく。

それを見守っていたレガシィが、慌てて止める。

「って、え、おい？……おいっ、待て！　死ぬつもりか!?」

基本的に物理的な干渉をしないレガシィが、珍しくも身体を張ってノスフィーにぶつかった。さらに珍しく、焦った声で必死に説得までする。

「待て!!　さっきのあれは……たぶん、『詠唱』の『代償』だ！　次元魔法はそういう性質がある！　いまカナミは心の許容量を削られ、たった一人しか見えなくなってる！　思考の選択肢が減って減って、一つだけしか選べなくなってるだけだ！　とてつもなく不機嫌な状態なんだって思え!!」

「それは本当ですか……？　さっきの一回の『詠唱』だけで本当に……？」

「…………。ああ、本当だ……」

「また渦波様は、心を汚してしまった……。だから……？」

ノスフィーはレガシィの言葉を反芻《はんすう》し、その真偽を確かめようとする。

渦波様の『詠唱』の『代償』の有無。――それは自分が『代わり』に背負ったところ。

その歪んだ心の許容量の程。――おそらく、いまは自分のほうが少ないと思う。

一人しか見えなくなるという呪い。――確かに、もう自分には渦波様しかいない。

もはや、選択肢は一つしかない。——ああ、それもよく分かる。

いまや私も渦波様と同じだ。——だから、よく分かる。

たった一人。

たった一人。たった一人。たった一人。

『たった一人の運命の人』と結ばれる終わり方しか、もう認めたくない。

それには渦波様が必要だ。渦波様がいる。渦波様が渦波様が——どうしてもいる。渦波様がいないと、わたくしは生きていけない。いや、最初から生きてすら——

考える途中、あっさりと答えに至って、すでに足は動き出していた。

「……おい。どこへ行くつもりだ？」

レガシィが少し怖がりながらも聞いた。

「追いかけます」

ノスフィーは端的に答えた。とても『素直』に。

「いま、自分の本当の願いが分かりました」

その身の『未練』を口にしていく。

「一度手に入れたからこそ分かることがあります。離れてしまったからこそ、想《おも》うことがあります。——きっとわたくしは、渦波様に愛して欲しかっただけです。あの日のあの子のように、手を握って欲しかっただけ。一度でいいから撫《な》でて欲しかっただけ。それだけが、わたくしの願い……」

ノスフィーの心に刺さり続けているのは、五年前にレガシィに見せられた病院の親子。ずっとあれを求めて、彷徨《さまよ》い、戦い、ここまで来たのだと。

使徒に、いま、ようやく告白する。

それをレガシィは受け止めて、予想通りにいったが予定通りでないことを白状する。

「そ、そうだな……。それを俺は、前から伝えたかったんだ……。だが、その、急に随分と『素直』になったな……？　まとも過ぎて、少し驚いてる……」

レガシィは状況の分析に努めている。夢遊病状態だった僕の負債を全て背負ったはずなのに、心が綺麗《きれい》過ぎるノスフィーを疑っているのだろう。

そして、レガシィは熟考したあと、ノスフィーの出発に同意する。

「とにかく、そうだな……。いまおまえがすべきことは渦波の兄さんを捕まえることだろうな……。それは間違いない……」

「はい、わたくしは追いかけます」

居合わせた以上は他人事《ひとごと》でないと思っているのか、レガシィはらしくない助言を重ねていく。

「ノースフィールド……いや、ノスフィー。あれを捕まえたら、もう放すな……。抱き締め続けろ。そうしないと、間違いなくまたどこかへ逃げる。そういう存在だ」

「はい、そうします」

「愛して愛して愛してもらえ。それが生まれた人間に与えられるべき最初の権利。……そう俺は思ってる」

「それは──」

頷《うなず》き返し続けていたノスフィーだったが、この助言にだけは反応が遅れた。

「それは少し違うと思います。いまやっとわたくしはわたくしの真実に気づきました」

「真実……？　おまえの？」

「たぶん、まだわたくしは生まれていないのです……。まだ胎の中……、この世界に生まれてすらいない。だから……」

まだ条件を満たしていない。まだ生まれ落ちていない。

ノスフィーという存在は、まだ存在できていない。

「──だから、まだ死ねません」

自分が生まれていないと気づいた瞬間、もう窓の外に惹《ひ》かれることもなくなった。

だから、もう大丈夫だとレガシィには笑いかけた。

そして、ノスフィーは前だけを見る。

あらゆる『代償』を背負い、それでも前に進む。

それが新しいノスフィー・フーズヤーズの生き方だと、使徒に示した。

「やっと……。少しだけだが、俺の見たい顔が見られたな……」

　レガシィは驚きを通り越し、微笑を見せる。

　まさか、あれだけの精神的外傷を『代わり』に背負った今日、こんなに強い意思の灯《とも》った瞳を見られるとは思わなかったのだろう。

「俺はおまえを応援してる。やっぱり、俺はこういうのが好きだ。俺も俺の真実が分かってきたぜ。おまえみたいな努力家の頑張る姿を見るのが、俺は好きなんだな……」

　使徒にはない『人』独特の仕組みを羨ましそうに見て、年相応の笑みを見せる。

「レガシィ様は、そういう人だったんですね……。ただ、せっかく距離が近づいたところ申し訳ありませんが、これから忙しくなるので、もう……」

「ああ、もういい。早く行ってこい。ゆっくりと話すのはまた今度だ。俺も確かめることがあるから、これから忙しくなる」

「はい。それでは、行ってきます。さよなら、レガシィ様」

　別れを済ませて、ノスフィーは清々《すがすが》しい表情で部屋から出ていく。

　その直前、背中からレガシィの呟く声が彼女の耳に聞こえてきた。

「――これが、ディプラクラの策略なのか……？　それとも、主《あるじ》の干渉？　誰が、どうして、ここまで二人を追い詰める？　いや、そもそも……。そもそもの話だ。カナミの兄さんを『次元』、ノスフィーを『光』と決めたのは誰だった？　間違いなく二人とも、その属性に向いていない。なのに、どうしてこうなった？　あの日、どういう話の流れだったか？　思い出せ。あのとき、あの場所で、誰が……——」

先ほどまで僕が座っていた椅子に腰をおろして、まるで探偵のようにレガシィは呟いていた。かなり興味深い話をしているが、ノスフィーの髪を基点に『過去視』をしている僕は、その呟きを最後まで聞くことはできない。

ノスフィーの気持ちと視界しか追いかけられない。

部屋を出た彼女がフーズヤーズ城の廊下を歩く光景に、『過去視』は移る。

彼女が歩きながら一人、反省会を行っていたところだった。

「さっきのは、わたくしが悪い……。渦波《かなみ》様は悪くない……」

ノスフィーもレガシィと同じように自分一人の世界に入り、呟く。

そして、恐ろしいことに彼女は、あれだけのことをした僕を信じて、僕の正当化を頭の中で行っていた。その論理は、こう続く——

駄目だったのは、私。

いまのは、何もかもいきなり過ぎた。ああも詰め寄られてしまえば、渦波様が『混乱』してしまうのは当然だ。渦波様の置かれた状況を知っておきながら、私には全く思いやりが足りなかった。悪いのは、私。私が悪い子だから怒られた。

とても分かりやすい帰結。この五年で学んだ家族についての情報でも、何もおかしいところはない。そして、その解決法もよく分かっている――

「もっと……、いい子になろう……。もっと『素直』に、『素直』に、『素直』に。『素直』ないい子になれば、きっと……。きっと……!!」

いい子になれば父が帰ってくる。そう信じて――

「――『朽ちる闇も朽ちる光も』『等しく不白の白になる』。『夢の闇も夢の光も』『等しく不黒の黒になる』――」

ノスフィーは光の『詠唱』を呟き続ける。

心が洗われていくのが、よく分かった。

使い込んだことで、自分の『詠唱』の本質に気づき始めてもいた。

先ほど得た「『理《ことわり》を盗むもの』の『代償』は元々、そいつ自身が望んだものを支払っているだけ」という情報からも間違いない。光の『詠唱』の『代償』は、自分の悪いところを消しさって、いい子に近づくこと。ああ、確かに問題なんてない。やはり、自分の父は正しいと、ノスフィーは再確認する。

今日は、色々と失ってしまった。だが、この『詠唱』されあれば、怖いとは思わない。『詠唱』の力で増幅した光の魔力が身体を包み、『代償』でどこまでも前向きになれる。自身の力の強化と同時に、いま私はいい子になれている。その実感がある。

ああ、なんて素晴らしい魔法だろうか……。

光の魔法は、とても素晴らしい……。

まさに、人々の希望の光を体現した属性だ……。

いい子にはいいことが待っている。努力し続ければ、いつか願いは叶《かな》う。そう心の底から信じられる。この光こそが、世界を平和に導いてくれると確信できる。

光がある限り、もう迷うことはない。

前へ前へ前へ。どこまでも前へと歩ける。

「渦波様、わたくしはいい子です。いい子にしますから……、帰ってきてください。ここにあなたの最後の家族がいます。こここそが、あなたの本当の家なのです。渦波様、どうか……。どうか、わたくしを……」

ノスフィーは呟《つぶや》き、僕が歩いた道を辿《たど》るように、歩く。

このまま真《ま》っ直《す》ぐな心で進み続ければ、いつか僕と再会して分かり合える。

そう信じて、『詠唱』を呪詛《じゅそ》のように呟き続け、回廊の薄暗い闇の中に消えていった。

――これで、僕とノスフィーの出会いは終わり。

『過去視』をしていた僕は一呼吸を入れて、情報を整理する。

ノスフィーの生まれと僕に対する執着の根本は知られた。

ここから、さらに彼女は『詠唱』を重ねて、『光の理を盗むもの』としての力を増していく。対して、僕は使徒シスを確実に殺す為《ため》に、北の『統べる王《ロード》』ティティーを頼ること

になる。続いて、北の保護下に置かれた僕を連れ戻すために、ノスフィーは南の軍を私物化して戦争を始める。

このあたりはティティーのやつの記憶を見たときに、よく確認した。

これから、ノスフィーは何度も僕に『話し合い』を試みるが、ずっと僕に無視され続けるのだ。その正し過ぎる手段に、彼女の人の良さがよく出ている。暴力に頼り切らず、真っ向から声をかけて、どうにか戻ってきて欲しいと訴える。

本当に、彼女はいい子であり続けた。

しかし、僕は背中を見せ続けて、一度も振り返ることはなかった。

ずっと僕はノスフィーを『いないもの』のように扱った。結局、最後までノスフィーは一瞥《いちべつ》すらして貰えず、その果てに『統べる王《ロード》』ティティーと真正面から戦い、『世界奉還陣』に呑《の》み込まれてしまうことになる。

——一呼吸を終えて、再度『過去視』を展開していく。

『世界奉還陣』は全ての物質を溶かして、分解して、魔力に変えてから、地中に呑み込むが、魂だけは分解し切れない。つまり、ノスフィーは魂だけの状態で数ヶ月間、迷宮で過ごした記憶があった。彼女が六十層の守護者《ガーディアン》になるまでの記憶を、いまならば覗《のぞ》くことができる。千年後への『召喚』は『想起収束《ドロップ》』の一種だ。人の視点で眺めるのは恐ろしいものがあったが、それを理由に『過去視』を断念することはできない。

僕は視《み》る。『世界奉還陣』によって身体《からだ》を失ったものだけが辿りつく場所は、死後の世界と似て、少し違うところだった。

数ヶ月過ごしたと言っても、ほとんど本人の意識はないので一瞬に近い。

そこで魂だけとなったノスフィーは、例の『迷宮計画』を思いついた僕と接触することになる。戦争に参加した『理を盗むもの』たちを迷宮のボスにして、千年後の世界に『召喚』する計画だ。その概要を一方的にだが、地中の魂に向かって僕が報告している記憶があった。魂だけのノスフィーは返答することができなかったが、了承の想いを返すことはできていた。おそらく、他の『理を盗むもの』にも似たような方法で説明をしていき、僕は承諾を取っていったのだろう。

こうして、ノスフィーは一度身体を分解されて、再構築というプロセスを踏む。

千年前の僕は、これによってノスフィーの精神的外傷は全て修復されると睨《にら》んでいたようだ。迷宮に『召喚』されて身体が再構築されるとき、状態欄は真っ白の健康体となるように『術式』を組んでいたからだ。

もちろん、その狙いは上手《うま》くいかない。確かに、魔法による単純な精神干渉だけならば、身体が再構築されたら回復する。魔法《キュアフール》や魔法《リムーブ》の最上位版をかけたようなものなのだから当然の話だ。

ただ、『詠唱』の『代償』は別なのだ。

魔法は表面的な傷は治せても、深くまで達した心の傷までは癒すことはできない。癒せるのは、魔法や呪術ではなく、人と人の交わす言葉だけ——という単純な道理を、たった一人も『理を盗むもの』を救えていない千年前の僕は気づけていなかった。

こういった経緯があって、ノスフィーは本質的な心の傷が治っていないまま、全て治ったと思い込んで千年後に飛ばされることになる。

彼女が担当したのは、迷宮の六十層。

千年後に『召喚』されて、最初に出会ったのは千年前の記憶のない僕だった。ティティー相手に手一杯で、必死に『過去』から『未来』に進むことしか考えていない僕だった。そこで僕は彼女に……、もう何度目になるか分からない自己紹介をさせてしまう。

そのときの彼女の姿と声を、はっきりと思い出せる。

「——理解しました。では、もう一度だけ自己紹介させて頂きますね。わたくしの名前はノスフィー。ノスフィーと言います——」

もう一度だけ。これが最後と信じて、六十層にてノスフィーはノスフィーであると名乗った。いま思えば、再会したときの彼女は言葉をよく選んでいた。僕を気遣って、千年前の辛《つら》い部分は掘り起こさないほうがいいと思ったのだろう。

いくらかの余裕を取り戻したノスフィーは、千年前の失敗を活《い》かして慎重に、ゆっくりと僕と『話し合い』をしようと試みたのだろう。

だが、そのノスフィーの優しさに対して、僕は距離を取ってしまう。

妻と聞いて忌避して、『理を盗むもの』というだけで暫定的な敵として扱った。あれだけ親身に接してきたノスフィー相手に、無神経な言葉を繰り返し、化け物のように扱い、勇気を出して近づく彼女を遠ざけて遠ざけて遠ざけて、見ようとすらしなかった。

その行為が、どれだけノスフィーを傷つけただろうか。

また『いないもの』扱いされる恐怖で夜も眠れなかっただろう。

しかし、ノスフィーはどうすればいいか分からない。どれだけいい子にしていても、最後には報われないということを、千年前で経験してしまっている。このままでいいのかと、夜に自問自答をし続けたはずだ。

そして、追い詰められた彼女は行動に移す。

それが、あの迷宮生活での夜襲だ。あの夜這《よば》い……みたいなやつだ。

とにかく、トラウマを刺激され続けたノスフィーは、混乱の果てに暴走して、僕との繋《つな》がりがある『証《あかし》』を求めた。ティティーやアイドも求めていた生きた『証』を彼女も欲しがった。ただ、それを僕は拒否した。

千年後の世界でも、僕に拒まれてしまったわけだ。

当然、ノスフィーは深く絶望する。ただ、同時に気づきもする。

また拒否されてしまったが、千年前とは違いがあったのだ。千年前、ずっと僕は無表情でノスフィーを避け続けた。ただ、この夜の僕は、限界まで顔を歪《ゆが》ませていた。ノスフィーのことで頭を一杯にして悩み悩み悩み、その果てに答えていた。

――その事実が、ノスフィーに自らの『未練』を、歪んだ形で知らせる。

いい子にしていたときは、あんなにもそっけなかった父。

けれど、自棄《やけ》になって無茶を言ったら、こんなにも私のことを考えてくれる。

間違いなく、いま、私は悪い子なのに……。こんなにも、私を見てくれている。

――悪い子なら、生きている気がする。

ノスフィーは知ってしまった。

さらに、自らの『未練』を果たす方法を、歪んだ形で見出《みいだ》していく。

父を困らせたら、ちゃんと私は見て貰《もら》える。

見て貰えさえすれば、それだけでいい。それで私は幸せになれる。

そう考えた。つまり、ずっとノスフィーが僕に対して煽《あお》るような態度を取っていたのは、父である僕を困らせて、どうにか娘の自分に振り向いて欲しかったから――

――『過去視』も終盤を迎えて、知りたかった答えが出てくる。

いつだってノスフィーは、みんなのために生きてきた。本当に優しい子だ。その純粋さから、『聖女』と呼ばれていたのも誇張ではないだろう。

ただ、その彼女の優しい心を、最初に壊したのは僕だった。

自らの心の負債を全て押し付けて、お礼の言葉一つなく、逃げ出した。

さらには、死ぬまで無視を続けて、彼女を絶望の最中に殺してしまった。その事実を千年後の僕は薄情にも忘れて、のうのうと『過去』を捨てて『未来』に生きるなんて、彼女の前でのたまった。

千年後の世界で、ノスフィーはかつての敵『統べる王《ロード》』と和解した。交流を深めるにつれて、自分との共通点の多さに気づき、ようやく友達になれたのだが……その友達を取り上げたのも僕だった。

あのとき、ノスフィーは本気でティティーの望みを叶えようと動いていたのだろう。けれど、僕は一切信じずに、最後には《親愛なる一閃《ディ・ア・レイス》》で斬ってしまった。

それらの僕の最低な所業を踏まえて、いま大聖都で起きている出来事を振り返ると、見えなかったものが見えてくる。

まず大聖都に張った結界。間違いなく、国を豊かにしている。

僕の友人たちを操ってはいたが、その全員が活き活きとしていた。心を『素直』にして、本当にやりたいことをやらせてあげていただけだったのだろう。

ディアたちを暴走させたアルティの魔法も、結果的にプラスとなった。ノスフィーのおかげでみんなは本音をぶつけ合えて、絆《きずな》は深まり、心から笑い合えるようになった。

『代わり』に、拘束から抜け出して、街の市場に現れたときの彼女の表情は、酷《ひど》く歪んでいた。おそらく、本来のノスフィーの僕を困らせる計画は、もっと冷酷で残忍なものだったのだろう。だが、人の好《い》い彼女は、みんなの要望に合わせて計画を変更していき、その負担の積み重ねを一人で背負ってしまった。

それが別れ際の『代償』で『素直』になり過ぎたノスフィーだ。

――『過去視』で、次々とノスフィーの行動の意味が繋がっていく。

比例して、僕の犯したたくさんの間違いも見えてくる。

ラグネちゃんの言っていた通りだ。この間違いを、ずっと僕は無意識で理解していて、受け入れるのを怖がっていたのだ。

僕さえ関わらなければノスフィーは幸せになれるだって……？

そんなことは絶対にない……。その態度が、どれだけ彼女を追い詰めたことか……。

早く会いに行かないといけない。

ちゃんと彼女と会って、僕たちは『話し合い』をしないといけない。

これまでの全てを謝るのは当然だ。その上で、きちんと彼女に手を伸ばさないといけない。何度もノスフィーを傷つけて歪ませた僕には、その責任がある。

――答えが出て、『過去視』は終わっていく。

これ以上は必要ないと判断して、僕は魔法《次元決戦演算《ディメンション・グラディエイト》『前日譚《リコール》』》を解除していく。

そして、『過去』から『現在』に戻っていく僅かな間に、深く後悔する。

なぜなら、僕がノスフィーに行ってきたものは、かつて僕が受けたものだった。

そう、彼女と同じで――

僕も、父に見て貰えなかった。

だから、その苦しさを、よく知っている。その寂しさも、悔しさも。

知っているはずなのに、その僕が同じことを繰り返していた。

唇を噛《か》み切りたくなる。腕の血管を掻《か》き毟《むし》りたくなる。頭皮を剝ぎ破りたくなる。

その自己嫌悪の果てに、とある記憶が頭を過《よぎ》る。それは懐かしい思い出だった。幼少期に過ごした高層ビル群内にある高級マンション。いつもの無機質な部屋。降り注ぐ雨の叩《たた》く窓もセット。窓際に立つ父と、その背中を見る幼少の僕。どうか自分を見て欲しいと願う僕が、父に声をかけられず、遠くから見ているだけの光景――

ずっと僕が父を見続けている。

本当に見ているだけだった。

ずっとずっと見ているだけ。

毎日毎日、父の背中を見続けてきた。

毎日毎日、毎日毎日毎日毎日。毎日毎日毎日毎日毎日毎日、僕は父を見続けて――

一度だけ、父が振り向いたことがあったような気がする。

そういえば、ずっとずっと僕を『いなかったこと』にしていた父が、何の気まぐれが僕を見たことがあった……。あのとき、父はどんな顔をしていたっけ……?

どんな顔をして、どんなことを言っていた……?

それを視たいと思って『過去視』に力を入れようとしたところで、いまはノスフィーの過去を視ていたことに気づく。

ノスフィーの『過去視』なのに、なぜか幼少の僕がいる。

そして、そこには僕の父もいる。

——なぜ?

そのとき、窓際の父が振り向いて、僕を見た。

唇を動かして、僕に声までかける。

そのときの父の言葉と表情を思い出そうとする。けれど、ぎりぎりのところで思い出せない。部屋が暗過ぎて、闇が音を吸い込む。『過去視』の魔法は完璧なはずなのに、記憶が綺麗《きれい》に再生してくれない。モノクロームどころか、掠《かす》れて澱《よど》んで、霞《かす》む。

そして、プツリと、電源が切れたように。

魔法《次元決戦演算《ディメンション・グラディエイト》『前日譚《リコール》』》は完全に途絶えてしまう。

あの暗い部屋から、僕の意識は遠ざけられていく。

帰らされる。『過去』から『現在』へ。『元の世界』から、『異世界』へ。

大聖都の地下街まで、僕は戻る。

◆◆◆◆◆

『過去視』の旅が終わった。同時に、疑問の声が口から零《こぼ》れる。

「……ど、どうして、父さんが？」

最後に見えたのは父さんの顔だった。間違いない。

ノスフィーの記憶を視《み》て、なぜ僕の過去が視えたのだろうか……。いや、彼女の身体《からだ》には僕の『血』が使われているのだから、そういう繋がりがあってもおかしくはないのか？

いまは僕のことよりも、ノスフィーに集中しないと……。

「カナミのお兄さん!!　大丈夫っすか!?　滅茶苦茶《めちゃくちゃ》、顔色悪いっすよ！　ノスフィーさんの過去、ちゃんと見られたっすか!?」

隣で魔法からの帰還を待ってくれていたラグネちゃんが、僕の肩を心配そうに揺らしていた。軽くステータスを見たところ、ＭＰが大量消費されていたが『状態』の欄に異常はない。とはいえ、もう完全には信用し切れない『表示』だ。すぐに自分の感覚に頼って、体内と脳内の状態を確かめていく。

「……ありがとう、ラグネちゃん。ちゃんと視てきたよ。おかげで、やっと分かった」

大魔法使用後の疲れはあるが、感覚は普通に感じる。

安心し切れないが、これからの行動に支障はなさそうだ。とりあえず、『過去視』で無防備だった僕を守ってくれたラグネちゃんに、成果を報告していく。

「千年前の僕……、レヴァン教で崇《あが》められていた始祖カナミは、本当に最低なやつだったよ……。ああ、本当に……」

最低も最低だった。しかし、あれが僕の本当の姿なのだろう。これまでずっと僕は、千年前の自分を『始祖カナミ』と呼んで、別人のように扱っていたが、いまからは正しく、自分《ぼく》として扱いたい。

千年前、僕の気性は荒々しく、口汚く、無責任だった。考えることを諦めて、自暴自棄となり、目につく敵たちと戦い続けては、関わる全員に迷惑をかけていた。

「ノスフィーを傷つけて、追い詰めて、歪ませたのは僕だった……。しかも、それを僕は関係ないって言い張って、一切認めず……。最後には、そのことすら忘れていた」

「……はあ。やーっぱり、悪いのはカナミの兄さんだったんすね」

「僕がノスフィーを避けてた理由も、はっきりと分かったよ。……あのノスフィーは、昔の僕なんだ。ずっと親に構って貰えなくて、その背中を見続けるだけで、一歩も踏み出せなかった僕そのものだ……。たぶん僕は、子供の頃の自分と同じことをするノスフィーを見るのを、無意識に嫌がっていたんだと思う」

「ふうむ……。同属嫌悪っすか。なるほどどっす。二重の意味で逃げてたんすね」

ノスフィーに投影して見ていたのは、自分自身。

だから、嫌いな自分から、ずっと僕は目を逸《そ》らし続けた。

「うん。分かってみれば、本当に簡単で……。本当に最低なことだったよ」

「なるほどっす。それで、ノスフィーさんの真実を知ったカナミのお兄さんはどうするつもりっすか？　そこが一番重要っす」

「たぶん、ここからは、いつも通りになると思う」

僕は決して顔を俯《うつむ》けず、前を向く。暗い顔もしない。僕の見てきた『理《ことわり》を盗むもの』たちは、自分の間違いと真実に気づいたとき、誰もがいい顔をしていた。それに倣う。

「いつも通り？　えっと、それってどういう意味っすか……？」

「いつもの守護者《ガーディアン》戦をする。ノスフィーに会って、向かい合って、心を開いて、本気で話す。とにかく話す。きっと話せば話すほど、自分の嫌いなところを認めることになると思うし……、結局は謝ってばかりになるとも思う……。それでも、僕は彼女との『話し合い』を最後までやりたい」

「なーるほど。それは確かにいつも通りっすね。けど、今回ばっかりはカナミのお兄さんでも、途中で心が折れそうな気がするっす。謂《い》わばノスフィーさんは、対カナミのお兄さん用の守護者《ガーディアン》っぽいっすから」

「大丈夫、最後まで折れない自信があるよ。きっと今日までの守護者《みんな》たちとの戦いは、このときの為《ため》でもあったんだ。この臆病で嘘《うそ》つきで、打算的で見栄《みえ》っ張りで、妄信的で情けない僕の性格を、守護者《みんな》たちのおかげで少し変えられる」

変わらないといけない。あれだけ偉そうにみんなに説教してきた僕が、自分の番になった途端に「もう無理だ」なんて口が裂けても言えない。と意気込む僕を見て、ラグネちゃんは疑いながら確認を取ろうとする。

「んー。その胡散臭《うさんくさ》い性格が、本当に変わるっすかねー？　根本的なところってなかなか難しいっすよー？」

「変えられるよ。ノスフィーの為なら、絶対に変えられる」

以前の僕なら、ここで断言はできなかっただろう。しかし、少しずつ臆病さが消えていって、勇敢さが増してきている気がする。

「おー、この私の連続の揺さぶりにも耐えるとは……！　カナミのお兄さん、なかなかいい感じになったっすねー。これはお嬢に、いい報告ができるっす！」

強気に言い切った僕を見て、ラグネちゃんは高い評価をつけてくれる。

その評価に安心しつつ、動き出す。

「そうだね。早く中に戻って、みんなに報告しよう。それから、すぐにノスフィーだ」

「うぃっす！　なんかこれで私の頬も安心っぽいっす！」

とんとん拍子に進んでいく話に、ラグネちゃんは喜びの声をあげて、家の中へ戻ろうとする。その前に、僕は彼女に一歩近づきお礼の言葉を投げる。

「ラグネ、本当にありがとう……。ラグネのおかげで、ノスフィーと向かい合う勇気が持てた。絶対にノスフィーを救って、君も救ってみせる」

呼び方の距離も一歩分縮めて、ラグネに約束する。

いまのこの固い意志はラグネのおかげだ。数少ない理解者になってくれた彼女を、こんな巻き込まれただけの戦いで絶対に死なせはしない。

「ノ、ノスフィーさんも私も、救うっすか……。いやあ、本当に強気っすねー！　いまのお兄さんは嫌いじゃないっすー！」

「ラグネは絶対に死なせはしないから……。絶対に」

強気になって、言いたくもなる。はっきり言って、いま僕はラグネに救われた。道を彷徨《さまよ》っていた『次元の理を盗むもの』に、彼女は真正面から勝負を挑み、勝利したと言っていい。このお礼は絶対にしないといけない。

そう決意していると、じっと見つめ返していたラグネが乾いた笑い声を漏らす。

「あはは。なんかカナミのお兄さんを見てたら、私も勇気を持てる気がしてきたっす」

「ラグネも？」

「私、諦め癖ついてたっすからね。負けるって分かったら、すぐやる気がなくなって降参……、私の悪い癖っす。でも、たとえ負けると分かっていても戦わないといけないときは、世の中一杯あるっす。例えば、この傷。もう死ぬかもしれないんすから、言い訳なんてしてる場合じゃないっすよねー……」

僕と似て、彼女も戦う前に計算し尽くすタイプだ。その性格のせいで、本来手に入るはずの勝利を、今日までいくつも逃してきたのだろう。このままではいけないと、ここにきて彼女も、僕と同じような決意をしようとしていた。

「よーし、次は本気出すっすよー！　出し惜しんでいた『舞闘大会』用の必殺技もお披露目するっす！　これでたぶん、『魔人化』した誰か一人くらいは抑えて……いや、有効打を一発くらい、叩き込めると思うっす！　たぶん‼」

この後に控えているであろうフーズヤーズ城襲撃のどこかで、自分を使ってもいいという提案だろう。そこで例の奥の手とやらを使ってくれるらしい。

ただ、絶対に勝利できるという約束まではしてくれない。そのラグネらしくも、いつもの彼女と少し違う姿を見て、僕は微笑を浮かべて歩き出す。

「ああ、もう言い訳してる場合じゃないな……！」

「うぃっす！　さあっ、みんなで頑張りましょーっす！」

二人で励まし合い、ラスティアラたちの待っている家の中に入っていく。

ノスフィーを助けに行くための協力を、ラグネだけでなく家の中にいる全員に頼むつもりだ。そのとき、僕がノスフィーを避け続けてきたことで事態が悪化したことも、情けなくも正直に報告したい。その上で厚かましくも、自分一人で戦うのは不安だから、協力して欲しいと願う。どんなに格好悪くても、謝りながらお願いし続けようと思う。

ラスティアラたちに嫌われるのを恐れて、いい子の振りをするのは、もう終わりだ。

僕とラグネは廊下を歩いて、仲間たちのいる居間に真っすぐ向かって、入室する。

丁度、戦いと治療を終えた面々が、揃《そろ》って休憩しているところだった。

一番重症だったラスティアラは中央の一番大きなソファに座って、優雅に仲間たちを侍《はべ》らせてマッサージをして貰《もら》っている。見張りをしているはずの僕が戻ってきたことで、みんなが少し不思議そうな顔を見せた。

正直、先ほどの戦いの一件で、顔を合わせにくい。けれど、それを言い訳にして、後回しにすることはできない。すぐに本題を全員に伝える。

「――みんな、急にごめん。いまから、僕はノスフィーを助けに行こうと思う」

並んだ不思議そうな顔が、驚きの顔に変わった。

その中、マリアがみんなを代表して疑問を口にする。

「えっと……、助けに、ですか？　倒しに、ではなく？」

「うん、助けたい。ラスティアラの言ってた通り、ノスフィーは仲間だった。……いま、やっとそれが僕にも分かった。ノスフィーをあそこまで追い詰めたのは僕で、彼女は一切悪くなかった。我《わ》が儘《まま》言ってるのは分かってる、ごめん……。それでも、僕の手でノスフィーを助けたいんだ」

謝りながら、自分の勝手な要望を提案する。それをマリアは、神妙な面持ちで受け止めた。そして、返答がされる前に、部屋の隅からライナーが口を挟んでくる。

「ジーク。もしかして、『過去視』の魔法でノスフィーの過去を見たのか？」

「見た。だから、もう僕はノスフィーを敵に見られない」

「…………。……そうか。ならいい」

ライナーは何も言わない。

ラグネと一緒で、僕への理解が深い彼も、いつかこうなると分かっていたのかもしれない。一度過去を見てしまえば、僕はノスフィーを全力で守ろうとする。傍目《はため》からは突然の心変わりだが、『過去視』の結果であれば問題はないといった様子だった。

僕は自分の要望を通すため、説得を始める。

まずは先の戦いでボロボロになったラスティアラだ。

「ラスティアラ、昨日の夜は変にごねて、ごめん。これからは、僕がノスフィーを見て、ちゃんと話すよ。みんなのことも、本気で信じる。もうおまえに任せ切りにはしない」

ずっと僕は、ラスティアラや仲間たちならばノスフィーを幸せにしてくれると思っていた。もう自分は彼女に関わらないのが一番とも思っていた。けれど、それは間違っていた。

続いて、仲間たちとの絆《きずな》を信じることも誓う。先の戦いでラスティアラは身体《からだ》を張って、僕がありえないと断言した仲間たちとの絆を証明してみせた。もう頭ごなしに否定なんてできない。もちろん、まだ心の隅で「『みんな一緒に』なんて絶対に上手《うま》くいくわけがない」という声が響いている。だが、そういったものも含めて、僕は僕の嫌いな部分を変えていきたい。

「もう小難しく考えるのは、止《や》める。やってみる前に言い訳ばかりするのも、止める。だから、ノスフィーは――」

もう敵とか味方とか関係ない。守護者《ガーディアン》や『理を盗むもの』もだ。『魔石人間《ジュエルクルス》』とか千年前の『光の御旗《みはた》』だとかも、もう重要じゃない。いま、大切なのは――

「ノスフィーは僕の血で生まれた『僕の娘』だ。だから、放っておけない。いますぐ迎えに行く。……どうか、みんなの仲間に入れて欲しい」

その乱暴で唐突な話に、誰よりも先にラスティアラが声をあげる。

「……カナミ!!　だよね!!　そういうことなんだよ!!」

続いて、マリアが冷静に言葉を紡いでいく。

「はあ……。まあ、仕方ありませんね……。私もノスフィーさんのことはそんなに嫌いじゃありませんし。では、消滅でなく説得の方向でいきましょうか」

マリアの反応は、僕が予想していたよりも遥《はる》かに優しいものだった。

それはディア、スノウ、リーパーの反応も同様で、

「だなあ。一緒に遊んだけど、そう悪いやつじゃなかったしな」

「ノスフィーって色んな意味で強いし、友達になってくれたら嬉《うれ》しいかも」

「アタシはいつでも友達募集中！　勧誘大歓迎！」

驚きの表情はなく、むしろようやく僕もここまで来たかといった様子だった。

「あ、あれ……？　みんな、その……、ノスフィーは『僕の娘』だよって話は……」

この情報だけでみんなの度肝を抜くはずだった。

そこから幻滅されて、嫌われる可能性があると思っていた。そのために、かなりの謝罪の言葉を頭の中で用意していたのだが、それを使うタイミングは来なかった。

マリアを始めとして、仲間たちは答えていく。

「すでに知ってました。カナミさんのいないところで、彼女から詳しく素性を聞いたんです……。妻云々《うんぬん》の話のついでに、分かった感じですね」

「ああ、聞いた聞いた。あいつって、もともとはカナミの子供みたいなもんなんだろ？」

「えーっと、それをカナミが認知しないから、ずっと反抗期？　そんな話だっけ？」

「アタシは相変わらずお兄ちゃんはアレだなあって思ったよ!!」

『娘』という情報で動揺しているのは、僕だけのようだ。どうやら、僕がノスフィーを避けてる間に、みんなは普通に本人から直接聞いていたらしい。

「みんな知ってたんだ。それなら、僕にも早く……。いや、僕が聞かなかっただけか」

思い返せば、僕のノスフィーに対する態度は酷《ひど》かった。

さらに僕自身が何も聞きたくないという空気を出していたのだから、誰も話題に出さないのも当然だ。最近の僕の不安定さを危惧していたライナーとラスティアラが、全員に口止めしていた可能性もあるだろう。

つまり、簡単に言えば、ずっとみんなに気を遣わせていたのだ。

それを悔やみながら――しかし、引き摺《ず》ることなく、話を続ける。

謝罪の言葉を全て捨てて、代わりの言葉を返す。

「みんな、ありがとう。知ってたのなら、話が早くて助かる。そういうわけだから、すぐにでも僕は、ノスフィーに謝りに行くべきだと思うんだ。それで今夜にでも、フーズヤーズ城を襲撃したい。もう大聖都でお尋ね者になってるのは間違いないから、賊っぽく手荒く侵入してやろうと思う」

お隣の家に謝りに行くかのような気軽さで、夜襲を提案する。

その大雑把な計画を聞き、ラスティアラが驚く。

「お、おぉ……!?　カナミの話が回りくどくないし、早くて簡潔っ！　カナミって、もっともっと面倒くさいはずなのに……。本当にどうしたの？　そもそも、カナミがノスフィーに歩み寄るのは、もっと後になるって思ってたのに、すごい急のような……」

「え、えぇ？……そんなに、急かな？　結構ゆっくりと考えてた気がするけど」

「急だよ。こっち側なんて、これからはノスフィーとカナミの親子関係を、より慎重に取りもとうって話してたところだったもん……」

そんな話をされていたことに少しショックを受けながら、自分の変化について考える。

みんなからすれば、僕の変わりようは急らしい。

しかし、僕からすると大聖都にいる間、ずっと頭を悩ませていたつもりだ。特にラグネには、うじうじしたところを何度も見せて、かなりの迷惑をかけた気がする。

「最近、ラグネに僕の駄目なところを教えて貰ったからかな？　僕がいない間にラスティアラたちがノスフィーと話していたように、みんながいない間に二人で色々と話してたんだ。それのおかげだと思う」

「え、ラグネちゃんが？」

ラスティアラは意外そうな顔を見せる。

正直なところ、ラスティアラの指示でラグネは僕の話を聞いてくれていたと思っていたので、僕にとっても意外だった。

名前を出されたラグネは、僕の隣で体育会系のように挨拶をする。

「押忍《おす》！　お兄さんに色々言ったっす！　見てられなかったっすから！」

「……もしかして、言い難《にく》いこと言ってくれた感じ？」

「そんな感じっすね！　みなさんと違って私はカナミさんに嫌われても、さほど痛手はないっすから。厳しいことでも好き勝手言えたっす」

暗に余り好きではないと言われてしまったが、その屈託のない彼女の態度がラスティアラたちを納得させる。

「へえー、そういうことかぁー。あのリスク大嫌いなラグネちゃんが、こっちの手が塞がっている間に大働きとは……。ナイス、ラグネちゃん！　というか、このパーティー、思っていたよりもチームワークいいような!?」

「あはー、褒められると嬉しいっすねー。でも実際は、なかなか傾の傷が治らないから、保身で焦って急《せ》かしただけなんすけどねー」

「それでも凄《すご》いよー。なかなかできることじゃないって。いや、本当にさっ」

ラスティアラはラグネの隣に近寄り、手放しで褒める。

それは部屋の誰もが同じで、次々とラグネの偉業を讃《たた》えていく。

「はい。本当に凄いですよ、ラグネさん。あのネガティブで自虐癖のあるカナミさんを前向きにさせるなんて、並大抵のことではありません」

「確かに、カナミは卑屈なところあるよな。謙虚さが悪循環して、なかなかに面倒くさいときがある」

「しかも、結構頑固。口だけ達者で、実際は動かないことが多い。あのカナミを動かすなんて、私には真似《まね》できない。ほんと凄い」

「なにより、お兄ちゃんは妹さんのことになると、周りが全く見えなくなるという最大の欠点があるからねっ。最近はラスティアラお姉ちゃんで似たようなパターンに陥ってたから、それを突破したのは尊敬に値するよっ！」

その称賛のついでに――いや、こっちがメインかのように、僕の悪癖が羅列されていく。それらが事実なのは分かっているし、これから直せばいいだけの話だとも分かっているが、こんなにも悪口が並ぶと心に響くことは響く。ちょっとだけ目に涙が滲《にじ》んだ。

だが正直、ショックや悲しさよりも、安心感のほうがずっと大きい。

あれだけみんなの前でいい人でいようと思っていた僕だったが、すでに僕の悪いところをよく知られていた。その上で、みんなは仲間として傍《そば》にいてくれていた。

どんなときでも『みんなの理想の自分』でなければならないという節が、僕にはあった。ただ、たぶん本当は……、僕自身が僕を嫌いになりたくないから、必死になっていただけだ。

そして、僕の悪癖暴露大会を終えたところで、ラスティアラが会議の準備を始める。

「よーし！　パーティーが一致団結したところで、フーズヤーズ城襲撃の作戦会議をしよっか。流石《さすが》の私でも、ノープランは嫌だからね。それじゃあ、ちょっと椅子が足りないから集めてー」

座っていた中央のソファを端に追いやって、大きな机を中心に置き、その周囲に人数分の椅子をみんなで並べていく。昨日の屋敷と比べると、随分と手狭になった。その小さな会議室が完成すると、仲間たちは急いで席に座っていく。

「では、私がカナミさんの隣で」

僕が座ったところを狙っていたのか、マリアが誰よりも先に隣に座った。そして、さりげなく椅子を寄せる。それに対抗してか、ディアが逆隣の席に座る。

「……じゃあ、こっちは俺だ」

「で、出遅れた!?　うぅ。なら今回は……え、えへへ。ディア、手握ってもいい？」

その隣の席にスノウが座って、最近仲良くなった親友に甘えていく。

ディアは「仕方ないな」と渋々のように了承していくが、その頬は綻んでいた。

その二人の微笑《ほほえ》ましい姿を優しげに見守るラスティアラが、次の席を取る。

「じゃあ、私はマリアちゃんの隣で。もちろん、椅子はくっつける！」

「はい、どうぞ」

こちらもこちらで、かなり仲がいい。出会った頃からの関係を、いまは一方的にではなく、お互いが望んで構築していた。

続いて、迷っていたリーパーが少し慌てながら声を出す。

「え？　んー、ならアタシはここで！　いや、どこでもいいんだけどさっ」

妙な流れに乗って、リーパーはスノウの隣に席をくっつけて座った。

……平和だ。

つい先ほどまで殺し合いをしていたことを忘れるほど、本当に仲が良い。そのメンバーの切り替えを見たラグネが苦笑いを浮かべながらラスティアラの隣に普通に座り、最後に余った席二つへ陽滝《ひたき》を引き連れたライナーが座った。

ライナーは周囲を確認しながら、安心した顔で話していく。

「ほんと驚いたな……。いつの間にか、かなり仲良くなってる。あっちもこっちも。……ということは、全部僕の杞憂《きゆう》か。ま、長く組んでたら、自然と親密にもなるか。全員同じような失敗をして、同じような趣味して、同じような夢を持ってるし……」

付き合いの長さと仲の良さが比例するのは自然な流れかと、ライナーは言った。それに仲間たちは「当たり前じゃん！」と反応して、僕とラグネの二人だけは顔を背けて汗を垂らしながら反応する。

「え、あ、うん。そうだね……」

「そ、そうっすねー」

はっきり言って、僕たち二人は全く逆の考え方をしている。大人数でパーティーを長く組めば亀裂は必然的に入るし、男女混合の絆《きずな》なんてありえないと思っている。

しかし、そんな性格の僕とラグネが、いま否定せずに頷《うなず》いたのは、これからは前向きに生きようという決意の表れだ。

僕とラグネが全く同じ顔をしているのを見比べて、ライナーは驚きを深める。

「へぇ……。ラグネさんは本当にジークと合うんだな。色々と説得もしてくれたみたいだし……。正直、そこが今日一番の驚きだ」

それを最後に、ライナーは心の底から安堵《あんど》した様子で、背中を椅子に預けた。

ずっと保っていた緊張を、いま完全に解いたように見える。思えばライナーは、視野の狭い僕の代わりに色々なことを警戒してくれていた。それに感謝しながら、僕は作戦会議を始めていく。

「みんな席に着いたね。それじゃあ、計画を立てる前に向こうの戦力を整理しようか」

ノスフィーの周りには『素直』という免罪符を得て、やりたい放題の騎士たちがいる。

その名前を連ねていく。

「まず『血の理《ことわり》を盗むもの』ファフナー・ヘルヴィルシャイン。こいつが一番厄介だ。さらに『魔人返り』しているエルミラード、グレンさん、セラさん、ペルシオナさん、ノワールちゃんの五人もいる。たぶんだけど、この六人が寝ずの番で、僕がやって来るのを待っていると思う。……戦うために」

その六人の名前を聞いて、ラスティアラとマリアが一人の名前をあげて相談する。

「そうそう、そういえばセラちゃんが向こうに取られてたねー。屋敷襲ってきたとき、びっくりしたー」

「何度も謝りながら戦ってましたね。セラさんは早く解放してあげないと、あとに響きそうです」

「たぶん、セラちゃんは他の人たちと違って、普通に『魅了』にやられたっぽいね。ノスフィーって、明らかにセラちゃんの好みだし」

「それです。一人一人操られている原因が違うのが厄介なんです。たぶんですが、グレンさんはノスフィーさんの魔法の影響は受けてません。あの顔は間違いありません」

グレンさんに関して、マリアは確信がある様子だった。僕と合流する前に、彼と一緒に旅をしていたからだろう。そして、ラスティアラとマリアが話し合う中で、ライナーから相談が一つ出る。

「ジーク、ここにいる全員で襲撃するって方針はいい。けど、妹さんはどうするんだ？」

「陽滝も一緒に連れて行くよ。ディア、陽滝と手を繋《つな》いで行動してくれ。移動が制限されると思うけど、やっぱり陽滝の扱いはディアが一番だからね……。速く動きたいときは、ライナーかスノウあたりに運んで貰《もら》って」

「分かった。俺もヒタキがいてくれたほうが心が休まる」

ディアは僕の頼みを迷いなく受け入れてくれた。

ただ、まだライナーは食らいついて、疑問を重ねていく。

「妹さんを戦いの場に？　危険じゃないのか？」

「確かに危険だと思う。だけど、だからと言って置いていくのは嫌なんだ。そういうのは、いつも失敗の素になってきた。これからは、大事なところへは全員で行く」

目の届かないところを突かれるのは、もう避けたい。

なにせ、今日ノスフィーは、僕の周囲を攻撃すると『素直』に宣言したばかりだ。動けない僕の妹なんて、一番狙いやすいところだろう。

「それに陽滝は身の危険を感じたら勝手に氷結魔法を使うんだ。ディア、そうだよな？」

「ああ、シスのやつがそういう風にしてる」

「そこを計算に入れてるのもある。陽滝は『水の理を盗むもの』だ。自動的な反撃だけでも『魔人化』した騎士を圧倒できる」

むしろ、戦力になると判断した結果である。

その説明にライナーは納得して頷き、次はマリアから手があがる。

「あ、カナミさん。ファフナーさんは私にやらせてください」

「マリアがファフナーの相手……。確かに、それが一番かもしれないけど……」

「ああいった手合いと戦うのは、私が一番向いています。あとは私の補助に誰か一人いれば、うまく拮抗《きっこう》状態へ持ち込めるでしょう。できれば、リーパーと組みたいですね」

向こうの陣営で一番強いのはファフナーで、こちらの陣営はマリアだ。

この二人がぶつかり合うのは必然だった。

それにはリーパーも賛成のようで、身体《からだ》をマリアの影に移すことで意思表示する。

「だねっ。私たちでファフナーさんとやるのが一番だね」

少しずつ襲撃の方針が固まっていく中で、ずっと静かだったスノウが話に入ってくる。

この一年、指揮官として働いていたおかげか、かなり真面目で真剣な表情だった。

「ファフナーはマリアちゃんとリーパーで……。ディアと妹さんが、騎士たちの相手をして……。カナミはノスフィーのところへ一直線で、残る敵は『魔人化』してる騎士が数人と警備の人たち？　そのくらいなら、私一人で十分だよ？　結構、戦力余るね」

「いや、一直線って言っても、僕も向かう途中で何人かと戦うつもりだったけど……」

何にせよ、戦力はこちらのほうが過剰なのは間違いないだろう。

例えばだが、城の中に侵入して、優雅に歩き続けるディアと陽滝の二人がいるとする。それをファフナーを含めた全員で襲い掛かっても、止められる気がしない。ディアの圧倒的な火力と陽滝の精密な氷結魔法による自動迎撃。相手をする騎士たちが可哀想《かわいそう》になってくるほど堅牢《けんろう》な進撃だ。それを踏まえて、ラスティアラが僕への同行を提案する。

「カナミ。余裕があるなら、私もノスフィーちゃんと『話し合い』がしたいかな……。もちろん、それがカナミの役割だって分かってる。それでも、その場に私はいたほうがいい気がする……」

「……ノスフィーさんはラスティアラさんに駄々甘ですので、説得と勧誘が目的なら悪い話じゃないですね」

それに隣のマリアが賛成していく。一人だけ抜け駆けしているような形になるので不満が出るかと思ったが、そんなことはなかった。

「きっとノスフィーさんは、『作りもの』で『代わり』となるだけの運命だったラスティアラさんを、自分と重ねて見ているのでしょう。ラスティアラさんと顔を合わせば、向こうの心に隙ができて、少しは絆《ほだ》されてくれるはずです」

先ほどノスフィーの過去を視《み》たからこそ、その考えには同意できる。

ラスティアラはティアラの器となるために作られた。

それはティアラの『代わり』として作られたノスフィーと、ほぼ同じ境遇だ。

お互いがお互いに重ねていると、ラスティアラ自身が強く認める。

「うん……。だから。ノスフィーちゃんは私に対して、本当に優しかった……。私は恨まれていてもおかしくないのに、心の底から心配してくれていた……。そんなノスフィーちゃんを……私は勝手にだけど、お姉ちゃんだって思ってる。私たち二人は、同じ生まれの家族なんだって、本気で思ってる」

かつて大聖堂でラスティアラは『魔石人間《ジユエルクルス》』たちを家族のように扱い、その一番上に立っていた。そのときからの流れがあるのだろう。自分よりも先に作られた『魔石人間《ジユエルクルス》』ノスフィーを姉として見ていた。

「……分かった。ラスティアラは僕の後ろについてきてくれ」

「ありがとう、カナミ。色々援護するよ」

「それじゃあ、ラスティアラもノスフィーのところへ行くとなると……。残りをラグネとライナーに埋めて貰おうか。あとは――」

　マリアが最大の難関であるファフナーを受け持ったことで、ノスフィーを説得するまでの流れは、あっさりと固まっていく。その終わり際に、僕は提案する。

「――うん、大体の方針は決まったかな。あとは僕の魔法を使いながら、細かいところを詰めていこうか。例の『未来視』だ」

「ティティーのときに使った《次元決戦演算《ディメンション・グラディエイト》『先譚《リアライズ》』》だな……！」

　静観することの多いライナーが、珍しく興奮して声をあげた。

　他の面々も話に聞いていた魔法が発動するとなり、期待した表情を見せる。

　その中、先ほど類似の魔法を見たばかりのラグネだけが確認を取る。

「あー、それがお兄さんのもう一つの反則技っすね。本当に使うんすか？」

「遠慮なく使うよ。こと作戦会議において、これ以上有用な魔法はないからね」

「…………。じゃあ、また魔法の使用の間は見守ってるっすねー。みんなもいるんで、遠慮なく魔法に集中してくださいっすー！」

　反対者はいないようだ。すぐに僕は席を立って、机に両手を突いて魔力を練っていく。

幸い、先ほどの『過去視』で、僕の魔力は大聖都に満たされたままだ。ついさっきまで次元魔法が禁止されていたフーズヤーズ国は、いまや世界で一番次元属性を使いやすいフィールドに変わっている。おかげで、スムーズに魔法構築は進んだ。そして、正々堂々の決闘を望むエルミラードや接戦好きなラスティアラには悪いが――

「これでもう、城の戦いは一切盛り上がらない。――《次元決戦演算《ディメンション・グラディエイト》『先譚《リアライズ》』》」

襲撃戦は一方的な展開で終わると宣言した。同時に、先ほどの《次元決戦演算《ディメンション・グラディエイト》『前日譚《リコール》』》のように、頭の中に記憶が混入していく。ただ、混ざる記憶は全くの逆。過去ではなく、これから未来に起こる記憶を、僕は手に入れていく。

目が冴《さ》えるような感覚と共に、この大聖都フーズヤーズのあらゆる場所が《ディメンション》の魔法の視覚で認識できるようになる。続いて、そのあらゆる場所のあらゆる未来が、常に十以上重なって視えた。

その中、フーズヤーズ城に視界を向けて、時間は三時間後ほどに焦点を合わせる。

これで、僕たちが三時間後に襲撃しているときの光景が『未来視』できる。

――まず最初に視えたのは、フーズヤーズ城入り口を一人で溶かすマリアの炎――それを迎え撃つ入り口の番人グレンさん。その隙に、二階の窓から侵入する影――待ち構えていた何十人もの騎士を打ち払いつつ、階上に向かうラスティアラ。続いて、『竜化』したスノウに抱えられたディアと陽滝《ひたき》が、城の中央にある空洞へ陣取って――『魔人化』したノワールちゃんと空中戦をしている――

等々。もちろん、同時に別の光景も視える。

マリアが外の庭から城そのものを炎に包む光景もあれば、ラスティアラとディアが協力して城の結界を上書きする光景もあった。――分岐した様々な未来も視えている。

前に使ったときに分かっていたことだが、この『未来視』で確定した未来を視ることはできない。様々な可能性を先に知ることができて、その中から最善の未来を目指せるようになるというのが、この魔法の正確なところだ。

ノスフィーは『未来視』を無敵の力のように言っていたが、使用者の僕からすれば欠点だらけだ。まず僕の情報処理能力の低さのせいで、視ると決めた人たち以外の未来が拾い切れていない。今回は視ると決めた空間――つまり、フーズヤーズ城の敵陣営を中心に『未来視』しているので、その空間以外は隙だらけだ。

もし僕に妹の陽滝のような頭の回転の速さがあれば楽なのにと思いながら、幾重にも分かれたフーズヤーズ城の未来の枝葉を追いかけていく。

あらゆる奇襲のルートを『未来視』で確認して、成功の確率と成功した後の状況の良さを吟味する。突入するタイミングも、同様の吟味を行っていく。ここで重要なのは、見回りする騎士の動きと休憩の時間。特に、五人の『魔人化』した騎士たちの位置は重要だ。

戦術も『未来視』で先んじて試して視る。こちらのメンバーは属性魔法のほとんどを網羅しているため、水攻めも火攻めも試せる。闇に紛れるか光に紛れるかも選びたい放題だ。

さらに、襲撃時の天候。気温に湿度。風向きに風速。城外の情報も集める。

城内の騎士の人数も数え切る。警備の巡回ルートも。伏兵の位置も。非戦闘員の所在も。

その一人一人の体調を、発汗の量まで細かく把握する。こうして、ありとあらゆる可能性を見ていく中で――

一つだけ、見逃せない未来の光景を、僕は見つける。

その場所は屋外。フーズヤーズ城の最上階。

日時は朝。煌《きらめ》く朝の光を浴びているのは、僕と陽滝の二人。

ここで重要なのは二人が向かい合い、何かを喋《しゃべ》っていることだ。

妹の陽滝が目覚めていた。しかし、何を喋っているかまでは把握できない。

余りに可能性が低く、遠い未来のせいで、ぎりぎりのところで僕の魔法が届かないのだろうか。ただ、か細い枝の先にある未来だとしても、こんなにも早く陽滝が目を覚ます可能性もあるらしい。この一夜でファフナーを味方につけて、世界樹《ユグドラシル》に封印された使徒ディプラクラを解放し、目覚めの魔法を開発して使用するという手順が済む場合もあるというのは、間違いなく朗報だった。

何もかも上手《うま》くいけば、この襲撃の終わりに、僕は目を覚ました陽滝と会える。

――胸の鼓動が速まる。

同時に、魔法《次元決戦演算『先譚』》《ディメンション・グラディエイト リアライズ》に、どくりと。大きな力が入ったような気がした。何が理由か分からないが、魔法の効果が強まった。

――いま、さらに僕の次元魔法は進化した。

おかげで、僕は未来の視界を得ながらも、いま現在の視界も得られるようになる。魔法に集中して俯《うつむ》けていた現在の僕の顔を上げて、周囲を見回せるようになった。

現在、家の居間には仲間たちが揃《そろ》っている。テーブルと椅子を揃えての作戦会議中。

そのテーブルの一席に、陽滝も座っている。夢遊病という特殊な状況ながらも、傍《そば》に妹はいてくれている。そういえば、僕は会議の中で、妹の意見を一つも聞いていなかった。

そう思い、『未来視』を保ったまま、現在の陽滝に声をかける。

「――陽滝」

声が届いているかどうかは分からない。

けれど、声をかけられた妹は、僕と同じように俯けていた顔を上げた。もちろん、意識のない妹から声は返ってこない。それでも、僕は声をかけ続ける。

「陽滝、これが現在《いま》の僕だよ……。この異世界で色んな人と出会って、色んな人と戦って、色んな人と別れて……、やっとここまで来た」

なぜだろうか。不思議と、いまの未来と現在を両方視ている状態ならば、声が届くような気がした。そして、かつて言えなかったことも、いまならば――

「この戦いが終わったら、たくさん聞きたいことがあるんだ……。本当にたくさん……」

真《ま》っ直《す》ぐ陽滝を見つめて、言った。

彼女の目は閉じているように見えて、薄く開いているのは分かっている。その瞼《まぶた》の下にある瞳と向かい合い、自分の中にあったコンプレックスを振り払いながら、口にする。

「目が覚めたら、ゆっくりと話そう……。そのときは、もう隠し事はしないって約束して欲しい。僕も、もう何も隠さないって約束するから……」

ラグネや仲間たちのおかげで、やっと僕は認めたくない自分を受け入れ始めている。だからこそ、初心に戻って、僕の人生を作った妹とも向き合いたい。

そう決意したとき、向かい合う妹の睫毛《まつげ》が、ぴくりと動いた気がした。

「今日で、この異世界での戦いは終わりだと思う……。終わったら、もう休もう。『不老不死』にさえ手の届くノスフィーと使徒ディプラクラを仲間に引き入れて……、ここにいる仲間たちも一杯協力してくれて……。それで、陽滝の病気が治らないわけがない。だから、もう明日で、終わりにしよう」

そう言ったとき、また妹が動いた気がした。ゆっくりと頷《うなず》いたように見えた。

僕の提案に対する了承の意志を感じる。対して、僕はお礼を言う。

「ありがとう、陽滝」

口にしながら、先ほどの『未来視』で遥《はる》か遠くに視た「妹との再会の光景」に、さらに幸せな夢を少し足す。

それはフーズヤーズ城の最上階の朝焼けの中に、みんなが揃っている光景。

そこにはノスフィーがいて、ラスティアラもいる。ディアもマリアもスノウもリーパーもライナーもラグネもファフナーもセラさんもグレンさんもエルミラードもノワールちゃんもいる。『みんな一緒』に、僕の物語の終わりである陽滝の復活を祝う。

そんな夢を視た。僕は笑みは零《こぼ》す。

すると、現在の周囲の仲間たちが不思議がり、近くのラスティアラが話しかけてくる。

「え、え？　これは……、もしかして、カナミの意識が戻った？」

恐る恐る聞く彼女に、僕は笑いながら軽く答える。

「……そうだね。ちょっとこの魔法に慣れてきたみたいだ。使いながらでも会話できる」

「慣れた？　慣れたって、えぇ？　それってつまり、未来を視ながら戦えるってこと？」

「そういうことだね」

「え、えぇぇ……。それ、強過ぎでしょ……」

使い込むことで魔法が便利になっていくのは、《次元の冬《ディ・ウインター》》などで何度かあった現象だ。だから、ここからさらに僕の『未来視』は進化できるとも感じた。

いや、進化というより、ようやく完成に至る感覚か。

あと、ほんの少しだ。この最終戦に合わせているかのように、あと少しで理想の魔法になる。誰もが望んだ僕の本当の『魔法』に――

「あのー、カナミー。カナミが魔法でぼーっとしている間に、こっちはこっちで面白い作戦案をみんなで話してて、ちょっと聞いて欲しいんだけど……」

「みんなで？　分かった。それが上手くいくかどうか『未来視』で答え合わせしようか」

進化した《次元決戦演算《ディメンション・グラディエイト》『先譚《リアライズ》』》ならば、作戦を試すまでもなく、その成否を診断できる。これを繰り返していけば、僕たちの襲撃計画は相手にとって対処不可能なプロセスだけが残っていくだろう。

「こ、答え合わせって……。やば過ぎない……？」

「いや、でもラスティアラ。それ以外に言いようがないし……」

反則も反則なのは、僕も感じている。だが、失敗するわけにはいかない以上、向こうの陣営に手加減をする気はない。僕は『未来視』を研ぎ澄ませて、仲間たちと一緒に、さらに具体的な作戦内容も固めていく。それは問題集の解答と答え合わせしていく作業に似ていた。自然と解答欄に残るのは、○のついた答えのみ。

全問正解が約束された襲撃計画となっていき――

その反則的な作戦会議は、三時間ほど行われた。

日付が変わり、会議終了と同時に、僕は掛け声をかける。

「――よし、それじゃあ『ノスフィー説得プラス謝罪作戦』開始だ」

すぐに仲間たちは応えてくれる。

「開始ー!!」

「はい、カナミさん……！」

「俺は陽滝とスノウと一緒だな」

「だねー。二人とも掴まってー」

「お嬢、よろしくっすー」

「ライナーお兄ちゃん、よろしくっ」

「ああ、よろしく頼む」

一斉に地下街から動き出す。上手くいけば、朝を迎える手前あたりで、この作戦は完了となるだろう。

僕たちは各班に分かれて、各々のポジションを目指して、歩いて行く。

地下街から出ると、大聖都は真夜中だった。とはいえ、完全に真っ暗というわけではなく、ぽつぽつと生活の灯が周囲に散らばっている。

空には雲が一つもなく、白く丸い月が浮かんでいた。

そして、地上の大聖都は少し慌ただしい。僕が『魔石線《ライン》』を停止させたことで、不審に思った町民たちが騒ぎ、警備兵たちが調査に歩き回っていたからだ。『魔石線《ライン》』を止めた犯人として罪悪感があった。ただ、これからさらに大聖都を混乱させると決めた以上、すぐに感情を鎮めて、怪しまれないように街中を歩く。

月明りと生活の灯に照らされた街道を進んでいると、先ほどノスフィーの『過去視』で視《み》たフーズヤーズの国を思い出す。あの千年前の暗雲に満ちた街と比べると、この大聖都は本当に明るい。時刻は深夜なのに、千年前の昼さえも大きく回っている。

多くが、千年前から続く『光の理《ことわり》を盗むもの』ノスフィーの尽力のおかげだろう。

ただ、フーズヤーズの街や人の心に光を灯《とも》した彼女の世界は、未《いま》だ暗いままだ。

だから、街の光を霞《かす》ませてでも、ノスフィーを助ける。

——何よりも優先して、この手をノスフィーに差し伸べる。

それが今作戦の最終目標であり——おそらくだが、それが『光の理を盗むもの』ノスフィーの『未練』を果たす方法となる。

僕は手を伸ばすだけでいい。

だが、『未来視』をしたからこそ、その難しさをよく分かっている。

「……『たった一人の運命の人』か」

道中、一言だけ呟《つぶや》いた。

それはノスフィーを何よりも優先する上で、最も邪魔になる言葉。

僕は歩く速度を上げて、自分が選んだ道を進んでいく。

いま口にした言葉を振り切るように。

3．フーズヤーズ城攻略戦

深夜。

昼の煌《きら》びやかさを完全に失って、フーズヤーズ城は夜の闇にとっぷりと浸《つ》かっていた。

このフーズヤーズ城は、複数の塔の集まりで構成されている。

その中でも主要な塔が五つある。

敷地の中心部にある五十階もの高さを誇る中央塔と、その東西南北に寄り添うように建つ四つの塔だ。一般的に、この五つを纏《まと》めて『フーズヤーズ城』と呼称されることが多い。だが、中で働く者たちは『中央大塔』『東大塔』『西大塔』『南大塔』『北大塔』と分けて呼ぶ。さらに各大塔の間には、たくさんの『中塔』『小塔』が挟まり、多様な橋で繋《つな》がっているのだから、いかにフーズヤーズ城が面倒に入り組んでいるかが分かる。

そして、そのフーズヤーズ城の各大塔で、コールタールで塗られたかのように暗い廊下を、ランプを手にした大勢の騎士たちが並んで歩いている。仕事熱心で有名なフーズヤーズの騎士たちだが、この時間帯では集中力を欠きかけていた。

深夜といえど、もう正午を過ぎてから、かなりの時間が経《た》つ。

最高の仕事を夜通しすると心に決めていたとしても、その熱が冷めかけている時間帯だ。

フーズヤーズ城を警備する騎士たちの幾人かは瞼を落としかけ、細い目で徘徊《はいかい》していた。もちろん、全員が全員というわけではない。未だに目を冴《さ》えさせて、一切の油断なく、そして楽しそうに警備をし続ける騎士もいる。

ラウラヴィア国の大貴族嫡男であるエルミラード・シッダルクだ。

いま彼はフーズヤーズに仕える魔法専門の騎士として、突如停止した『魔石線《ライン》』の調査を行っているところだった。

エルミラードは異常の出た『魔石線《ライン》』に触れては、何度も笑みを作る。

まるで凍結しているかのような封印には、覚えがあり過ぎた。

自らの魔力を通して、城にある予備の『魔石線《ライン》』を全て再起動し終えた。一定以上の出力の魔法を阻害する結界も張り直した。だが、こんなものは簡単に突破されるだろうと胸を躍らせて、張り付いた笑みが消えない。

やってくるであろう敵は強大。大英雄どころか伝説さえも超えて、奇跡そのものに片足を突っ込んでいる男だ。このフーズヤーズ城が全世界を含めた史上最高の要塞であっても、あれを止めることは不可能に決まっている。

そうエルミラードは確信して微笑しながらも、仕事は仕事だからと復旧した『魔石線《ライン》』に合わせて、騎士たちの警備網を再構築していく。

いま彼が自由に指示できる騎士は、十人にも満たない。同じ南の人間とはいえ、外国の騎士だ。フーズヤーズ国から預けられる人数は限られている。しかし、その人手の少なさを気にすることなく、慣れた手順で各員に指示を出し終わり、フーズヤーズ城の中央大塔の中腹――二十二階の吹き抜け外縁部の廊下を、エルミラードは歩く。

その廊下には高価な絨毯《じゅうたん》と調度品が飾られている。魔石で発光する蠟燭《ろうそく》台も惜しみなく並べられているが、それでも城の空洞は夜をも吸い込みそうな暗さだ。その穴を眺めながら、エルミラードは知人の一人と警邏《けいら》していく。

彼は所謂《いわゆる》エルミラードのチームの副官にあたる騎士だ。

副官騎士は微笑を浮かべ続ける上官に向かって、不思議そうに問いかける。

「あのシッダルク卿《きょう》……。警備兵はともかく、騎士の数が少なくないですか？　我らが聖女様を誘拐した犯人が、再襲撃してくる可能性があるんですよね？　なのに、動員数は合計で百にも至りません。夜とはいえ、これは……」

今日という日に、彼は違和感を覚えていた。

夕方頃に行方不明だったフーズヤーズの聖女ノスフィーが帰還して、慌ただしく城の警戒レベルが引き上げられた。そこまでいい。そこからの城の動きが、余りに妙なのだ。異常事態であるというのに、どこか暢気《のんき》な空気が上官たちには漂っていた。襲撃があるはずなのに、上層部のお偉方は悠長な対応しかしない。

詳細を知らされていない末端の騎士の多くが困惑している。

「ああ、少ないね。今回やってくる襲撃者は身内……いや、支援者様《スポンサー》のようなものだから、『元老院』は意図的に手を抜いているのさ。……まあ、心配は要らない。実際の警備兵は、数字以上にいる」

「ス、支援者様《スポンサー》？　それはどういう意味でしょうか……？」

エルミラードは今回の警備網の実体を、部下に軽く明かした。

ノスフィーの魔法によって『素直』になっているというのもあるが、この副官を気に入っているという理由もあった。

だからこそ、エルミラードは質問に答えることなく、会話を続けていく。

「確か、君はかなりの家の出だったね」

「え？　ええ、まあ……。シッダルク家ほどではありませんが……」

「それでいま、ここにいるということは、かなりいい人だろう？」

「い、いい人ですか……？」

「弱きを助け、強気を挫《くじ》くような性格。お坊っちゃんの上に、融通の利かない正義漢。だから、こうして気狂い中の僕の下に配属させられたんだ。もしも、君が話の分かる騎士ならば、きっともっと上の警備を任されている」

エルミラードは自虐と皮肉の混ざった物言いで副官を評価して、自分たちには把握できていない警備の人間を示唆した。

副官は「気狂い」という単語に顔を顰《しか》めたが、それは聞かなかったことにして問う。

「もっと上……。それは王族たちの居住区のある四十階以上のことでしょうか？」

「いや、正確には四十六階以上だな。『元老院』が滞在しているエリアには、騎士百人を超える戦力が揃《そろ》っているはずだ」

「四十六階以上？　確か、いま聖女様は四十五階にいるはずですが……」

「ああ、そうだね。でも、こうなってる。ノスフィー様を守るのは僕たちの役目で、四十六階以上を守る騎士たちの役目は『元老院』を守ることだけだ」

「……そうですか」

特に妙な話ではない。特権階級の人間には、特権と言えるだけの安全が提供される。それに対して副官は不平を言うことはなかったが、表情で不満を表していた。エルミラードは本当に有望だと笑って、また副官は顔を顰めて、問いを続ける。

「それでシッダルク卿、本当に賊とやらは来るのでしょうか……？　『魔石線《ライン》』を起動し直してから、もうかなりの時間が経ちますが……」

「必ず来るさ。娘を取り返しに……いや、自らの娘を苛《さいな》み続けるフーズヤーズ相手に、本気で来る」

「え……？　娘、ですか？」

警備の裏側以上の事実を返されて、副官は慌てながら確認を取る。

「ああ。実は、これから取り返しに来る賊は、聖女様の親御さんなんだよ」

別に隠すこともないと、エルミラードはお気に入りの部下に教え込んでいく。

「あの聖女様はフーズヤーズ国が生んだ最初の『魔石人間《ジュエルクルス》』で、かなり生まれが特殊だ。とある優秀な少年少女二人の血をかけ合わせて、生まれながらに魔法の『術式』を刻み込まれて、洗脳に洗脳を重ねられて、人工の聖女様にされたのが彼女だ。当然、無断で血を使われた側は、とても怒ってるだろうね。きっと、これから血相を変えて、娘を取り返しに来るはずだよ」

かなり掻《か》い摘《つま》んで因縁を説明した。だが、それでも副官の混乱は増すばかりだった。

「それは、かなり酷《ひど》い話ですね……。ほ、本当なのですか？」

「表では神聖なる騎士国家なんて謳《うた》っていても、実体はそんなものさ。東の開拓地で有名な現人神《あらひとがみ》ラスティアラ・フーズヤーズも、似たような生まれだ」

「そんな……。それは、余りに……」

唐突に国の汚い部分を明かされて、副官は憤りで声を震わせた。

彼は格式高い貴族の生まれで、汚い世界を多く見てきたはずだが、それでも炎を褪《あ》せさせることなく憤っていた。

才能がある。義憤の才能だ。エルミラードの口が軽くなるには十分な人柄だった。

「君は本当にいい性格だ……。そんな早死にしそうな君に、色々と教えてあげよう」

それは敵襲来までの暇潰しであったが、大切な儀式でもあった。

エルミラードは自分が『素直』になれる時間は短いと、冷静に頭の隅で理解している。

だからこそ、いまの間に吐き出すものは吐き出したいと思った。ここで吐き出すことが、これから『素直』でなくなるであろう本当の自分の手助けになる。

そう信じて、話していく。

「知っての通り、世界の深みに入れば、必ず人の悪意が付き纏う。権益の奪い合いに、不正の競い合い。その中でも、特に『元老院』には注意したほうがいい。あいつらは『聖人ティアラの遺言』や『本当の歴史』を隠し続けて、『不老不死』なんて俗な夢を追いかける老害だ。さらには『魔石線《ライン》』と『魔石人間《ジュエルクルス》』の技術を秘匿し続けて、一般に公開し切っていない。北の宰相から教わった『詠唱』などの『千年前の知識』も、ほとんど国民に再分配されていない。おそらく、『元老院』のいるエリアには融通の利く騎士たちがいて、僕たちの知らない『詠唱』を知り、それを『代償』もお構いなしに使ってくるだろうね。余りに物分かりが悪いと、そこの騎士に暗殺されるから本気で注意だ」

「なっ……!!」

その突飛な話に副官は驚き、返答すらできない。エルミラードは話の半分も副官に伝わっていないのは分かっていたが、それでも饒舌《じょうぜつ》に話し続ける。

「どうしようもなく世界は現実的に、当たり前にできてしまっている……。余りに夢がない世界だ……。本当に夢がない……」

話しながらエルミラードは、少し前に聞かされた一つの話を思い出す。

それは北と南の休戦によって、戦地から大聖都まで異動になったときのこと。四大貴族シッダルク家当主としての義務が一段落して、同時に初めての戦争参加を終えたときだ。その日、国から褒章を貰《もら》う場で『光の理《ことわり》を盗むもの』ノスフィーと引き合わされて、魔法をかけられた。その魔法自体は問題なかった。はっきり言って、ノスフィーとの相性は良い意味で、良くなかった。

ただ、続いて出会うことになる二人目の『理を盗むもの』は違った。

あの日、フーズヤーズ城の禁忌とされる地の底で、血に染まった世界樹《ユグドラシル》の下で『血の理を盗むもの』ファフナー・ヘルヴィルシャインと話したことを思い出しつつ、彼に感情移入しながら、真似《まね》るように早口で独白する。

「……ありとあらゆるところで間違いばかりが起きて、善人が騙《だま》されては馬鹿を見る。正義を信じる若者たちは淘汰《とうた》され、邪悪な老人ばかりが生き残る。君も知っているだろ？　貴族間でも格差は激しく、差別の意識は常に絶えない。いつになっても奴隷制は拡大していくばかりで、新たな差別が増えていく。それを分かっていて、『元老院』は根絶できるはずの戦争を続ける。分かり切った戦争で不幸を呼んでは、欲望の需要と奴隷の数を水増しする。先の戦争で、僕は本当に思い知ったよ。近年増えた『魔人返り』に対する扱いは正当性に欠けて、利用価値の少ない強者は闇の中に葬られていっていた。北と南が戦争しているんじゃない。強者によって、強者と弱者の選別がされているだけだ。千年前の偉人たちによって一度は綺麗《きれい》にされた世界が、また一日ごとに腐っていこうとしている。徐々に世界に暗雲がたちこめようとしている。……本当に悲しい話だ。そんな世界の理不尽を打ち壊して、世界を作り変えてやろうと思っていた頃も僕にはあった……。これでも、僕は英雄願望が強くて……、いつか世界を変える偉業を成そうと夢見ていたこともあったんだ……。この気持ち、君なら分かってくれるかな……？」

そのエルミラードの独白を傍《そば》で聞いて、副官は城の噂《うわさ》を思い出す。

つい最近休戦された南北の境界戦争で、シッダルク家当主は多大な活躍を残した。だが、その戦いを切っ掛けに、どこかおかしくなったという話だ。確かに、その揺れる瞳から、微《かす》かな狂気が伝わる。しかし、それだけではない。褪せることのない自分以上に青臭い義憤も、そこには宿っていた。同じ志を感じた副官は戸惑いながらも、彼の話をもっと聞きたいと願い、続きを促す。

「……す、少しですが、分かります。しかし、シッダルク卿でも、その夢が過去形なんですね」

「過去形……。いや、それは違う。夢は現在も進行しているよ。ただ、僕は現実的な方法を、とある方から教えて貰ったんだ。この世界を救う真の方法だ。それは僕の役目ではなだが、その続きが語られることはなく、エルミラードの語りは唐突に止まった。

「く——」

「————っ！　これは!!」

猫科の動物のようにエルミラードは身体《からだ》を跳ねさせて、周囲を見回した。その瞳の映す視界では、廊下の様子は全く変化していない。しかし、魔法使いとしての特殊な器官が、世界が塗り替わっていることを脳に伝えた。

一瞬にして、廊下一杯に新たな魔力が満たされた。水に触れた感触はなくとも、大洪水に襲われて、魔力の海に閉じ込められた感覚だった。

本来、ここまで魔力が存在を主張することはない。

こういうものは一流の魔法使いが気を張ることで、ようやく気づけるものだ。

だが、これは下手すれば一般人でも気取れるほどに濃い。

なにより、魔力を解放した人間に隠す気が一切ない。

「とてつもなく濃い!?　これは《ディメンション・多重展開《マルチプル》》!?　いや、もっと複雑に重なった次元属性の魔力！　僕たちには到底理解し切れない魔法！　これは、これはこれはっ！　はははははっ！」

すぐにエルミラードは魔力の出所を推測して、その原因の本気具合を知って、笑った。

ただでさえ楽しそうだったところに、さらなる無邪気な笑顔が追加されて、まるでパレードに参加している子供のようにはしゃぎだす。

「おいっ、来るぞ！　ようやく来る！　カナミが来る！　しかも、予定よりもずっと早い！　もう来るのか!?　本気だ!!」

「こ、この魔力が例の聖女様の親御さんなんですね……!?　いや、俺たち騎士にとっては、ただの賊――って、シッダルク卿《きょう》っ、どこへ!?」

副官が答えている途中で、すでにエルミラードは走り出していた。

それも『魔人化』で脚力を強化し、その不自然に長くなった金髪を宙に泳がせての全力疾走だった。警備の持ち場から遠ざかりながら、大声で叫ぶ。

「悪いが、僕は好きにやる！　それとさっきの話は安心してくれ！　すぐに来るから心配はない！　『大いなる救世主《マグナ・メサイア》』が来るんだ！　いまから現れる!!」

平野を駆ける獅子《しし》の如く《ごと》――いや、獅子そのものの脚を『魔人化』で奔《はし》らせて、エルミラードはフーズヤーズ城の中央大塔の外周壁に向かった。建物の窓から、外部からの敵を視認できないかと思っての行動だ。

この城に満たされた魔力は、『次元の理を盗むもの』以外にありえない。

意中の人物の挨拶に、エルミラードは浮かれ切っていた。

ただ、その走る彼を戒めるように、警備の騎士から報告があがる。

「シ、シッダルク卿！　東より敵が侵入を！　東大塔の壁を――」

「東大塔の壁だな！　分かった、すぐに僕が向かおう!!」

エルミラードは止まることなく、すれ違い様に受け答えを終わらせて、その勢いのまま中央大塔から東大塔に続く橋へと向かう。

その速度は、人間の限界を超えている。当然だが、すれ違う騎士たちの一人も追いつくことはできない。単独でエルミラードは橋を渡り切り、東大塔に入り、その中を駆け抜け、城の東端まで辿《たど》りつき、一つの窓から身を乗り出し、外を見る。

まず目に飛び込むのは、大聖都の城下街。

いつもならば深夜であろうとも魔法道具による光が至る所で明滅しているのだが、今日は『魔石線《ライン》』の停止によって光は疎《まば》らで少ない。

その少ない明かりを頼りに、エルミラードは外の様子を確認した。

フーズヤーズ城を囲っている高い鉄柵の一部分が、へしゃげている。その柵の近くにある警備用の塔が、いくつか倒壊しているのも見えた。

敵は川と柵を乗り越えてから、庭を強引に突破したことを理解して、エルミラードは視線を下に向ける。そこには、まるで重力など知ったことではないと、城の壁を足場にして駆け上がる侵入者の姿があった。

「壁面を強引に走っている!?　想定していた中でも、かなり荒々しい手段を選んできたな！　ただ、来ているのは――――！」

エルミラードは侵入者の数を数えつつ、姿も確認していく。

敵は三人。一人は背中にモンスターに似た青い翼を広げて、その片翼に二人ほど摑《つか》まっている。髪の色は、青髪に金髪に——黒髪。

「『竜化』したスノウ君にシス様。それと……、封印中の『水の理を盗むもの』？」

同じ黒髪だが、性別が違う。なかなか凶悪な面子《メンツ》だが、本命のカナミはいない。

エルミラードは立ち止まり、敵の作戦を読み取ろうとする。

「カナミは逆側から、こっそりと来るつもりか……？」

「シッダルク卿！　上がってくる賊は三人のみ！　『魔石線《ライン》』は発光させましたが、警鐘は鳴らしますか!?」

すると東大塔を警備していた騎士の一団が、指示を仰ごうとしてくる。

エルミラードは外国の騎士だが、公爵家の出の上に先の戦で階級が劇的に上がっている。

南北戦争の英雄ならば間違いないという騎士たちの判断だったが——

「いや、警鐘は必要ない。どうせ、その内もっと分かりやすいことになる。それよりも、ここ以外の敵を特定するのが先決だ」

「他の敵？　つまり、こちらは陽動であると!?」

「ああ、そういうことだ。君たちは陽動の三人の相手を頼む。僕は別のところから来る本命を叩《たた》く」

「了解っ!!」

「僕は西塔へ向かう！　ここは頼んだぞ!!」

エルミラードは自らの欲望に従い、打算的で適当な指示で、この場を他人に押し付けて逃げ出した。

いまスノウと顔を合わせれば、情が湧く可能性があった。巻き込まれる前に、全力疾走で今度は逆の西大塔へ向かっていく。

その途中、フーズヤーズ城中央大塔の吹き抜けから煙が上がっているのを目にした。すぐに吹き抜けの柵に掴まって、下を確認する。

「下で炎上!?　となると、炎の魔女はそっちか！」

この一年であらゆる伝説を各地で残した炎の魔女マリア。『光の理を盗むもの』相手に単独で勝利して捕縛する彼女は、敵の最大戦力と言っていいだろう。

その最大戦力をカナミは護衛にしているかもしれない。実際、四十五階のノスフィーは、こちらの最大戦力であるファフナーを傍に置いて、警戒させている。

カナミはマリアの炎に紛れている可能性が高い。そう判断したエルミラードは一番近くの階段を急いで下りる。下から舞い上がる煙の中、まともに階段は使わず、手すりを足場にして滑るように階下へ落ちていく。

すると、エルミラードは油断ならない量の魔力を持った人物の接近を感じ取る。

身構えながら一旦移動を止《や》めると、煙の中から見知った仲間が現れる。

開拓地にて『最強』の称号を得たことのある男グレン・ウォーカーだった。

「グレン？　もしかして、正門を放棄したのか？」

「ん……。ああ、エル君か。一階に入って来たのは、殺気立ったマリアちゃん一人だけだったし、受け付け係は放棄したよ。彼女は明らかな陽動だったから、無視してこっちに駆け上がってきたんだけど……」

エルミラードは年上のグレンに対して、一切の敬語を使わずに話しかける。

礼儀を重んじる彼にとっては珍しいことだ。それは、この数日で二人の関係性が『単なる大貴族の知り合い同士』から『魂で繋《つな》がった同志』に変わっている証明である。

「なるほど。なら、魔女はノワールに押し付けようか。……グレン、東大塔ではスノウがシス様と『水の理を盗むもの』を連れて襲って来ていた。もしかしたら、兄である君を探してるかもだ」

「あー、スノウさんは、そっちか……。できれば、いまは会いたくないなあ。たぶん、怒ってる……。うう……」

主《あるじ》であるノスフィーの立てた予定を無視して、二人は自分たちの集めた情報を隠すことなく、交換し合う。

その情報に偽りはないと、同志だからこそ信頼し合っていた。そして、この『素直』になっている現在《いま》だけがカナミに挑戦できる唯一のチャンスであることも、お互いに理解し合っている。その情報交換の最中、慌ただしい様子の警備兵が一人近づいてくる。

「シッダルク卿、ウォーカー様！　こんなところにいましたか！　報告します！　西大塔より侵入者が二人！　いまはペルシオナ様とセラ様の二人が対応していますが、苦戦しております！」

それを聞いたエルミラードは、冷静に情報の確認を取る。

「……分かった。それで、その敵に男はいたか？」

「性別ですか……？　いえ、確か、女性二人組との報告が」

「そうか、女性二人か。ならば、そちらはペルシオナ君たちに任せよう。僕たち二人は敵の本命を叩かなければならない」

すっぱりとエルミラードは援軍を断り、やってきた警備兵を無視して、グレンとの作戦会議を続ける。

「んー。カナミ君は、どこか別のところから紛れ込んでいるね……。全部無視して、ノスフィー様を襲う気だ。残るは城の裏手だが、それは余りに定石通り過ぎる気もする」

「同意だ。だが、グレン。なら、どこからだと思うかい？」

「どこから――」

同志の質問に、グレンは思考を回転させる。この盤面で渦波《かなみ》が指す一手を推測していく。

こと奇襲や暗殺において、グレンは百戦錬磨。この大陸で並び立つもののいない使い手だ。だからこそ、他人を頼らない性格のエルミラードがグレンの意見を重視している。

しかし、グレンは答えを出し切れない。

真っ当な侵入ならば、グレンの経験の中に前例があるだろう。だが、敵は『次元の理《ことわり》を盗むもの』。未知の魔法を中心に作戦を立てられたら、グレンといえど推測はできない。だから、熟考の末にグレンの頭に浮かんだのは、どれも真っ当でない侵入方法ばかりだった。その数ある反則の中でも、特に厄介なのは――

その手段をグレンが思いついたとき。窓の外、闇夜の空にて翠《みどり》色の光が灯《とも》った。

距離は遠く、フーズヤーズ城の敷地外からの光だった。

◆◆◆◆◆

「――って、そろそろグレンさんが考えてる頃かな」

フーズヤーズ城から遠く、三キロメートルほど離れた建築物の上で、僕は仲間に現状を報告する。大聖都は三次元的な構造になっている為《ため》か、塔のような高い建物が多い。その中から最も高い建物を選んで、その屋上に僕とリーパーとライナーは待機していた。

ただ、政庁の管理する塔なので、ここに至るまでの道中で戦闘は軽くあった。だが、流石《さすが》に二桁レベルにもなっていない警備兵相手に、僕たちが後れを取ることはない。全員、丁重に気絶して貰《もら》っている。

いま、この塔で意識があるのは僕たち三人のみだ。

「『未来視』通り、いま、グレンさんが十八階から上に向かって動き出した。できるだけノスフィーに近づくのが最善だって、エルと判断したみたいだね」

遠く離れたフーズヤーズ城の様子を、僕は呟《つぶや》く。

とはいえ、実は口に出して報告する必要性はない。いま僕の隣に立っているリーパーは、次元魔法の『繋がり』によって、僕の《ディメンション》と《次元決戦演算《ディメンション・グラディエイト》『先譚《リアライズ》』》で得た情報を共有している。

僕の役目はレーダーとして徹することで、声を出すのはリーパーの役目だ。

「スノウお姉ちゃーん。お姉ちゃんのお兄さんが十八階にいるから、どうにか二十階まで追いやって足止めしてー。逆側のラスティアラお姉ちゃんも、そっちに向かってるところだからー」

『うん、了解ー』

振動魔法《ヴィブレーション》のこもった魔石での交信だ。

かつて、ギルド『エピックシーカー』時代に使った懐かしい魔法戦術が、レベルと魔力の上昇でさらに強化されて、今回のパーティー戦で力を発揮している。

いま、リーパーが指示を出している全員が、一人で城を落とせるだけの火薬の詰まった魔法使いたちだ。それを僕は安全圏で管制して、最大の運用が行える。城で伝令が必死に走り回っているのと比べれば、その有利は分かりやすい。

「……うん、いい感じだ。一割くらいの確率で、街の外までグレンさんたちが出てくる未来もあったけど、もう大丈夫そうだ。予定していた未来その一に入って、もう他の未来の可能性の枝は完全に折れた」

そして、ここで僕は《次元決戦演算《ディメンション・グラディエイト》『先譚《リアライズ》』》を解除する。長時間の使用ができないというのもあるが、もう大体の未来が決定したので必要性が薄れたのだ。

もうグレンさん、エル、ペルシオナさん、セラさん、ノワールちゃんの五人の位置は捕捉した。残りの警備兵たちの動きもステータスも、全て把握済みだ。

フーズヤーズ城で戦闘のできる警備兵は二百七十二名。その内の三十一名は『元老院』を守ることだけを考えているので、全く動かないのは分かっている。

残り二百四十一名の内、レベル20以上は先にあげた五人のみ。レベル15以上は十四人。その十四人の中には、『魔人返り』しているのが四人いるので注意が必要。そして、レベル10以上が七十八人。それ以外が百四十四人。

これからの五分間、三百秒。この全員が辿るであろう未来を、僕は記憶し終えた。

「おっけーい、お兄ちゃん。そのなんちゃらの枝ってやつが折れて、例の未来その一パターンに入ったなら、作戦も作戦その一で決定だね。そろそろ、ライナーお兄ちゃんも充電完了だから、アタシはお兄ちゃんに取り憑《つ》くよ。――魔法《シフト・闇憑き《ミミック》》」

「ああ、頼む」

リーパーが魔法を唱えて、ぬるりと僕の影の中に入る。

マリアとの一年の旅で覚えた次元と闇の複合魔法だ。

取り憑いた対象を補助して、ステータスのあらゆる数値にリーパーの力が加算されるらしい。効果はそれだけでなく、戦闘中に影に潜んだリーパーが魔法を使うこともできるし、いつものマリアの黒い装備を再現することも可能だ。

話を聞けば、物理的な衝撃を吸収する黒装束と自由自在に扱える黒の大鎌をマリアは装備していたらしい。想像するだけで、かなり羨ましい変身だ。

作戦開始前、それとなく僕も変身したい旨をリーパーに伝えたが、『ローウェン』以上の武器は作れないからと拒否されてしまっている。

なので、今回は黒の肘までである手袋《ロンググローブ》のみだ。

この今回用の特別な装備を使って、一度だけ敵の裏を掻《か》く。

僕は服の袖を捲《まく》って、リーパーと『繋がり』を通して真っ黒になった左腕の動きを確認していく。その途中、後ろから声がかかる。

「ジーク、こっちも準備完了だ」

一人で黙々と魔法陣を書き込んでいたライナーだ。

ライナーは僕たちの所有する魔石と魔法道具の全てを使って、時計塔の屋上に巨大な魔法陣を完成させていた。先ほど僕が次元魔法を、これ見よがしに城へ拡《ひろ》げたのは、このライナーの大魔法を隠す為でもある。

「ありがとう、ライナー。あとはカウントダウンするだけだ」

「完全に、何もかも予定通りだな。だが、それでも……」

「うん。まだ作戦の成功確率は、半々くらいだと思う」

《次元決戦演算《ディメンション・グラディエイト》『先譚《リアライズ》』》使用後で感覚が過敏になっている僕は、ライナーの聞きたいことを先読みして、その質問に答えた。

「半分……。そんなに厳しいのか」

ライナーは先読みされるのは慣れた様子で、その答えを吟味する。

「戦い自体は完勝できるよ。それは間違いないけど、ノスフィーを説得し切れるかどうかは厳しいと思う」

「城の陥落は断言できるのに、ノスフィーのやつに関してはそんなに駄目か」

「この『未来視』も魔法だからね。魔力の高い相手だと読み辛《づら》いってのがあるんだ。それとノスフィーの心が、その……」

「ああ、狂ってるやつは読みにくいんだろ？　その魔法、気まぐれや思いつきで動く相手だと、『未来視』で見える可能性の枝が多くなって、効果が半減するみたいだな」

ノスフィーを説得できる未来は、いくつも視《み》た。けれど、説得に失敗する未来も、数え切れないほど視た。ノスフィーが背負っている精神の負債は、様々な不幸を誘発する。

その全てを視き切るには、魔力と時間が足りない。

「……うん」

僕はノスフィーが精神的なダメージによって、狂っていることを認める。

そこまで落としたのは自分なのだから、それを否定するつもりはない。

その僕の表情を見て、ライナーは少し心配そうに話す。

「ジーク、頼む。もしノスフィーのやつを説得できなかったら、そのときは《ディスタンスミュート》であいつを消滅させてくれ」

「ごめん、それはできない。そのときは、もう……」

迷うことなく、断る。ライナーは僕を優先したいようだが、僕が優先したいのはノスフィーだ。これが彼女の『未練』なのだから、これだけは譲れない。

ライナーは自分の主の頑固さをよく知っているからか、大きな溜《た》め息《いき》をついて、いつものことだと諦めながら頷《うなず》いてくれる。

「はあ……。分かった。これ以上は何も言わない。ジークが諦めずに、最善を選び続けてくれたなら、もうそれでいい。こっちも最悪な事態を避けることに全力を尽くす。それでいこう」

「いつもごめん、ライナー。ただ、今回みんなは時間稼ぎみたいなものだから、そこまで本気で戦わないでいいからね。大怪我《おおけが》すると、たぶん向こうも困ると思う」

「分かってるさ。最悪だけは避けるようにする。……最悪な未来だけはな」

ライナーの相談が終わったところで、すぐに予定通り、僕たちはライナーの描いた魔法陣の中に入っていく。屋上の縁から遠ざかり、助走の距離を十分に取る。

その間も、僕はフーズヤーズ城の敵の動きを、《ディメンション》で確認し続ける。

丁度、城の主要人物たちが全員、二十階に集まってきたところだった。

西塔から侵入したラスティアラとラグネが、ペルシオナさんとセラさんを中央塔に追いやった。上を目指すエルとグレンさんは、スノウたちが足止めしている。中央の吹き抜けを飛び回っていたノワールちゃんも、主戦場となった二十階の高さを保ち、乱戦に加わっている。

そして、城の一階ではマリアが炎で制圧し終わり、そこから地下にある世界樹《ユグドラシル》に向かって進んでいる。敵大将のノスフィーは、四十五階でファフナーを控えさせたまま。

「ジーク、そろそろじゃないか？」

「うん、行こう。作戦その一だから、僕は二十階。そっちはそのちょっと上でお願い」

「了解」

本格的に作戦開始だ。

これから僕たちはライナーの風魔法で、ここから三キロ先に聳《そび》える城まで跳躍する。いつもの遠距離跳躍からの奇襲だ。

つまり、いまライナーが描いていた魔法陣は発射台だ。その魔法に乗って、城の中腹までショートカットする。その為の角度と威力、弾道計算は次元魔法で終わっている。

ただ、直通でノスフィーの四十五階まで行くつもりはない。

張り直された城の結界が、上へ行くほど厄介というのもあるが、今回の戦いはノスフィーという王駒を取って終わりではない。王駒を救いに他の駒がやって来るパターンがある。『未来視』した限りでは、説得の途中で誰かが邪魔してくるパターンが本当に多かった。なので、今回重要なのは、相手の駒を全て盤面の端に追いやること。

特に『血の理を盗むもの』ファフナーという駒だけは、遠くで孤立させたい。

その作戦を成立させる為に、僕は告げる。

「いまだ。作戦開始だ、ライナー」

「ああ。ヘルヴィルシャインの騎士として、我が主《あるじ》に勝利を捧《ささ》げよう」

二人で握り込んだ拳を軽く打ち付け合ったあと、ライナーが魔法を発動させる。

「――《ワインド・風疾走《スカイランナー》》」

ライナーの独自の魔法が発動して、僕と彼の両脚が密度の高い風によって透明化していく。さらに、塔の屋上の床が翠色《みどり》に発光して、用意した魔法陣が起動される。

発射の要となる魔法陣の床にばら撒《ま》かれた指輪やペンダントが風でふわりと浮いて、空中に立体的な魔法陣が輝き描かれる。

球体状の魔法陣が周囲の風を吸い込み始めた。

そして、凝縮に凝縮を重ねた風が爆発寸前となったとき、僕とライナーは同時に駆け出す。どちらも床を踏み砕くほどの加速だった。

そして、合図となる魔法が唱えられる。

「――《ゼーア・ワインド》!!」

爆発音を伴った突風の魔法。

それが僕たちの後方の立体魔法陣で発動する。

もちろん、方角は塔からフーズヤーズ城へ向けて。

僕とライナーが屋上の縁を踏み抜いて跳ぶと同時に、背後から尋常ではない追い風が発生する。これによって、元々人外の域にあった僕たちの跳躍が、限界を超える。

もはや、跳ぶのではなく発射だった。風に乗るというより、風を貫く弾丸。大聖都の風を裂いて、一瞬で視界が夜空を過ぎ去っていく――途中、フーズヤーズ城の結界を突き破ったのを感じ取った。身体《からだ》を保護する風が減り、少しだけ身体の軋《きし》む音が聞こえてくる。

耳鳴りも止まらない。呼吸もできない。音速に迫るスピードが、身体を痛ませる。

だが、その全てを無視して、僕は集中力を研ぎ澄ませる。

予定通り、城の結界は無視した。重要なのは、城に入った瞬間の一秒。

その一秒をゼロコンマ一秒以下の正確さで刻んでいき、一切のミスなく行動しないといけない。その為《ため》の補助を魔法で積み上げる。次の魔法の準備も行う。

「――魔法《ディメンション・決戦演算《グラディエイト》》」

戦闘特化の《ディメンション》にスキル『感応』を重ねて、できうる限り体感時間を操作する。集中して、一秒の中にある十分の一を計る。さらに集中して、そのまた更に十分の一も計る。計って計って計り続けて、世界がコマ送りのようなスローモーションに変わっていく。

体感時間の操作が終わったとき、距離三キロメートルを潰す跳躍も終わっていた。

フーズヤーズ城の二十階。その硝子《ガラス》窓の一つに、僕が着弾する瞬間。意識を戦闘だけに集中させて、蹴破る。散らばる破片と共に、二十階に侵入する。ただ、その破壊音が拡がる前に、《ディメンション・決戦演算《グラディエイト》》で内部の状況を確認する。

その猶予は、一瞬も一瞬。十分の一秒以下だったが、迅速に終わらせた。

フーズヤーズ城中央塔の二十階は、そこだけ城の中身をくりぬいたと表現していいほど、ぽっかりと空いた空間だ。まるでドーナツ型の運動場のような二十階は、何かしらの行事を行う為に用意された空間だろう。廊下も小部屋もない大広間の床には、金の刺繍《ししゅう》が入ったカーペットが敷き詰められて、その上に豪奢《ごうしゃ》なテーブルが大量に配置されている。その立食パーティー用と思われるテーブルたちが、今日だけは戦闘用の足場や盾として使用されて、半数以上が破壊済みとなっていた。

丁度いま二十階では、侵入した賊と警備の騎士たちが乱戦中だった。

その乱戦中の人物たちを、一人ずつ確かめる。

僕が侵入した硝子窓の一番近くには、ケンタウロスのような姿で剣を振るうペルシオナさんがいた。魔力の剣で牽制《けんせい》しているラグネと向かい合ってるところだった。

そのすぐ近くでは、ラスティアラとセラさんが剣を結んでいる。

セラさんの姿はいつもの狼《おおかみ》姿に近かったが、四足歩行の状態ではない。騎士の服を纏《まと》い、二本足で立って、剣を握っている。ただ、身体が半分ほど狼に変化していた。限定的に獅子《しし》化したエルの『魔人化』と似たタイプで、両腕だけを肥大化させて、獣の体毛で覆われている。それと髪の一本一本が太くなり、異様に伸びて、人間味の薄れた髪形となっていた。

その女性陣の少し奥では、エルとスノウが交戦していた。

獅子と竜の特徴を得た二人が、距離を取っての魔法戦だ。

そして、中央にある吹き抜けでは、ノワールちゃんが蝙蝠《こうもり》の翼を使って飛んで、重力系の魔法を二十階全体に展開させている。その彼女に対して、ディアと陽滝《ひたき》が二十一階に続く階段の前で陣取って、攻撃用の魔法を放つ準備をしている。

最後にグレンさんが一人、いつでも全員に手を出せる位置で、冷静に全体を俯瞰《ふかん》して見ていた。

他に敵はいない。巻き添えを避けたのだろう。一般の警備兵や騎士たちは混戦を避けて、十九階と二十一階で逃げ場を塞いでいるだけだった。

――その二十階の配置を全て、僕は一瞬の猶予時間内に把握し切る。

予定通り、全員がいい位置にいる。

まだ砕け散った硝子窓の破片が宙で舞っている中で、僕は風に乗った勢いのまま、二十階の床を踏んだ。三キロメートル先からやってきた人間の着弾によって、床全体に亀裂が入る。けれど、床が突き抜けることはない。

その頑丈な床を、風を纏った足で強く蹴り、落ちる硝子片を浴びながら追い越して、最も近くにいたペルシオナさんとラグネの戦いに飛び込む。

――この一歩だけで、硝子窓を割ってから0.2秒もない。

その上、突入の勢いを殺《そ》ぐことなく、高速での接近だ。目の前のラグネを警戒していたペルシオナさんが、防御行動を取れるはずがなかった。硝子窓の割れた音が鳴り響いたときには、もう僕の右手が彼女の右手首を摑《つか》んでいた。

体重百キロは超えていそうなケンタウロス姿のペルシオナさんを摑み終えたが、まだ僕の突入の勢いは止まらず、慣性は乗ったままだ。三キロメートルの距離を一瞬で潰した推進力は、一人や二人程度では衰えない。結果、小さく悲鳴をあげるペルシオナさんの四本脚は浮いて、僕ごと二十階の奥へと持っていかれる。

次の狙いは、ラスティアラと戦うセラさんだ。この突入の勢いのまま進めば、戦いに割り込めるのは計算済みだ。

ペルシオナさんと同じく、僕は高速接近から手首を取ろうとする。

だが、ペルシオナさんよりセラさんの反応は早く、防御行動を取る時間も多目にあった。セラさんは外部から侵入してきた敵の接近に気づいて、手首を取ろうとする僕の左手を上《う》手《ま》く躱《かわ》して見せる。

それを確認した僕は予定通り、用意していた魔法《ディフォルト》を無詠唱で発動させる。躱されて、離れた距離分を――五十二センチ二ミリを、瞬時にずらして、躱されたはずのセラさんの狼の手が、僕の左手の中に納まる。それを僕は強く掴み、ペルシオナさんと同様にセラさんの身体も引っ張られて、その両足が宙に浮く。

右手にペルシオナさん、左手にセラさん。二人掴むのに成功した。この状態でも、まだ勢いは止まらない。いくらか減速したが、城の逆側へ突き抜けてしまうほどの推進力は十分に残っている。その力を利用しつつ、僕は空中で身体を捻《ひね》って、両腕に持った女性二人を振り回し、二人を――投擲《とうてき》する。

投げる先は、二十階中央で飛んでいる一番厄介なノワールちゃんだ。

星属性という珍しい魔法を使い、フィールド全体の重力を操ってくる彼女は、誰よりも先に潰さないといけない。なので、この突入時の力を全て、彼女に叩《たた》きつける。

僕の人外じみた『筋力』『技量』によってペルシオナさんとセラさんの二人は、飛来しているノワールちゃんに向かって正確に投げつけられる。

剣を持たず、魔法に集中していたノワールちゃんには、二人を避けることはできない。

何より、投擲のスピードが早過ぎた。『魔人化』で体重百キロ近くなっている二人が、見事、空中で体重四十キロもないノワールちゃんに直撃する。

あらゆる『速さ』が乗りに乗った投擲だったので、威力はかなりのものだ。三人が空中で重なり合ったのを見届けたあと、すぐに僕は『持ち物』から『アレイス家の宝剣ローウェン』を取り出して、床に突き立てて、ブレーキを軽くかける。

そのブレーキと並行して、僕は新たな魔法を構築していく。

減速しつつ、ようやく僕は侵入から二歩目を踏む。

――ここで、およそ突入から0.5秒ほど。

また床を強く蹴って、無詠唱の《ディフォルト》も交えて方向転換を行う。

次に向かうのは、スノウと魔法戦をするエルだ。

右手で剣を構えて、左手に《ディスタンスミュート》を準備して、横槍《よこやり》をかけにいく。

いま剣で少しブレーキをかけたとはいえ、まだ十分に勢いのある奇襲だ。

しかし、突入から0.5秒を超えていたので、エルには余裕を持って僕を視認する時間があった。突如現れた僕を見る彼の目は、キラキラと輝いていた。目と目が合って、表情を確認し合い、エルの歓喜を確信する。

そして、その戦うに相応《ふさわ》しくない感情が、彼に迎撃を選ばしてしまう。

もう半秒でも考える時間があれば、間違いなくエルは冷静に回避を選択していただろう。しかし、スノウとの接戦で彼は興奮状態にあった。その上での僕の速過ぎる奇襲によって、正しい選択ができなかった。

嬉々《きき》としてエルは両手で剣を振るって、僕の剣とぶつかり合わせてしまう。

先の女性二人と違い、エルには踏ん張る時間があった。その『魔人化』の膂力《りょりょく》で、この僕の勢いの乗った一撃を受け止め切る。

甲高い音と共に、一合の衝撃が二十階全体に伝播《でんぱ》する。

見事な一合だったが、二合目に続く剣戟《けんげき》は行われない。

エルは両手だったが、僕は片手だったという差が、勝負をつける。左手に用意していた《ディスタンスミュート》をいまの一合で硬直したエルの胸に刺し入れ、その中にある魂を握り締める。

魔石を抜き取りはしない。狙うのは、気絶。いかに魔法に強いエルといえど、《ディスタンスミュート》の直撃には耐え切れず、笑いながら白目を剥《む》いて、意識を失った。

すぐに腕を抜いて、《ディスタンスミュート》を解除する。

——丁度、1.0秒経過。

ここで侵入時に蹴り破った硝子が全て地面に落ちて、けたたましい騒音が鳴り響き始める。ペルシオナさんとセラさんをぶつけられたノワールちゃんが飛行を保てずに二十階の壁にぶつかったあと、まとめて床に落ちる。

続いて、僕は二十階での三歩目と四歩目を踏んで、最後の一人に襲い掛かろうとする。

しかし、ここまで来ると侵入時に得ていた風の勢いはなくなっている。目にも留まらぬ速さの奇襲はできない。もう0.1秒を競う戦いは終わってしまった。

当然、残ったグレンさんは全ての状況を理解して、僕から逃げるように跳び、先ほどまでノワールちゃんが飛んでいた中央の吹き抜けに移動する。

そして、さらに虫科の『魔人化』と思われる変態を遂げて、薄い羽を背中に広げて滞空し始める。それを追いかけるように僕は駆け抜けて、跳び掛かる。

この作戦で一番肝要なのは先手を取り続けること。そして、逃げるという考えすら頭によぎらせない電撃戦であること。短時間での決着に重きを置いているのは、ここで一人でも逃せば、あとで面倒なことになると事前に分かっているからだ。

それを避けるための一箇所での同時殲滅《せんめつ》だった。

絶対に逃さないと意気込む僕に、グレンさんは冷や汗を流しながら、一言かけてくる。

「――やはり、こう来たね！　カナミ君らしい！」

「ええ！　心配性なので、先に全員無力化させて貰います！　スノウ、頼む!!」

僕は答えつつ、空中戦に参加できるスノウへ呼びかける。

すでにスノウは動き出していた。その竜の翼を羽ばたかせ、グレンさんの裏側に移動し終えて、僕との挟み撃ちを狙っていた。

「兄さん！　これで終わり!!」

「終わらないよ、スノウさん！　犠牲は多かったが、カナミ君の位置さえ分かれば！」

グレンさんは懐から短剣を取り出す。

見たことのない紐《ひも》付きのナイフを五つ。同時に、僕に向かって投げつけてきた。

真《ま》っ直《す》ぐ飛んでくる短剣を、僕は剣で払う。しかし、紐付きの短剣は、まるで海を泳ぐ魚のように一度弾《はじ》き飛ばされても、剣先を僕に向け直して襲ってくる。

魔法かと思ったが、その短剣に括《くく》り付けられた紐の動きを見て思い直す。五本中三本は短剣同士が紐で繋《つな》がっていたが、残りの二本はグレンさんの手元に伸びている。その複雑な紐の絡みを利用して、人形を動かすように短剣を操っているのだ。

とはいえ、自由自在というわけではない。

僕が剣で弾き飛ばした勢いを利用して、上手く紐と紐を絡み合わせて、五本の内の二本を、やっとのことで僕に襲い向かわせているくらいだった。

その程度の短剣を、僕が食らうことはない。もし剣が使えなくとも、《ディフォルト》と《ディスタンスミュート》がある限り、真っ当な遠距離武器は僕に通用しない。

ただ、僕の意識が一瞬だけ、短剣に集中した。

癖で、その短剣に繋がっている紐五本の動きを《ディメンション・決戦演算《グラディエイト》》で追いかけて、解析してしまった。脅威はなくとも、グレンさんの高度な技術を見過ぎてしまい、僅かな硬直が生まれてしまう。

「よし、かかった!! あとはっ! ファフナー様がやってくれる!!」

グレンさんは上に目を向けた。

釣られて上を見ずとも分かる。《ディメンション》や『感応』がなくとも分かる。

その強過ぎる存在感が、上空から『血の理《ことわり》を盗むもの』ファフナーがやってくることを確信させた。

そして、《ディメンション》から伝わってくる狂気的な情報の海。

彼を彼と証明する色彩。赤、赤赤赤。赤赤赤赤赤赤——赤だ。

一面の赤が、吹き抜けの上から、急接近してきている。

空から赤い雨が降るどころではない。

血が滝となって、空から落ちてきている。いや、血の洪水が城の空洞を通り抜けようとしている。もっと正確に言えば、血の壁が僕目掛けて襲い掛かってきている。

軽い見積もりで一万トンは超える血液。

しかも、その全てに魔力が込められて、生きている。生き物のように蠢《うごめ》いて、戦う意志を持ち、僕を捕まえようと、血液の壁が息巻いているのだ。

それを宙に跳んでいた僕は、躱さない。

視界全てが真っ赤に染まる。

血の滝が吹き抜け全てを呑《の》み込んで、僕は全身に血を浴びた。血の水流に打たれて、僕は身動きができなくなる。瞬間、耳元より聞こえる声――

「……カナミィ、油断は駄目だぜぇ。『経典』にも書いている。七章七節『万事が滞りなく進むとき、あなたは万事が滞りなく進んでいないことに気づくべきだ』ってなァ!!」

血の滝の中には、白衣一枚の金髪の青年が交ざっていた。

そして、先ほどの僕の奇襲を真似《まね》るように、いつの間にか僕の左手首を右手で摑んでいた。血に捕まった上、血の中にいた『血の理を盗むもの』ファフナー・ヘルヴィルシャインにも捕まってしまった。このまま彼は、血の滝と共に吹き抜けを通って、僕を地下まで落とす気なのだろう。――だが、それに付き合う気はない。

「油断してないよ、ファフナー。約束通り、全員で来た」

ファフナーに答えて、昨日の約束を繰り返す。

僕は一切の抵抗なく、顔を上に向ける。

どちらが釣られたのかを証明する——僕の信頼する騎士の叫び声を、聞く。

「——風魔法《タウズシュス・ワインド》ォオ!!　全魔力を、風に換える!!」

こちらも金の髪をなびかせる騎士であり、同じヘルヴィルシャイン。

落ちてきたファフナーのさらに上から、先ほどの発射で一つ上の階に侵入していたライナー・ヘルヴィルシャインが、血の滝に混ざって落ちてくる。

風で落下速度を上げて、さらに彼の最大の魔法を伴っての突進だった。

ライナーは杭《くい》の魔法《タウズシュス・ワインド》を自己流にアレンジし、形状を鉤爪《かぎづめ》に変えてある。その鉤爪の数は、十。ファフナーの血と同じように、十の鉤爪は意志を持っているかのように動く。その全てが血の滝の中で落ちるファフナーに襲い掛かり、摑《つか》もうとする。

「複数の風の腕!?　『狂王《ロード》』みたいな真似を!!」

奇襲に成功した瞬間に奇襲されて、ファフナーは動揺を隠せずにいた。

その彼に、ライナーは挨拶を投げかける。

「初めまして、ご先祖様!　下で地獄のような女が待っていますので、どうか一緒に付き合ってください!!」

「ちっ!!　じ、地獄に落ちるなら、カナミ諸共《もろとも》——」

ファフナーはライナーの攻撃を無視して、僕だけに集中しようとしていた。

身体《からだ》を風の鉤爪で摑まれつつ、その透明に近い右手に真っ赤な魔力を通わせて、僕の左腕を強く握り締める。

何らかの鮮血魔法で二つの腕を癒着させようとしていた。だが、それもさせない。

「リーパー、頼む！」

僕の上着の左袖から、ぬるりと黒い少女が出てくる。ファフナーの顔が、さらなる驚愕《きようがく》で歪《ゆが》んだ。彼の摑んだ黒の肘までである手袋《ロンググローブ》は、リーパーそのものだった。ここまでの戦いの間、ずっと左腕はリーパーが動かしていたのだ。この瞬間のために。

「ひひっ、アタシだよ。ファフナーお兄ちゃん、リベンジ戦やろっ！」

リーパーは自分の胴体を摑むファフナーに、べたりと全身をくっつかせて、絶対に離れないと微笑《ほほえ》みかける。

「この前の死神っ娘《こ》!?　こっちに憑《つ》いてたのか!?　だが、それでもまだ!!」

ファフナーは物理的な捕縛は諦めて、血を操って僕の捕縛を試みようとする。未《いま》だに僕は血の滝の中、まだ有利なのは自分と信じて動こうとする。

だが、それはリーパーとライナーの二人に遮られる。

「――《深淵次元の真夜《ディ・リヴエリントナイト》》ッ!!」

「――《ゼーア・ワインド》ォ!!」

接触しているリーパーが闇を這《は》わせ、ファフナーの魔法を阻害する。さらにライナーの突風の魔法が、血の滝の中で爆発する。

その突風の向きは、二方向。僕だけが血の滝から外に出るように真横へ、それ以外の三人は纏《まと》めて真下へ、風で吹き飛ばされていくその別れ際、僕は声を投げる。

「また今度だ、ファフナー。今回は君より、ノスフィーが優先だ」

「くっ、仕方ない！　また今度！　今度だぜ!!　今度おおぉぉぉぉ――!!」

血の滝から脱出した僕に対して、ファフナーはライナーとリーパーに絡まれながらも、別れの挨拶に律儀に答えて、落ちて行った。

それを見送ったあと、僕は吹き抜けの縁にある柵へ掴まる。

二十階から一つだけ落ちて、十九階の柵だ。その僕を上で飛行するグレンさんが、追撃をかけようとしてくる。

「あ、諦めるの結構早いですねっ、ファフナー様!?　こうなったら、僕が――!!」

「駄目。兄さんには、私がいる」

だが、それはスノウが間に入って、追撃を阻止する。

「スノウさん……！　くっ、スノウさんと一対一だけはやばい……！　やばいやばいやばいっ、どうにか集団戦にしないと……!!」

グレンさんは周囲を見回た。しかし、自分の味方がいないことに絶望していく。

ウォーカー兄妹《きょうだい》が戦えば、人間関係的に必ずスノウが勝つ。それを確信している僕は柵を乗り越えて、すぐに駆け出して、近くの階段を上っていく。

警備兵たちが並んでいたが、先の戦いの衝撃と魔力を身に感じたせいか、僕に道を開けた。その内心は、簡単に読み取れる。彼らは『魔人返り』していた上司たちを、化け物と思っていたことだろう。その膂力《りょりょく》と魔力から、人間には絶対に勝てない存在と信頼していた。だからこそ、全ての戦闘を任せて、二十階を封鎖し続けていた。

その化け物じみた上司たちを纏めて、数秒ほどで無力化した僕に対して、化け物を見る以上の畏怖を抱いているのだ。その慣れた視線を振り切って、僕は二十階に戻る。

そして、すぐさま計画の締めを叫ぶ。

「ラグネ、ディア！　四人を捕縛して、見張りを――！」

「うぃっす！　見張るっす!!」

「カナミ、分かってる！」

もうラグネとディアは仕事を終えていた。

負傷したペルシオナさんとセラさんを追撃で気絶させて、さらに気絶したエルとノワールちゃんも含めた四人を、持ち込んだ魔力錠と縄で拘束していた。

二人の迅速な動きに感心しながら、二十一階に続く階段へ向かう。

「カナミ、ここは俺に任せろ！　カナミとラスティアラが上ったら、階段を壊す！　その上で、陽滝《ひたき》の力で、この階を丸々凍らせる！　俺たちがいる限り、ファフナーのやつは絶対に向かわせない！」

「ディア、頼んだ！　あとは僕と――」

　僕が階段を上がる途中、到着を待っていたラスティアラと合流する。

「私とカナミに任せて！　ちゃちゃっとノスフィーを説得して、連れ戻してくるね！」

　予定通り、二十層以下の全てを仲間に任して、ノスフィー担当の僕たち二人が階段を一気に駆け上がっていく。

　目指すは、上で待っているノスフィー。分断作戦は上手《うま》くいった。『未来視』で最善手だけを最短で打ち続けて、最高の結果を得た。これで僕とラスティアラが、ノスフィーと『話し合い』をするのに、十分な時間を得た。

「よし……、あとはノスフィーだけ……！」

　時間稼ぎにならない警備の騎士たちは無視して、僕は一階ずつ城を上がりながら呟《つぶや》く。

　ノスフィーの護衛を引き剥がして、一人にした。

　だが、まだ安心はできない。

　予定通りだからこそ、僕とラスティアラの顔は引き締められている。

　作戦が全て予定通りにいったということは、依然として、半々だ。これからノスフィーを助けられるかどうかは、コインを弾き投げるのと同じ確率のまま。

もしも表が出れば、ノスフィーは救われるだろう。

その最もありえる成功の流れを、もうラスティアラには説明し終えている。

もしも裏が出れば、ノスフィーは救われない。

その最もありえる失敗の流れも、もうラスティアラには説明し終えている。

いま、僕とラスティアラの脳裏に浮かんでいるのは、裏側の光景だ。

たとえ説得に失敗したとしても、ノスフィーは僕たちの敵ではない。絶対に僕とラスティアラは、彼女を敵として見ないと誓い合っている。

――ただ、その誓いを貫くには、重い犠牲を払う必要がある。

最も近い未来の枝葉の重さに、僕とラスティアラは僅かにも口元を緩ませることはない。

正直なところ、ここまでの奇襲戦は失敗の許された戦いだった。ミスがあっても、その場で計画を修正できるだけの余裕があった。

だが、ここから先は違う。ノスフィーとの『話し合い』は命懸けだ。だから、僕とラスティアラは城の階段を駆け上がりながら、コインがどちらになったとしても後悔がないように、言葉なく、その手を強く繋《つな》いだ。

◆◆◆◆◆

上に向かうジークたちとは対照的に、フーズヤーズ城の地下に落ちて行くのは、僕とグリム・リム・リーパーと『血の理《ことわり》を盗むもの』ファフナーの三人。

城の最下層にある空間では、使徒ディプラクラが宿るとされる世界樹《ユグドラシル》が聳《そび》え立っている。本来ならば、神聖な場所ゆえに厳選された騎士だけしか入れない場所だ。しかし、いま、その全ての騎士が追い出されて、燃え盛る火炎が渦巻いていた。そして、血糊《ちのり》で真っ赤となった世界樹《ユグドラシル》の隣に、彼女はいる。

そこに向かって、城の中央にある吹き抜けを通り、真っ赤な滝のような液体と共に流れ落ちた。瞬間、真っ赤な液体の中から、魔法が二つ叫ばれる。

「――《ワインド》!!」

「――《ブラッド》!!」

一つは、僕――ライナー・ヘルヴィルシャインの十八番の風の魔法。もう一つは、ファフナーの血の魔法。

共に落下の衝撃の緩和を目的とした魔法だ。城の上層から落ちてきた血の滝は、砲弾のような轟音《ごうおん》を鳴らしつつ、飛沫《ひまつ》を爆発させていく。その衝撃は凄《すさ》まじかったが、この地下空間を破壊することはなかった。血の全てがファフナーの《ブラッド》に操作されて、柔らかいクッションに変わったおかげだ。

柔らかく粘着性のある血の滝が周囲に飛散して、地下で渦巻いていた全ての炎を鎮火させていく。一瞬にして、再改装炎の領域から血の領域に移り変わった。そして、すぐに僕は、新たに生まれた血の池の中から起き上がる。さらに脇に抱えていた死神の少女を、ここで待っていた地獄のような少女に放り投げる。

「はぁっ、はぁっ。確かに、『未来視』通り……。ほら、リーパー連れてきたぞ」

「たっだいまー。マリアお姉ちゃーん」

投げられたリーパーは暢気《のんき》な声を出しながら、飛び抱きつこうとする。しっかりとマリアは受け止めて、彼女の頭を撫《な》でながら、僅かに頭を下げる。

「助かります、ライナー。最近の私はリーパーとばかり組んでいたので、彼女がいないと落ち着きません」

「うんうんっ、だよねぇ！　では、もぞもぞっと」

リーパーはジークの服の中に忍び込んだときと同じように、マリアの身体に入り込んでいく。すると、マリアの血に染まった服が真っ黒に染まっていった。闇そのものを纏ったかのような装いだ。その返信の最後には、黒い魔力が収束して、彼女の右手にリーパー愛用の大鎌が形成された。

「これで準備完了。上は……、上手くいったようですね」

マリアは目線を地上に向けながら、ことの流れを確認する。

その表情に僅かな羨望を感じ取って、いまさらながら僕は提案する。

「ああ、上手くいった。……あんた、本当はジークについて行きたかったんだろ？　いまからでも行ってきていいぞ？　『血の理を盗むもの』の相手は僕一人でいい」

基本的に僕は、一対一が得意な騎士だ。

ジークならまだしも、この地獄のような女と一緒に戦うのには不安がある。

正直、一人のほうがマシじゃないかと思うぐらいには不安だ。誤射的な意味で。

ただ、その提案をマリアは肩を竦《すく》めながら拒否する。

「ありえませんね。はっきり言って、私がいないと『血の理を盗むもの』とは戦いにすらなりませんよ？」

「……少し前、『光の理を盗むもの』ノスフィーといい勝負をしたことがあるんだがな」

僕一人では荷が重いと言われ、少しむきになって自らの力を主張してみる。

「へえ。……まあ、その彼女に私は圧勝しましたけどね。というか、『光の理を盗むもの』ノスフィーは、補助特化の守護者《ガーディアン》ですよ？　それと互角が自慢なんですか？」

「くっ……、このっ……！」

が、あっさりと言い負かされてしまう。僕は反論せずに口を閉ざした。

この女の強さが飛び抜けているのは、確かだ。一年前は、戦地を一つ焦土に変えたのを、この目で見た。あれから更に成長して、リーパーという魔法と同化しているとなると、僕でも勝ち筋が見えない。というか、ジークでも勝てるかどうかも怪しい。

「私がメイン。リーパーとライナーは補助。私の指示に従ってください」

「……分かった」

間違いなく、マリア主導で戦うのが一番賢い。

そのフォーメーションに文句はなかった。

それに今日僕は、本気で戦う気分ではないというのもあった。

気を払いたいことが他にある為《ため》、補助だけでいいというのは助かる話だ。一歩下がって、マリアに前衛を譲る。

その視線の先には、今日の敵『血の理を盗むもの』ファフナーが立っていた。

真っ赤な血の池の中に立ち、真っ赤な世界樹《ユグドラシル》を背中にして、こちらを見ている。

その彼に向かって、マリアは気さくに声をかける。

「はい。では、よろしくお願いします。ファフナーさん」

「……ああ、よろしくだぜ。本当はカナミとよろしくしたかったんだが、そこの二人に落とされちまった。くはは。こっちの計画だと俺がカナミの担当だったのになあ。ノスフィーには申し訳ないことをした」

「残念ながら、あなたの相手は私です。嬉《うれ》しいでしょう？」

事前に話していた通り、二人は随分と仲が良さそうに見える。

敵同士でありながらも、気の合う友人のように会話を交わしていく。

そして、ファフナーは挨拶を終えたあと、マリアだけでなく僕も見る。

「俺の相手はチビっ子三人か……。こんだけで本当に平気か？」

「今日あなたを倒すつもりはありません。カナミさんがあなたの『経典』とやらを取り返してくるまでの足止めですから、たぶん大丈夫ですよ」

「ふうん。だが、その足止め……、いつまで持つかな？　なんかさくっとノスフィーのところに戻れそうな気もするぜ？」

ファフナーは僕たちの戦力が頼りないことを忠告してくる。

先の僕たちの会話を聞き、自分を舐《な》めるなと言いたいのだろう。

マリアは少しだけ眉を顰《ひそ》めて、ファフナーに確認する。

「……ファフナーさん。以前と違って、今日はノスフィー寄りで話しますね」

「ああ、実はついさっきな……。ノスフィーから色々と『素直』な話を聞いて、少し方針が変わったんだ。俺は少しだけ、あいつの『試練』を緩めようと思ってる」

「緩める？　『試練』好きの変態のあなたが……？」

目の前の男は、この放火魔をして変態と言わせる性格らしい。

ティティーと付き合って分かっていたことだが、守護者《ガーディアン》は変人が多い。いま常識人が自分しかいないことに少し嫌気が差しながらも、僕は真剣に二人の話を見守り続ける。

「緩めるどころか、なくしてもいいとすら思ってる。……あいつは本当に馬鹿だ。あそこまで馬鹿だとは知らなかった。千年前、一言でも弱音を俺に吐けば、ちゃんと候補から外してたのによ……。無駄に聖女ぶるから、分からなかったんだ……。ああ、もう……。もうっ……」

ファフナーは歯噛《はが》みし、いまにも地団駄を踏みそうな勢いで悔しがる。ノスフィーの外面ばかりに惑わされて、内面を見抜けなかった自分を恥じているようだ。

僕からするとノスフィーは外も中も面倒くさい性悪女なのだが、彼にとっては違うらしい。自嘲しながら、延々と自虐を始める。

「ははっ……。また見誤ってたことが分かっちまった……。また間違えてたことが、あとになって分かっちまう……。だから、また俺は助けられない……。ああ、またなんだ。失敗に失敗。ほんと失敗の繰り返しだな、俺の人生。ははは————」

「そ、そう気に病まなくとも、失敗の一つや二つ誰にでもあります」

いまにも自殺しそうなほど落ち込む敵を見かねて、マリアは優しげにフォローする。

とはいっても、それは本心からの優しさではないだろう。こうして理性的に会話できる時間を少しでも延ばす為。つまりは、足止めを少しでも長引かせる為だ。

「……失敗の一つや二つか。ああ、この時代では、そうかもな。でも、俺の生きてた時代では、その一つの失敗が致命的だったんだ。かなり厳しい世界でなあ。命がほんと安かった。いまみたいに奴隷の人権なんて話は全くなくてよ。そりゃ、俺たちは酷《ひど》い扱いだった。

おまえみたいに五体満足なんて、まずありえねえ」

ファフナーはマリアの来歴を知っているようだ。

そして、互いに奴隷だったという仲間意識を持っているのが伝わる。

とはいえ、その奴隷の扱いには、時代で大きな差があるようだ。口ぶりから推測するに、千年前は一度の軽い失敗で四肢のどれかを失い、深刻な失敗があれば命を奪われる厳しい時代だったのだろう。

「それは……。その、少し軽率な口を利きました。すみません」

「いや、いい……。おまえだけは軽率な口を利いていいさ。なにせ、おまえはアルティと『親和』してるからな。あの首だけになったアルティと」

「そういえば、以前もそうやって意味深に言ってましたね。そろそろアルティとの関係を教えてくれませんか？」

時間稼ぎの為に、マリアは話題を出し続ける。それをファフナーは了承する。

「関係か……。いや、友人ってわけじゃないんだ。というか、普通に嫌われてるかもな」

その悠長な態度を見て、僕は少しずつ疑い始める。この男は本当にジークとの戦いを命令をされていたのだろうか。会話から、焦燥も何も感じない。

「え、友人じゃないんですか？　あんなにアルティに対して馴《な》れ馴れしかったのに……」

「うーん。あれとは友人じゃないが、失敗仲間なんだよ。渦波《かなみ》に救われた仲間でもある。

……大貴族様に捕まって、魔力抽出され続けた仲間だ」

「魔力抽出ですか……？」

「失敗してな……。『理を盗むもの』の噂《うわさ》を聞いたやつらに捕まって、手足千切られて、色々と実験されて、無限の魔力源として上手《うま》ーく利用されたんだ……。ははっ」

また自嘲が増える。どこかスノウを思い出させる自虐だが、あれと違ってファフナーは引き摺《ず》らない。すぐに明るい顔になって、前を見て、話を続ける。

「まっ、それはいいんだ。俺たち『理を盗むもの』は死なないからなっ。失敗、即《すなわ》ち死じゃなかった。ただ、他のやつらがなあ……。一緒に捕まった『魔人』たちは、無残に死んだ。『魔の毒』に適性のあった珍しい奴隷たちも、無残に死んだ。どいつもこいつも苦しい実験の果てに、死んで死んで死んで、死んでいった。かの『経典』に書いてある通り。――二章二節『生は辛苦と手を繋《つな》ぐこと。慈悲を求め、手を引くだけでは無慈悲に出会うだけである』ってことで、現実は本当に残酷だった」

かなり暗い話だが、ファフナーの表情は明るいままだった。

不幸があっても明るく、前向きに、むしろ糧にして前へ進むのが流儀らしい。

「だからこそ、その死した者たちのために、生き残った俺たちは頑張らないとな。……そう、俺たちには看取《みと》った責任があるんだ。その無念を背負ったからには、決して諦めてはいけない。それが未来に残された者たちへの『試練』の一つだ」

噂に聞いていた通りの『試練』好きだ。

……厄介なのは、こいつは自分だけでなく他人にも『試練』を求めるところだ。

その目を見れば分かる。いまの話は全て、僕とマリアに向かって言っている。自分にも他人にもプレッシャーをかけて、共に前へ進み続けようと提案している。

そして、それを話す彼の両目の焦点が、徐々に合わなくなっていく。

「ああ、そうだ……。失敗していった者の為にも、進まないといけない。愛した人の死をも力に変えて、前へ進まないと駄目だ……。それは世界の課した『試練』であり、人の成長。決して、嘆くことなんてない。そう、『経典』に書いてる。ああ、みんなが死んで死んで死んでいっても、生き残った者は泣くことはない。泣くことは……ないんだ」

言葉とは裏腹に、その虚《うつ》ろな目から涙が滲《にじ》み始める。自分で自分にプレッシャーをかけ過ぎて、その重さに負けて泣いているようにしか見えない。

とにかく、この男は普通ではない。ちょっと話しているだけで、勝手に一人で精神がぼろぼろになっていく。

すぐさま、僕は戦いの準備のために周囲を確認する。

前方のマリアも、ちらりと横目に戦場を確認している。

この最下層は天井が高く、円形に切り取られている。

そして、コップに赤いジュースを少し注がれたかのように、地面には血の池ができている。水気が多い。はっきり言って、敵を燃やすのには不向きな戦場だ。

マリアの火炎魔法に影響が出るだろう。さらに、いま僕たちの身体に付着している血液は、『血の理《ことわり》を盗むもの』を名乗る敵の武器となり得る。

僕たちが警戒を強めていく中、ファフナーは語りを続けていく。

「……なあ、後輩たち。聞かせてくれ。死について、考えてたことはあるか？　死とは何かを、考えたことがあるか？　生き物たちが死んだ先に待つ場所を、思い描いたことはあるか？」

涙ながら訴えかけてくるファフナーは、とても分かりやすく狂気的だ。

徐々に自分を見失っていくのが見て取れる。

それに対して、こちらのリーダーのマリアは、小さく僕の名前を呼ぶ。

「――ライナー、そろそろ」

「ああ、分かってる。そろそろ限界だ」

会話による時間稼ぎが、いつ終わってもおかしくない。

臨戦態勢であることを伝え合った。

「人は死ぬ。どこかでいつか必ず、死ぬ。血となりて、この大地に還《かえ》る……。それはいまもっ……！　いまもっ、いまもっ、いまもだっ！」

僕たちが双剣と大鎌を握り締める中、ファフナーは涙目の笑顔で一人叫び始める。

「数を数える度に、次々と人は死んでいく！　秒に何人もっ、日に百を超えて、年には数え切れぬほど、死ぬ！　くははははっ、人だけでなく生き物全て纏《まと》めてみると本当に凄《すご》い数なんだぜぇ!?　どこもかしこも、いつもいつかもっ、延々に死にまくりだ！　死んで死んで死んでっ、死に、死に、死に！　死ぬばかり！　世界は死のみで溜《た》まっていく！　数え切れぬ死を千年繰り返して、いまや世界に溜まった『血』は溢《あふ》れ返りそうだ！　いつ蓋が壊れて、零《こぼ》れてもおかしくはない!!」

世界のどこかでは人が死んでいる。

その当たり前過ぎる事実を、ファフナーは必死に僕たちへ伝えようとしている。それこそが世界で最も重要なことだと言いたいようだが、僕たちとの温度差は激しい。死んだ者のことを考えていてはキリがないと言い返したかったが、いま口にする勇気はない。

「その死者たちの無念の声が、君らには聞こえないか!?　死した人々の嘆き苦しみ悲しみがっ、どこまでも地の底で膨らみ続ける音だ！　そして、それを聞けてしまう者には責任がある！　ああ、死者たちの代わりに、この世界と戦う責任があるんだ!!」

その真に迫り過ぎている叫びを前に、思う。

――本当にファフナーには聞こえているのかもしれない。

『血の理を盗むもの』の特性か、何らかの魔法か。もしくは『代償』か。先ほどからファフナーが何もないところに目を彷徨《さまよ》わせているのは、そこに誰かがいて何かを聞いている可能性がある。そう僕が冷静に『血の理を盗むもの』を分析している間に、少しずつファフナーの声は小さくなっていく。

「ああ、俺には戦う責任があったんだ……！　ただ、俺には力がなかった……。あの地獄の底で、『経典』を読み続けることしかできなかった……。俺は、あのとき……」

変わらず饒舌《じょうぜつ》ではあるが、勢いが完全に失われた。

話していたはずのマリアなど眼中にないように、視線を血の池に向けて、その赤い水面に映った自分と話し続ける。

「だから、必要なんだ……。どうしても、カナミが必要なんだ。もう俺たちを救えるのは、カナミだけだ。どうしても、『大いなる救世主《マグナ・メサイア》』が世界にはいる……！」

その様を見てしまえば、侮辱と分かっていても「狂っている」と思わざるを得ない。

色々と手遅れであるとも、同情せざるを得ない。

ただ、それはファフナーだけではなく、『理を盗むもの』たち全般に言えることである。

脳裏に浮かぶのは出会ってきた『理を盗むもの』たちの姿だ。彼らはみんな、救われるのが遅れてしまったから、ああも狂ってしまったのだろう……。

「あ、あぁ……。そうだ、早くカナミに会いに行かないと……。ああ、分かってる、そう何度も言わなくても、分かってるっての……。俺はカナミのために生きて、カナミのために死ぬ。そして、カナミは『最深部』で、『大いなる救世主《マグナ・メサイア》』になる……。それで俺の役目は終わりだ。――約束通り、みんな救われる」

そこで足元の血の池を相手にした会話が終わり、ファフナーは面をあげる。

いつの間にか、彼の髪の色が変わっていた。僕に似たくすんだ金髪ではなく、濁った泥のような色になっている。肌の色と目の色も、同様だ。まるで、何十色もの絵の具を混ぜたかのような――何色とも形容できない補色だった。

無数にある感情全てが一度に溶けたかのような瞳を向けて、ファフナーは一歩進む。

僕たちを打ち倒し、この最下層から出ようと、動き出す。

「後輩たち、そろそろ行くぜ」

一言。宣戦布告されたのに合わせて、マリアが魔法を放つ。

「――《ブラインドネス》!!」

マリアの衣服から大量の黒い煙が噴出して、ファフナーの周囲を取り囲み始める。

リーパーの闇の魔法で視界を閉ざして、上へ向かうのを防ごうとしているのだろう。

「――鮮血魔法《新暦九年南北境界戦争開始《レヴァンシズ・ボーダーファースト》》」

対して、ファフナーも魔法を使う。

僅か数秒ほどで、池から百近い『血の騎士』が生成されて、マリアを囲んだ。

聞いていた通り、ファフナーは血を操る。当然、僕の近くにも敵が湧いたので、すぐさま地上に繋がる階段へ向かって走った。

何体かの『血の騎士』が斬りかかってきたが全て無視だ。それよりも二人から離れることが先決だろう。それは要である階段を保守するのが目的ではなく、単純に——

「——《フレイム・フランベルジュ》！」

マリアの魔法に巻き込まれない為《ため》だ。

手に持った黒い大鎌が燃え盛り、そのL字の形状を無視して、巨大な炎剣を完成させた。

さらにマリアは駒のように回って、それを軽やかに振る。

目に見える剣は巨大だが、重さはないのだろう。

まるで羽箒《はねぼうき》を払ったかのように、最下層全体を炎剣が通り過ぎた。結果、百近くいたはずの『血の騎士』全てが蒸発する。だが、一番の狙いであったファフナーは別だ。

「くはっ！　やるなぁっ、マリア！　やはり開戦時の騎士程度では、一瞬か!!」

炎で囲っていた闇が払われて、その中から無傷のファフナーが現れる。

そして、高温過ぎる火炎魔法を褒め称《たた》えた。

ただ、その軽口にマリアは応えることなく、次の魔法を形成していく。

「——《フレイムアロー・散花《フォールフラワー》》！」

無駄口を叩《たた》かない性格というのもあるが、何よりファフナーを相手に油断するつもりはないのだろう。大量の炎の矢を空中に生成して、彼に向かって全て放り込んでいく。

「っとぉ！　この魔法の物量！　昔を思い出すぜ!!」

ファフナーは軽口に合わせて、軽やかに動く。右手に血液を固めた剣を持って、炎の矢を斬り払い、ときには身体《からだ》ごと大きく避けていく。

「闇よ、追いかけろ！――《深淵次元の真夜《ディ・リヴエリントナイト》》！」

マリアは炎の矢のような普通の魔法が当たるとは思っていないのだろう。ファフナーが魔法を捌《さば》いている間に、次を構築していた。

次は、闇の魔法。リーパーと同化することで接近戦もできると聞いたが、徹底して魔法戦をしかけ続けていく。

闇の妨害と炎の攻撃、その繰り返し――

その戦い方を見て、僕は本音を口に出す。

「……長引くな」

なかなか派手な戦いをしてくれているが、明らかに両者とも、まだ小手調べにも入っていない。冷静にマリアがスローペースな戦いを作っているからだ。決着に時間がかかるのは間違いないだろう。

その間の僕の役目は、マリアの万が一のミスに備えて魔法を準備すること。それと、もしもファフナーの気が変わって戦いを放棄して上に向かおうとしたとき、また上から風で地下に押し込むこと。この二つをマリアに厳命されている。

一応、細かな魔法のサインは決めているが、止《とど》めのサインである《タウズシュス・ワインド》くらいしかマリアは僕に要求しないだろう。

――つまり、かなり僕の手は空く。

敵の最大戦力との戦いを見張るのは重要だ。それは間違いない。だが、他の仲間たちと比べると随分楽なのも確か。その余裕を使い、僕は神経を集中させていく。少し前に、伝説のティアラさんから教わったスキル『悪感』で、城全体を肌で感じ取っていく。

このスキルは簡単に言ってしまえば危険を察知するスキルだ。

そして、いま現在の『悪感』の発動率は凄《すさ》まじい。一人で街一つを破壊できる魔法使いが十人以上城一つに固まって戦っているのだから当然だ。

とはいえ、突入前と比べるとかなり減ったほうだ。グレンに妹のスノウを、ファフナーにはマリアを当てたことで、かなり静かになった。

特にジークが向かっているであろう城の上部は、本当に静かなものだ。

『未来視』のできるジークによって、あらゆる都合の悪い未来が抹消されて、都合のいい結果だけが引き寄せられているからだろう。

――もはや、こちらの勝利は磐石《ばんじやく》としか思えない。

それを証明するかのように、いま、ノスフィーのいるであろう城の上部からの警告音は一切消えた。

思い返せば、千年前を知るティアラさんの話の中でも、ノスフィーを脅威とすることは一度もなかった。

──そもそも、ノスフィーは勝ちに拘《こだわ》っていない。

性格は悪いが、根は臆病なのだろう。

いつも手段を慎重に選んで、死人が出ないように気を払っている。

この大聖都でも、終始状況作りだけに動いた。その動きから予測できるのは、ノスフィーの目的が『父に負けることで想《おも》いを伝えること』だということ。

──ずっとあいつは、負け方だけに拘っている。

だから、ノスフィーは本当に嫌なやつだが『最悪』ではない。

ジークにとって、あらゆる意味で敵ではない。ゆえに僕が注意すべきは、もう一人の守護者《ガーディアン》ファフナー。この城で一番の『最悪』はこいつだ。

このファフナーはノスフィーと違って、勝ちに拘っている。

面と向かい合って話したことで、確信していることがある。きっと、この男は妥協をしない。臆病でもなければ、手段も選ばない。死人が出ることを軽く許容できる性格の上に、守護者《ガーディアン》の中で過去最高に狂っている。

ジークの信者である為に警戒レベルは下がっているが、もしそうでなければ──この男は、全人類が動員して消滅させなければならない『最悪の敵』だろう。

「──くはははは っ!! さあてっ、いい感じにあったまってきたぜえ! そろそろ後期の戦争を一部使わせて貰《もら》う！　くふっ、相手がマリアだと、遠慮なく魔法を使えっから気持ちがいいなあ！――鮮血魔法《新暦十三年南北境界戦争終焉《レヴァンシズ・ボーダーラスト》》!!」

僕から『最悪の敵』というレッテルを貼り付けられたファフナーは、とても愉快そうに戦い続ける。

「くっ――！」

相対するマリアは苦しげだが、まだ余裕はありそうだ。

先ほどから、敵を潰すのではなく敵の魔法を潰すことだけしかしていない。

徹底して、戦闘のテンポを遅らせている。

ただ、ファフナーの魔法の全てを潰せるわけではなく、血の池が蠢《うご》めいて、『血の騎士』は量産されてしまう。

そして、その質も少しずつ変化していっていた。

先ほどまでは騎士のような姿をしていた『血の人形』たちが、新たな特徴を得ていた。モンスターのような肥大化した四肢や鳥のような翼を持つものが多い。さらに、そのほとんどの人形の手足の数が四つではない。手足が五つ六つは当たり前で、中には触手のような部位を持つものもいる。

一瞬、最近流行《はや》っている『魔人化』が頭に浮かんだが、それよりも人離れしている。

これは『魔人返り』の先にある姿なのだろうか。千年前の殺し合いの果て、『魔の毒』

を得過ぎて取り返しのつかなくなった戦士たちが、いま召喚されている可能性がある。

後学のためによく見ておこうと、僕は戦いを注視する。

その途中、この『血の人形』たちの中でも特に異形な一体を見つける。

その人型から遠く離れた『何か』を見て——瞬間、頭の中が真っ赤に染まった。

それの形は認識できた。

同時に、頭の中で警告音が鳴る。スキル『悪感』が叫ぶ。

やばい。

明らかにやばい。あれはやばい、やばいやばいやばい。

その『何か』に近いものをあげるのならば、葡萄《ぶどう》？　臓物としか表現できない細長い胴体に、赤い眼球が果実のようにたくさん生っていた。その目全てと、僕の目が合う。赤い眼球の中には、赤黒い瞳孔。その中に、さらなる眼球が無数に詰まっていて——

「おっと。こいつは強過ぎてやばいから、なしだ」

それをファフナーは自らの剣で、真っ二つにした。

途端、割れた水風船のように、『何か』は血となって池に還《かえ》った。

そして、僕は止まっていた息を吐き出す。

見ているだけで頭と身体が停止しかけた。本能的に脳が形の認識を拒否し、理解から来る汚染を止めようとした。遅れて吐き気が込み上がり、恐怖と震えが襲ってくる。

先ほどのは一体何だ？　その疑問を、僕の代わりにマリアが聞く。

「ファ、ファフナーさん……。いまのは……？」

彼女も僕と同じで、顔を青くしていた。――あの地獄のようなマリアがだ。

「ああ、絶対に使わないから安心していい。ただ、偶《たま》に出てくることがあるんだ。俺の抑えを無視して、地の底から悲鳴のように、どろりと……。時々な」

ファフナーは詳細な説明はせず、使用の制限だけを宣言した。そんな言葉を戦っている相手が信じるのは馬鹿のやることだろう。だが、すぐにマリアは頷《うなず》き返す。

「信じます。では、戦いを続けましょう」

「ああ、信じるのは大事なことだ……！　俺もマリアたちを信じてるぜ！」

戦闘が再開される。宣言通り、ファフナーは先ほどのやつは使わない。

血を操って作られるのは、人型の範疇《はんちゅう》にあるやつばかりだった。

――『血の騎士』たちと炎の魔女は、真っ向から堂々とぶつかり合い続ける。

それを僕は遠くから見守りつつ、戦闘で忙しいマリアの代わりに考える。

やはり、ファフナーは強い。『最悪』という意味で強い。おそらく、先ほどの葡萄のような『何か』は、その『最悪』から漏れ出た一部だ。たった一部を見ただけで僕は動けなくなってしまったというのに、あれを大量にファフナーは生成できる可能性が高い。

他にも、まだまだ奥の手はあるはずだ。

そして、何よりも恐ろしいのが、この血で生命を作る行為に、ファフナーが魔力も体力も消費していない様子ということだ。

少しずつ汗を滲《にじ》ませるマリアに対して、ずっとファフナーは涼しい顔をしている。

魔法《ブラッド》などを使うとき、彼の魔力が少し変動しているのが分かる。しかし、『血の騎士』を作るときは全く魔力が変動していない。つまり、あれは『生まれ持った力』か『スキル』ということになるのだろうか。もしくは、僕の身につけている魔法道具みたいに、『別の魔力源から発動』している？

いまは閉鎖空間ゆえに、ここを一杯にする程度の数だが……もし戦場が外だったならば、いま余裕顔のファフナーはどこまで『血の騎士』を大量生産できるのだろうか。

全時代の全戦争の全死者を同時に出してくるくらいは考えたほうが良さそうだ。

僕がエルトラリュー学院で習った限りの年表でも、ここ千年の戦争の数は三桁に届く。一つの戦いで千人の死者が出たとしても、軽く三十万の騎士は出されるということになる。いや、さっきの葡萄のような怪物が、万単位で出てくる可能性も配慮しておくべきだ。

……考えれば考えるほど、この『血の理《ことわり》を盗むもの』がフーズヤーズ城で『最悪』なのは間違いない。『光の理を盗むもの』の平和的な魔法傾向と違い、鮮血魔法は攻撃的で危険なものばかりだ。

こいつを放っておけば城が壊れる。街が消える。国が滅ぶ。

それだけの怨念を、ぼこりぼこりと泡立つ血の池から、感じる。

つい先日にティアラさんから貰った記憶の中でも、『血の理を盗むもの』ファフナーだけは慎重に扱えという注意があった。

いま目にした情報と前から持っていた情報を合わせて、自分の中のファフナーの評価が『最も危険』と確定したとき――、それは起きた。

「――っ!?」

「は――!?」

それに反応して気づけたのは、僕とファフナーの二人。

視線を上に向けて、目を見開く。

マリアとその中にいるリーパーは気づいていない。視線は目の前のファフナーに向けたまま、唐突に視線を外した敵に警戒している。

いま、背筋に寒気が……いや、スキル『悪感』が過去最大に発動した。

上方から、『最悪』とも言える誰かを感じ取ったのだ。それは『最も危険』と格付けしたファフナーにも負けず劣らない『悪感』。――しかも、複数。

その僕の動揺を、ファフナーも感じているようだ。自分と同じほど方角を見て困惑し、慌ててマリアから距離を取り、独り言を繰り返し始める。

「ど、どうしてだ……？　これがおまえたちにとっては、予定通りでいいのか……？　千年前の予言よりも、向こうの予言に近くないか……？　いや、それよりも――」

戦闘中だというのに、顔を右へ左へ忙《せわ》しなく動かす。

ときには世界樹《ユグドラシル》を見て、ときには池の血を手で掬《すく》って、それに話しかける。異常が起きても原因の分からない僕と違って、ファフナーは原因を探る能力があるのかもしれない。

僕は「ファフナーは自分の弱点を敵に教える」という話を思い出し、率直に聞く。

「ご先祖様！　いま、あんたも感じたはずだ!!　あんたもスキル『悪感』みたいなのを持ってるんだろ!?　何が上で起きたのかを、こっちにも教えてくれ！」

ファフナーは遠くにいた僕に目を向けて、一瞬だけ迷った顔を見せた。そして、すぐに顔に笑みを刻み、目から涙を浮かばせて答える。

「お、教えろ……？　教えろだって……？　く、くはは、はははっ。……ばーか。自分のスキルを敵に説明するなんて頭おかしい真似《まね》、この俺がするわけないだろ？　ああ、そんなの馬鹿過ぎる……。馬鹿のやることだから……、乗り越える!!」

何が切っ掛けとなったかは分からないが、ファフナーは叫び、号泣し始める。

先ほどまでのすすり泣くような軽いものではない。

大粒の涙をぼろぼろと、不安になるくらいの量を血の池に零《こぼ》していく。

その唐突で異様な姿に、マリアも僕も言葉を失う。

一方、ファフナーは興奮した様子で叫び続けて、一歩前に出る。

「それよりも続きだ！　続きを戦《や》るぜ！　ああ、俺たちは何があっても、何が起きても、何に阻まれても、戦い続けなければならない！　それが神から与えられた『試練』!!」

ファフナーが戦意で満ち溢《あふ》れて、魔力が激変する。

勢いよく血の池に広がって、波紋を打ち、地下空間を震わせる。

「マリア！　それと小僧！　本気で構えろ！　おそらく、このときから、死よりも恐ろしい『試練』は始まる！　その『試練』はおまえらの本当の魂を試すだろう！　俺たちが受けているのと同じく、鬱屈で悲惨な血と死の『試練』だ！　手始めとして、まず俺を越えていけ！　そして、学べ！　ヘルヴィルシャインとは何かを!!」

マリアだけでなく、僕も含めて語りかけてくる。

もう僕に見ているだけなんて怠惰は許さないと言わんばかりだ。

そして、その暴れるように広がった魔力を魔法に変換する。

「――《ブラッドミスト》《ブラッドアロー》《ブラッドフィールド》!!」

ファフナーを中心に、徐々に血の霧が立ち込め始める。

同時に、宙に多くの血の矢が浮かんで、新たな『血の騎士』も生まれて、動き出す。

ずっと受身だった彼が、積極的に魔法を使い、急いで次の戦いへ移ろうとしている。おそらく、ファフナーの方針を転換させたのは、いま上で起こった『最悪』の異常事態。

――本音を言ってしまうと、いますぐ僕は上に向かいたい。

大陸が滅ぶレベルの『悪感』が、複数発生したのだ。気にならないわけがない。

その容疑者は、まずスノウとディア。何らかの切っ掛けで二人の箍《たが》が外れてしまった場合、十分にありうる。続いて、『理を盗むもの』三人。『水の理を盗むもの』ヒタキと『光の理を盗むもの』ノスフィーと『次元の理を盗むもの』のジーク。

いま、おそらくノスフィーとジークは向かい合い、戦っている。

その二人が本気になったのか？

それが悪寒の正体ならば……、まだ『未来視』の予定に近い。構わない。

問題は、それ以外。ジークの『未来視』になかった問題の場合、本当に取り返しのつかない『最悪』が、いま起きているのかもしれない。

「小僧っ、余所見《よそみ》すんな！　気を抜いたら、本気で殺すぜ!?　おまえこそ、このヘルヴィルシャインという言葉の意味を、最も理解すべきだ！　その身体《からだ》に流れる血だけでなく、この地に浸《し》み込んだ血からも学べ!!」

だが、事の確認をファフナーが許そうとしない。

いまから本当の戦いが始まると言わんばかりに、上と連絡をつける時間を与えまいと、無遠慮に近づいてくる。

ファフナーが本気になれば、マリアとリーパーが耐え切れずに死ぬ場合が、当然ある。

優先すべきは主《あるじ》のジークだが、ここで二人を見捨てるほど僕は冷酷ではない。

もちろん、一言本人に確認すれば、マリアは「ここは大丈夫だから、上を見に行ってい
い」と答えるだろう。ただ、この黒髪の少女が強がりばかりなのは聞いている。そして、
以前の僕と同じように、自分の命を軽く捨てられる性格であることも。

ゆえに悩み、迷った。いま、僕が最も優先すべきものは何か。

迷っている時間はない。敵は目前だ。どれを選択しても、一生後悔して、『未練』とな
る。そんな予感に苛《さいな》まれながら、『血の理を盗むもの』ファフナーとの戦いが、いま、本
当の意味で始まっていく。

誰もが一生後悔する戦いが、このフーズヤーズ城で――

4．いま六十層が[redacted]で満たされる。貴方《あなた》と[redacted]人、[redacted]じ[redacted]ま[redacted]

僕とラスティアラは、フーズヤーズ城の階段を駆け上がり続ける。

難敵である守護者《ガーディアン》と『魔人』たちを仲間たちに任せて、真っすぐにノスフィーの元へ向かう。いかにフーズヤーズ城が高い建物とはいえ、僕たちの身体能力で全力疾走すれば登り切るのに、そう時間はかからなかった。

もちろん、途中で警備の騎士たちが何人か立ち塞がった。だが、僕たちの相手になるほどのレベルではない。基本的には無視して置いてけぼりにして、時々すれ違い様に気絶させていくだけ。

豪快に階段を上がっていっていると、ぴたりと邪魔をしてくる騎士たちの襲撃が止まった。四十一階に侵入したところだった。王族たちの居住区さえも越えたエリアとなると、緊急事態でも警備の騎士が許可なく入ることはできないようだ。

こうなることは分かっていた。

僕とラスティアラは全力疾走で乱れてしまった呼吸を整えつつ、ゆっくりと四十五階まで上がって、階段を上るのを止《や》める。ここより上にいるのは、フーズヤーズ国を取り仕切る重鎮たちと『元老院』。いまの僕たちには関係のない世界だ。

僕に関係あるのは、この階にいるノスフィーだけ。

すぐに横道に逸《そ》れて、この四十五階で一番広い部屋に向かって行く。途中の廊下の風景には、見覚えがあった。つい先ほど『過去視』で視《み》た千年前のフーズヤーズ城の廊下と少し似ていて、重なる。そして、その長い廊下の先に待っている扉の造形も、同じく見覚えがあった。おかげで、他にも部屋はたくさんあったが、迷うことはなかった。

迷わず、その重たい扉を押し開けて、中に入っていく。

部屋の内装も、『過去視』で視た部屋と同じ。床には、美術館にでも飾ってありそうな木目細かな模様の絨毯《じゆうたん》。天上には、魔石造りの豪華なシャンデリア。壁には、縦幅十メートルはある絵画がいくつも並んでいる。正直、金をかけ過ぎて趣味が悪いと言う他ない部屋。

中央にはテーブルが――『過去視』と違って、ない。けれど、椅子だけはあった。

椅子が二つ用意されて、その一つに栗色《くりいろ》の髪の少女ノスフィーが座っていた。

僕たちが部屋に入ってきたのを見て、ノスフィーは立ち上がる。

「二人……ですか」

ラスティアラもいることにノスフィーは意外そうな顔を見せて、近くの席二つに目を向ける。嫌がっているわけではない。ただ、用意していた席が足りないから困った。そんな軽い戸惑いが窺《うかが》える。彼女は穏やかな微笑で歓待を始める。

「渦波《かなみ》様、随分と無理やりな手段でやって来ましたね。わたくしと『話し合い』がしたいと入り口のグレンに言えば、案内する手《て》筈《はず》になっていましたのに……」

「ノスフィーは僕とファフナーを戦わせたかったようだけど、遠慮しておいたよ。それだと余りに時間がかかるからね。そういうのは後にしよう」

「ふふっ、そうですか……。それは残念です」

ノスフィーは予定が崩れたことを理解して、その懐から本を取り出す。ぱらぱらと頁《ページ》を開き、眺めつつ、その身の魔力を強めていく。

「ということは、このファフナーの『経典』を渦波様は無理やり奪うことを選んだのですね。『光の理《ことわり》を盗むもの』であるわたくしと真っ向から戦うことを選び——」

「違う。僕は戦いに来たんじゃない」

確かに、『経典』はラグネの頬の傷の回復の為《ため》に必要だ。だが、それが一番の目的ではないと伝えて、すぐに僕はすべきことをする。

「ノスフィー、遅いけど……。本当に遅いけど、僕は謝りに来たんだ。千年前、僕はノスフィーに、やってはいけないことをした。言ってはいけないこともたくさん言った。その責任を忘れようともした。それを謝りに来た」

剣もなく魔法もなく、一歩踏み出して言葉をかざす。

その行動にノスフィーは微笑を崩す。ここで初めて、彼女は嫌そうな顔をしていた。

最も望んでいなかった展開なのかもしれない。

「……私との記憶を思い出したのですね」

「ああ、魔法で視たんだ。……本当にごめん。悪いのは僕だった。何もかも僕が原因だった。ノスフィーは何も悪くない」

謝罪を繰り返すにつれて、ノスフィーの顔は暗くなっていく。

それでも、僕は話を続けていく。

「お願いだ、ノスフィー。僕を許さないのは構わない。いくらでも罰してくれていい。けど、こうやって敵同士になって戦うのは止めよう。エルやセラさんたちを巻き込むのもおかしい。こんなところじゃなくて、もっと静かなところで二人、ゆっくりと『話し合い』をしよう。だって――」

まず最初に、これだけは伝えないといけない。逆に言えば、これが全てでもある。

「だって、ノスフィーは僕の『娘』……。家族なんだから」

絶対に目を逸らさず、ノスフィーと向き合って、僕は言い切った。

そして、もう絶対に一人にはしないと、彼女に近づこうとする。

その前にノスフィーは返答する。

「『話し合い』に……、『娘』ですか。お優しいですね、渦波様。本当にお優しい。けど、すみません、渦波様。その言葉をわたくしは信じられません」

いま彼女は笑った。けれど、その返答内容は表情と真逆だった。

晴れやかな笑顔でノスフィーは延々と、いまの僕の訴えを非難していく。

「いまさら過ぎます。……本当に？　本当に、心からわたくしを『娘』と思っていますか？　わたくしには言葉が軽く感じられます。申し訳ありませんが、とてもとても軽い言葉です」

「…………っ！」

相川《あいかわ》渦波は信用に値しないと言われてしまう。その言葉に、一言も僕は返せない。

「その優しい言葉がわたくしには、もう罠《わな》のように感じます。同情どころか、この『経典』を取り返すための策略としか思えません。ただただ、形だけの謝罪だと、わたくしは感じます。……もう形だけは嫌です。はいはいと言うことを聞くようないい子も止めます。もうわたくしは、悪い子……だから、渦波様……」

ノスフィーは答えていく。

光の魔法の『代償』のせいか分からないが、とても『素直』に感じる答えだった。

いま彼女も僕と同じように、本心を吐露していると信じたい。

「謝罪なんて、もう要りません。そんな本当かどうか分からないものよりも、わたくしは貴方《あなた》様の確かな敵意が欲しい。その敵意さえあれば、わたくしは『未練』を果たせる。嫌われて嫌われて、嫌われていけば――それだけで、わたくしは幸せになれる。人としての幸せが、ようやく手に入る」

僕に嫌われることこそが幸せであると、ノスフィーは僕に訴え返す。

「僕に嫌われて、それでノスフィーは満足するのか？」

「はい。ふふっ、満足に決まっています。だって、渦波様に嫌われれば嫌われるほど、この身体の『未練』は薄らいでいきました！　初めて渦波様が、私のせいで困り切った顔を見せたとき！　あの夜、私は確かに、私の存在を感じられた！　渦波様が私を見て困っているのだと、心から感動できた！　貴方様の中に、いま、わたくしがいる！　その感覚だけが、いまや私に残った生きている感触なのです!!」

あの夜というのは、ノスフィーが『光の理を盗むもの』として現代の迷宮六十六層に召喚されてから二日目のことだろう。あのとき、ようやくノスフィーは生まれて初めて僕に――親に、一目見て貰《もら》えた。千年前の僕が間違え続けたせいで、あんなものを親子の最初の向き合いにしてしまった。

「ノスフィー、嫌われて幸せになるなんてやめよう。幸せっていうのはもっと温かいものなんだ……。そもそも、いまおまえは本当に心の底から笑えてるのか？　僕はそう思えない。今日までずっと、僕もおまえも作り笑いばかりだった。相手の顔色ばっかり窺って、互いに腫れ物を触るように話してただけ！　もう僕はそんなことしたくない！　して欲しくもない！」

「へぇっ！　それが渦波様は、嫌なのですか？　それなら、わたくしはこの奇妙な関係を、永遠に続けても一向に構いませんね！　だって、嫌がる渦波様を見るのが、いまのわたくしの生きている感触！　幸せなのですからっ！　ふふふっ！」

とても楽しそうにノスフィーは笑って、自分が幸福であると証明しようとしている。

けれど、その笑顔は違う。

千年前、誰よりも純粋だった頃のノスフィーの笑顔と、別物過ぎる。

「ノスフィー！　それは千年前に僕の壊れた心を、『代わり』に背負ったせいなんだ！　僕のせいで、そう思うだけで……、それは普通の幸せじゃない！」

「普通？　普通の幸せ？　ふ、ふふっ、はははっ——知りません！　そんなもの、わたくしは知りません!!」

「ノスフィー、それも僕が悪かったんだ！　ずっと僕が無視し続けて——」

「もういいですっ！　そんな話、わたくしは聞きたくありません！　ふ、ふふっ——ええっ、謝罪なんか聞いてあげません！　絶対に聞いてあげません！　ふふふっ、ははっ、だって——!!」

ノスフィーは笑い続ける。聖女に相応《ふさわ》しい晴れやかな笑顔だ。

ただ、その表情の中にある微《かす》かな揺らぎを、次元魔法を使う僕だけは分かる。

いまノスフィーは複数の感情を抱えている。笑っていても、本当は泣きたいくらいに悲しい。笑っていても、本当は殺したいくらいに怒っている。笑っていても、本当は死にたいくらい苦しい。だから、笑っていても、もう――

「ははっ！　だって、渦波様は聞いてくれませんでした！　わたくしが何度何度何度っ、何度呼びかけても！　話を聞いてすら、くれませんでした！　なのに、いまさら『話し合い』!?　ふふっ、ずっとわたくしは渦波様と『話し合い』をしようとしていたのに!?　それをしてくれなかったのは渦波様なのに!?　なのにどうして、わたくしがいまさら『話し合い』をしないといけないのですか!?　追い詰められて嫌々始めたとしか思えないその『話し合い』を信じられる要素が、どこにありますか!?　わたくし、何かおかしなことを言っていますか!?　ええ、わたくしは一つもおかしなことを言っていません！　だって、わたくしはいつも正しい！　嫌になるほど正しい！　正しい正しい正しい！　この呪いのようないい子っぷりが、本当に嫌いっ!!　だから、わたくしは今度こそ間違えたい！間違えてでも、嫌われてでも、この望みを通したい！　悪い子になろうとも、世界の敵になろうとも、渦波様の敵になろうとも！　このわたくしの我がままを通してみせる！　必ず、このわたくしの『未練』を！　世界に、通す!!」

存分に捲《まく》し立てたあと、ノスフィーは息切れで肩を上下させた。

これをずっと言いたかったのだろう。僕にぶつけたかったのだろう。

その正し過ぎる言い分は、僕から一切の反論を奪った。

そして、ノスフィーは最後に一言、説得に応じるわけがないと返す。

「はぁっ、はぁっ、はぁっ……。ラグネさんは治してあげません……。あのまま、死んでください……」

「ノスフィー、ラグネは関係ない。せめて、彼女の傷だけは……」

「いいえ、駄目です。あれは渦波様から選択肢を奪うための人質。絶対に治しません。――魔法《ライトロッド》」

全て僕のせいだと言って、ノスフィーは光の棒を生成した。

持ちかけられた『話し合い』を切り上げて、臨戦態勢に入っていく。

「さあ、それでは戦いを始めましょう。お望み通り、『話し合い』もしてあげます。ただ、そのお相手は話を聞いてくれない渦波様ではなく、その素直な血に対してのみでしょう」

ノスフィーの身体《からだ》から光が迸《ほとばし》る。前に迷宮で使われた光と同じだ。僕の血に流れる魔法に働きかけて、彼女の特別な『話し合い』の力で乗っ取る気なのだろう。

しかし、以前と違って、そこまで脅威は感じない。ノスフィーと拮抗《きっこう》した戦いをしたライナーから対策は聞いているし、個人的な攻略法も用意している。

『未来視』で戦いの準備は万全だ。まともに戦えば、僕が必ず勝つ。

しかし、勝ったとしても、その結末はコインの表か裏かで言えば、裏だ。

勝ってしまえば、もう二度とノスフィーは助けられない。彼女の『未練』も果たせない。

いま間違いなく、コインは転がり、回り、裏に傾きかけているところ——

まだだ。

まだ『話し合い』は続ける。戦いはしない。剣も魔法も使わない。拳一つ握りもしない。

『娘』相手にするはずがない。そう僕は決意し直して、彼女の魔法の完成を見守る。

「——『私は旗を掲げる』」

ノスフィーは光で旗を作って、その場に立てた。

例の『話し合い』の力とは異なるように見えた。

一度も感じたことのない光の魔力の脈動を、その旗から感じる。

その『詠唱』は濃い。いまノスフィーは世界から理を盗み、なんらかの反則的な魔法を構築しようとしている。それが確信できた。

光が、部屋に満ちていく。

ノスフィーの身体からだけではなかった。この部屋に並ぶ複数の窓から、光が差し込んできている。もちろん、いまは真夜中。外に太陽はなく、月と星だけのはず。その自然の光たちは弱々しく、この部屋に満ちている光量には到底届かない。だというのに、晴天よりも明るい白い閃光《せんこう》が、外から差し込んで、眩《まぶ》しい。つまり、いま部屋に入ってきているのは自然ではない光ということ。

《ディメンション》の力で、その光の正体を理解していく。

外を魔法で見ると、城下街が燦然《さんぜん》と輝いていた。『魔石線《ライン》』だけではない。建物も地面も、フーズヤーズ国の何もかもが発光している。特に、人々から放たれる光が強い。

真夜中であるというのに、まるで真昼のように明るかった。たとえ、空全体を暗雲が覆っていたとしても、この光さえあれば世界は快晴と言い張れるほどの明るさだ。

ノスフィーの『詠唱』に国民一人一人が反応して、さらに続く。

「国民たちの『魔の毒』を、わたくしが『代わり』に――。その病も歪《ゆが》みも、わたくしが『代わり』に――。その不幸も悲しみも、わたくしが『代わり』に――。その憎しみも戦意も、わたくしが『代わり』に――。想《おも》いも何もかも全て、わたくしが『代わり』に――」

国中の『魔の毒』をノスフィーは光に換えていき、その全てを手に持った旗に吸い込んでいく。つまり、本来ならばモンスターなどを倒して手に入る『経験値』を、魔法でノスフィーは獲得していた。いわば、これは国民たちの持つ『経験値』の横取りだ。この時代ならば盗みに当たる行為だろう。

ただ、この魔法の本質を僕は知っている。

ノスフィーの生まれた理由も知っている。

ゆえに、これが盗みでなく治療であると分かる。

いま彼女は自分を犠牲にして、国全てを治療していっているのだ。そして、その『代償』でノスフィーは強くなっていく。レベルが人の限界も守護者《ガーディアン》の限界も超えて、さらなる高みに近づいていく。

——そして、いま、四十五階の大広間は真っ白に染まり上がった。

あるはずの影すら一つもない。

完全な光に包まれた。旗に寄りかかるようにノスフィーが立っているのが、かろうじて見えるだけ。『詠唱』が完成する。

「——『私は旗を掲げる』。『世界《あなた》に光は満ちたが』『旗手《わたし》は影に呑《の》まれていった』——」

彼女自身の人生を詠む言葉が紡がれて、魔法名は堂々と宣言される。

「——魔法《代わり生る光《リリーライフ・ノースフィールド》》」

光の中の光。

『光の理《ことわり》を盗むもの』による人々を蝕《むしば》む『魔の毒』の収束。

ノスフィーの『代わり』になるという特性を極限まで利用した魔法だ。

おそらく、使徒シスが最初に考えていたノスフィーの運用方法そのものだろう。

「これが、わたくしの至った……、本当の『魔法』です。どうでしょうか、渦波《かなみ》様……」

そうノスフィーは主張するが、対峙《たいじ》する僕は、これが本当の『魔法』だとは信じられなかった。いま、僕はノスフィーの生み出した光の中に包まれている。にも拘《かかわ》らず、『魔の毒』の強制徴収がなされていない。おそらく、ノスフィーの光の精神干渉か『魅了』の影響下にある者たちのみしか『魔法』は通用しないという条件がある。

いままで見てきた『魔法』と比べると、常識の範囲内だ。

はっきり言ってしまえば、魔法効果に理不尽さがない。『魔法』特有の真に迫るものを感じ取れない。だが、『魔法』を使うノスフィーは自信満々の様子で、国一つ分の魔力を得て、強気に微笑《ほほえ》む。

「わたくし、強くなりました……。あの日から、とても強くなりました……。もう追いつけないなんてことはありません……。だから、ふふっ、褒めていただけると、嬉《うれ》しいです……」

そして、さらに懐から新たな武器を取り出す。昨日、スノウとシア・レガシィから取り上げた『理を盗むもの』の魔石のペンダントが、二つ。

「もっともっと、わたくしは強くなれます……。いまはフーズヤーズだけですが、時間さえあれば北の国々の魔力だって簡単に纏《まと》めることができるでしょう……。そうやって平和の光を感染させていくことに、わたくしは特化しているのです。他にも、こうやって特別な魔石から協力を仰ぐことも、簡単に……」

ペンダントにあしらわれた『闇の理を盗むもの』『風の理を盗むもの』『木の理を盗むもの』の魔石に、ノスフィーの白い魔力が沁《し》み込んでいく。すると、中で数秒ほど魔力が籠ったあと、全く別の色の魔力が吐き出されていく。ノスフィーは光属性の魔力だけでなく、闇と風と木の魔力も身に纏い、自らの力を誇示する。

「魔石ならば血と同じように、こうして『話し合い』ができます。あとは『代わり』に魔力を支払って、術式を起動させるだけで……。――魔法《タウズシュス・ワインド》」

ノスフィーが床から旗を抜き、応援するかのように振ると、その風は巻き起こった。

大広間の宙に生成されたのは、巨大な杭《くい》の形をした風の塊が一つ。

それが僕目掛けて、弩《いしゆみ》から放たれた矢のように鋭く放たれた。

その『風の理を盗むもの』から引き出された強力な魔法に対して、ずっと後ろで静かにしていたラスティアラが同系統の魔法を叫んで返す。

「――《ゼーア・ワインド》!!」

手の平から突風の魔法を発動させて、《タウズシュス・ワインド》とぶつかり合わせる。

だが、二人の能力差から、相殺はできない。ラスティアラは風で上手《うま》く逸《そ》らすことだけに集中する。そして、ノスフィーの放った巨大な杭は僕たちでなく、四十五階の壁を砕き壊して、外の明るい夜空に消えていった。

そして、すぐにラスティアラは一歩前に出る。

ノスフィーの説得に失敗してしまった僕は、それを止めることができない。

コインが裏側に傾きかけたときの方針は、すでに決めてある。

「……ノスフィー」

　僕の前に立って名前を呼ぶラスティアラに対して、ノスフィーは冷静に目で退去を促そうとする。

「ラスティアラさん、これは私たち二人の問題です。口を挟まないでください……」

「そうだね。聞く限り、これは家族の問題だね。部外者が口を出していい問題じゃないって私も思う」

　しかし、ラスティアラは退《ひ》かない。むしろ、さらに一歩前に出る。

「でも、私はノスフィーを家族の一人だって思ってるよ。同じ生まれの同じ『魔石人間《ジュエルクルス》』同士、姉妹みたいだって……。勝手だけど思ってる」

「姉妹……」

　その一言を、ノスフィーは驚くわけでも嫌悪するわけでもなく、噛《か》み締めるように繰り返した。その反応から、ノスフィー側も似たことを考えていたことが読み取れる。

「うん、姉妹っ。こんな感じにさ。『魔石人間《ジュエルクルス》』たちは、みんなが家族って感じでいいんじゃないかなーって私は思ってる。連合国のほうだと、私って百人くらいの『魔石人間《ジュエルクルス》』のお姉ちゃんをやってるんだ。みんな結構きつい生まれで、かなりアレな人生送ってたけど……、いまは肩を寄せ合ってそれなりに楽しい人生を送ってるよ」

「ええ、それは聞いています。みんな家族ですか……。ふふっ、みなさんの暮らしぶりが目に浮かびます」

分かっていたこととはいえ、僕相手以外だとノスフィーの対応は柔らかい。

あえて憎まれ口を叩《たた》くこともなければ、煙《けむ》に巻くような話し方もしない。

ノスフィーは十分に言葉を噛み締めて熟考したあと、ゆっくりと答えていく。

「姉妹で家族。確かに、この時代で作られた『魔石人間《ジュエルクルス》』のみなさんはそれでいいかもしれません。ですが、わたくしは駄目です。生まれた日が遠過ぎます。その製法も大きく違います。家族と呼べるほどの繋《つな》がりではありません」

「そんなことない!! 同じだよ! 結局、みんな生まれた理由は同じ……! きっとノスフィーなら大丈夫! みんなの一番上のお姉ちゃんになれる!!」

「いえ、わたくしだけは違うのです。わたくしだけが、誰とも繋がれない。そう、もう誰とも……」

「ノスフィー、本当に? 私とも、全く繋がりはないって思ってる?」

「ラスティアラさんとは繋がりが濃いほうでしょう。けれど、それは友人としての繋がりです。ティティーと同じく、似た運命を辿《たど》った友人……。その程度の話です」

「なら、もう友人としてでいい!」

ラスティアラは食い下がることなく、その新たに得た立場を使う。

家族の問題だと話したばかりだろうとも、友人として豪快に口を挟んでいく。

「ノスフィーの言う通り、カナミは駄目なやつだよ。怒るのも無理もないと思う。聞けば、あっちこっちで迷惑かけて、あっちこっちで女の子泣かしてたらしいからね。はっきり言って最低な男だよ」

つい最近、消える際の聖人ティアラが暴露した話のことだろう。あの本当に最低な話を元に、ノスフィーと共感を育もうとしていた。それを僕が止めないのは、偏った物語が好きなラスティアラにとって侮辱でなく賞賛だと知っているからだ。

ただ、ノスフィー側は侮辱と受け取ったのだろう。

懸命に僕のフォローをしようとしてくれる。

「別に……。わたくしは、最低とまで思ってはいません。渦波様は過去に、様々な偉業を成してきました。ただ、英雄というものは、自然と誤解を生んでしまうもので……」

「やっぱり。ノスフィーって誤解してるよね。カナミのことを立派な人格者みたいに思っているみたいだけど、そんなこと一切ないよ。カナミは臆病で優柔不断で、今日まで何度も大事な選択を間違えてきた。物語を楽しくする才能はあっても、人を幸せにする才能なんて一つもない。そんなやつだよ」

その見当違いのフォローこそが、ノスフィーの一番の間違いであると忠告した。

「い、いいえっ！　そんなことはありません！　渦波様は強く、正しい人です！　みんなを幸せにできる立派な人です……!!」

少しムキになって、ノスフィーは言い返していく。

先ほど、あれだけ僕を信じられないと主張しておきながら、その根本にあるのは僕への盲目的な信頼であることが分かった。

だから、もしかしたら千年前に「相川《あいかわ》渦波が負債をノスフィーに押し付けたこと」も「その後、ずっと相川渦波がノスフィーを無視してきたこと」も、全て正しいことだったと未《いま》だに思っている可能性がある。

「私はカナミほど弱くて、間違ってる人いないと思うよ」

「そんなことありません！　いつだって渦波様は強く、正しかった！　だから、千年前だって上手くいった！　『世界奉還陣』の戦いに勝ち残った！」

「……本当にそう思ってる？　強くて正しければ、上手くいくなんて……そんな甘い世界じゃないって、ノスフィーは分かってるよね？」

「そ、それは……！」

圧《お》されて、ノスフィーは口ごもった。彼女には自らの正しさと強さに自信のある時期があった。けれど、そのとき何もかもが上手くいかなかった。

ラスティアラは『過去視』するまでもなく、それを理解していた。

「私は強さや正しさよりも、最後まで諦めずに抗《あらが》い続けることが一番大切だって思ってる。だから、もう少しだけ……。もう少しだけでいいから、カナミに時間をあげられないかな？　もちろん、私もノスフィーとの時間が欲しい。マリアちゃんたちだって、もう一度ノスフィーと遊びたがってる」

「ここに来て、一緒に過ごす時間を作れということですか……？　ありえません。マリアさんは、わたくしを嫌っています。それだけのことを、わたくしはしました……」

「大丈夫っ！　マリアちゃんはツンデレなところがあるだけだから！　平気！」

「というか、わたくしは彼女に一度殺されかけて――」

「それはよくある！」

「…………っ！」

なんとか遠慮しようとするノスフィーに、ラスティアラは遠慮なく返答を被《かぶ》せていく。

そして、一歩ずつ近づいていく。

その無防備過ぎる接近を、ノスフィーは許してしまっていた。

「大丈夫、ノスフィー。何も怖がらなくていい。ノスフィーがいい子でも悪い子でも関係なく、私たちは仲良くなれるよ。というか、たぶん私たちのほうが、たぶん駄目な子が多いと思うしね。ノスフィーほどいい子なら、みんな大歓迎だよ。だから、遠慮しないで。……きっと何だかんだで、仲良くなれるよ。特に私とノスフィーなら、本当の家族のようにだってなれる」

僕には入れなかった距離まで、ラスティアラは容易《たやす》く入っていく。予想以上に説得が上手くいっている。本当にノスフィーはラスティアラに対して、甘い。

「だから、ノスフィー、一緒に帰ろう。こんなお城で過ごしてると、性格がひん曲がっちゃうよ。私も宮仕えが長かったから断言できるけど、ここは見たところ……、駄目！全然駄目！」

ラスティアラは妹のように少し冗談めかしながら、親しげに近づいていく。

それを見返すノスフィーの瞳が揺らぐ。

真っすぐ過ぎる妹からの言葉に、手に持つ光の旗の輝きが弱まっていく。

「私たちのところで……、ゆっくりと考え直そう。まずは、色々とやり直すのがいいよ。その為《ため》にノスフィーは、千年前からこの千年後の世界までやってきたんだと思う。私の知ってる守護者《ガーディアン》ローウェンとかも、そんな感じだったから……。だから、ノスフィーも『聖女』とかフーズヤーズとか関係なく、ただのノスフィーとして生きよう。本当の願いを間違えちゃ、駄目だよ……」

「ただのノスフィーとして、生きる……。そ、それは……」

それはノスフィーの友人であるティティーも望んだ願いだった。

六十六層裏の街にいたとき、その願いを彼女は知り、共感し、協力しようとした。そして、一人だけ先に願いを叶《かな》えてしまった友人に対して怒り、一度は拗《す》ねた。

「ただのノスフィーとして、私たちの仲間になって、私たちの新しい家で一緒に暮らそう？　新しい場所で新しい道を、『みんな一緒』に生きていこう。……ね？」

誘う。とうとうラスティアラは、手の届くところまで近づいた。

無防備な姿を晒《さら》し、ノスフィーを抱き締めようと、両手を差し伸べる。

「『みんな一緒』に……？」

戸惑い続けるノスフィーは、ラスティアラの言葉の一つを繰り返した。

それはラスティアラが最も大切にしている言葉。

新たな人生の指針と言ってもいい言葉。

それを聞き、ノスフィーは表情を変える。

いまにもラスティアラの両手の中に吸い込まれそうだった顔が歪《ゆが》んだ。

「うん。『みんな一緒』に……。駄目かな……？」

「そ、その——」

絞るようにノスフィーは言葉を発する。差し伸ばされた両手に向かって、一歩近づく。

そして、悲鳴のように叫ぶ。

「その!!　その言葉が、わたくしはっ——!!」

手にしていた光の旗を手放した。代わりに、手にしたのはラスティアラの差し伸ばした手——ではなかった。懐に手を伸ばして、赤い十字架のアクセサリーを取り出した。それに魔力を通し、形状を変化させていく。その十字架の力を、僕は知っていた。

「ラスティアラ!!」

当初の約束を破ってでも、叫び、間に割り込まずにはいられなかった。

しかし、それでも間に合わない。

位置が悪かった。二人の絆《きずな》を信じていただけの距離を、僕は取ってしまっていた。

その遅れをノスフィーは笑い、ラスティアラは呻《うめ》く。

「ふっ、ふふふ、ふふふふ……。ふふっ、ふふ、ふふ！　あはっ、ははははハハハ――！」

「ぐっ、うぅっ……！」

ラスティアラの腹部に、脈打つ赤い剣が突き刺さった。

昨日、ファフナーが使った武器と同じものと分かる。ノスフィーに合わせてサイズダウンしているが、間違いなく『血の理《ことわり》を盗むもの』の心臓だ。

十字架のような赤い剣が、濃く発光している。

とにかく、赤い。あらゆる不吉を孕《はら》むかのように赤く紅《あか》く朱《あか》く、毒々しく輝いている。

その生理的に嫌悪を感じる赤色にラグネは頬に傷をつけられて、【二度と元には戻らない】と宣言されたのだ。忘れるわけがない。

「ハ、ハハッ――！　う、上手《うま》く騙《だま》されましたね！　ラスティアラさんはお馬鹿です！　本当にわたくしが絆《ほだ》されていたとでも!?　全てがこの一撃の為だって思わなかったのですか!?　ラスティアラさんは戦いというものを本当に分かってない!!　この一撃の為、わたくしはあなたの懐に入っていっただけ！　まんまと引っかかって、こんなに大事な局面で一人、わたくしに無防備に近づいた！　本当にお馬鹿さんです！　何もかもが、嘘《うそ》だったというのに!!」

　ノスフィーは赤い剣を引き抜いて、ラスティアラの身体《からだ》を突き飛ばした。

　先ほどまでの説得を否定するかのように後退して、左手に光の旗を右手に赤い剣を持つ。そして、緩んでいた戦意を作り直して、叫ぶ。

「本当は渦波《かなみ》様に、このヘルミナ様の【理】を使う予定だったのですが、これも悪くありません……！　はっきりします！　ええ、これではっきりする!!」

　すぐに僕は突き飛ばされたラスティアラの身体を後ろから支えた。その出血箇所に回復魔法を使うが、当然ながら傷が治る気配はない。

　ラスティアラは苦しそうに呻き続けて、それを見るノスフィーは笑い続ける。

「ふ、ふふっ、渦波様ぁ……。ラグネさんと違って、出血箇所がとてもまずいですよ？　出血よりも、臓器の損傷が致命的。ええ、これは命を脅かす傷でしょう。そうっ、命の危険ですっ！　渦波様ぁ!?」

　腕の中のラスティアラが死に近づいていると分かり、ぞわりと背筋が凍りついた。

　心臓から喉にかけて灼熱《しゃくねつ》が灯《とも》り、反射的に僕は叫ぶ。

「ノスフィー!!」

「さあ、戦いが盛り上がってきました……！　ふふっ、やはり、戦いには時間制限がなくては！　だらだらと魔法戦を始めるよりも、よっぽど分かりやすい！」

ノスフィーの言葉を聞き、一気に世界が狭まる。

視界だけでなく、思考の幅が狭まる。ラスティアラ以外の全てが色褪《いろあ》せて、漆黒に染まっていく。守るべき『たった一人の運命の人』だけにしか、もう色がなかった。自然と、その焦点にあるラスティアラしか、もう見えない。考えられない。頭を占めるのは焦燥と愛情。彼女を守らないといけない。命を懸けて絶対に守らないといけない。守らないと、守らないと、守らないと。その感情が僕の魂の許容量から溢《あふ》れそうになり――

「――カナミッッ!!」

怒られる。

その叱責は、目に映るラスティアラの唇の奥から響いた。おかげで、ぎりぎりのところで僕は我に返る。さらに彼女は致命的な傷を負いながらも、冷静に報告していく。

「カナミィ……!!　首でも心臓でもないっ！　傷はお腹《なか》だよ……！」

これは大した傷ではないと僕に訴えかけた。

その訴えの裏にある意味は、「絶対に応戦するな」と僕は分かっていた。

さらに、ラスティアラは「こ、こ、こ、この為に自分は来たのだ」と考えていることも、その死に掛けの身体に輝く黄金の双眸《そうぼう》から読み取れる。いま『たった一人の運命の人』は、「だから、ほんの少しの勇気でいい」と、「ノスフィーとの絆を信じて」と、「戦いではなく、話をしてあげて欲しい」と願っている。だから、僕は頷《うなず》くしかなかった。

「……ああ」

この展開を『未来視』で可能性として知っていた。

だから、僕は冷静に、いま腹の底から湧き続ける衝動と感情の熱を消す。

自分の意志で、スキル『最深部の誓約者《ディ・カヴェナンター》』を発動させる。

【スキル『最深部の誓約者《ディ・カヴェナンター》』が発動しました】
いくらかの感情と引き換えに精神を安定させます
混乱に+1.00の補正がつきます

スキル『？？？』だった頃の使い方で発動させて、負の感情を保管する。

途端、狭まっていた視界が広がるのを感じた。

同時に「ラスティアラを守る」だけとなっていた頭の中の選択肢が、無数に広がっていく。すぐに僕は「ノスフィーを絶対に助ける」を選択し直して、死に掛けているラスティアラに声をかける。

「ただ、ラスティアラ……。もしものときは……」

ラスティアラのおかげで持ち直したものの、まだ勝算は薄い。いまの展開は、コインの裏――つまり、救えない未来に近い。それでも構わないかと聞いた。

「うん。一緒に」

彼女は即答した。

全て、ここに来る前から決めていたことだ。迷いはない。

確認が終わった。

僕は守るべき人を床に横たわらせ、放置して、饒舌《じょうぜつ》なノスフィーと向き合う。

「ふふっ、さあさあっ、渦波様ぁ！　人質が増えましたね……！　ラスティアラさんを助けたいのなら、わたくしを倒して『経典』を奪うしかありません……！　この期に及んで、わたくしを仲間に迎えたいなんて戯言《たわごと》を仰《おっしゃ》るのなら……、そうですね。ラスティアラさんの命と引き換えですねっ。ふふふっ」

スキル『最深部の誓約者《ディ・カヴエナンター》』の力は凄《すさ》まじい。何度僕の命を救ってきたか分からないその反則的なスキルによって、ノスフィーの心を落ち着いて読み取ることができる。

「そうですねぇ……。ふふふぅっ。もしラスティアラさんが死ねば、先ほどの渦波様の謝罪を聞いてあげましょうか……　そして、一考して差し上げます。ええ、一考だけ！　ふふっ、あははははっ！」

ノスフィーは笑いが止まらないのではない。笑わないと止まってしまうのだ。

彼女は僕の敵であろうと必死だ。とにかく恨まれようと必死だ。

ずっと必死に必死に必死に、自分の生まれた意味を探しているだけ――

僕から返せる言葉は一つだけだった。

「ごめん、ノスフィー。僕もラスティアラと同じ気持ちだ……。ノスフィーを仲間に誘いたい。僕たちと一緒に帰ろう……。そして、やり直そう。新しい家族で、新しい生き方を探すんだ。僕はおまえと一緒にいたい。贖罪《しょくざい》の時間がどうしても欲しい……」

「――――っ!!」

剣も魔法も持たずに、戦意どころか謝罪を繰り返して、近づこうとする僕に、ノスフィーは信じられないものを見るかのような顔となる。

「ま、まだ！　まだそんなことを言うのですか!?　いまは、それどころではないでしょう！　もうその話は終わりました!!　ここから先は、もう戦うしかないんです!!」

そして、戦いを再開させる為に、手に持った旗を振る。

ノスフィーの光が先んじて僕の身体を包み込み、『話し合い』の準備が済まされる。もし僕が魔法を使えば、すぐさま同じ魔法をぶつけて相殺するつもりだろう。だが、僕に魔法を使う気はないので、問題はない。

さらにノスフィーの『話し合い』は、自らの胸にあるペンダントに対しても行われる。

その光属性の魔力が消費されるけれど、紡がれるのは別属性の魔法。

「――《ダーク・フーリネス》!!　《ワイルドウッド・ウィップ》!!」

『闇の理を盗むもの』と『木の理を盗むもの』の魔法だ。全く素養のない属性だというのに、とてもスムーズにノスフィーは力強い魔法を放った。

一メートル四方ほどの黒いガスの塊が、部屋の中に生まれる。

輝く世界だからこそ際立つ闇が、獣のように駆け抜けて、僕の頭部に噛《か》みつく。

こちらの視界が、闇で閉ざされていく。続いて、足元から振動を感じた。

すぐさま僕は両手を顔の前で組んで、身を固めた。

この見えない視界から、次の攻撃が迫る。おそらくは、木属性の攻撃魔法――と考えた瞬間には、木の根らしき鞭《むち》のような衝撃が、四方から全身を叩《たた》く。

骨に響く痛みと一緒に、僕はバットで打たれた球のように部屋の隅まで吹き飛ばされて、壁に叩きつけられる。

…………。

……追撃が来ない。それどころか、急に黒いガスの魔法が解かれて、僕は視界を取り戻す。四十五階の床板から生えた蛇のような木の根が消えていくのを見届けたあと、僕は痛みに耐えながら立ち上がる。震えるノスフィーに向かって、歩き出す。

「か、渦波様……！　どうして、避けないのです!?　せめて、防ぐくらいは――」

「本当にごめん、ノスフィー。おまえと戦うことだけはできない……」

「…………っ!?」

僕は即答して、ノスフィーは困惑で言葉を失った。そして、有り余った魔力を震わせながら、手に持つ光の旗を強く握り締める。

一度迷宮で僕に惨敗した彼女は、この戦いのために様々な準備をしてきたのだろう。

僕の知人を引き抜き、人質を作った。さらに国に結界を張って、僕の弱体化と自分の強化を図った。七十層の守護者《ガーディアン》ファフナーを手駒にして、その『経典』と『心臓』を奪って、切り札にした。他の守護者《ガーディアン》たちの魔石も奪い、そのそれぞれの属性の最高位魔法を引き出せるようにした。

その全ての準備に、意味はなかったのだと僕が伝えると、ノスフィーの表情は歪《ゆが》んだ。

「渦波様！　戯言は止《や》めて、いいから戦ってください！　もう時間はありません！　早く！　さあ、早く！　渦波様は誰を助けたいんです!?　誰を選ぶんです!?　その手を、誰にっ、伸ばすのですか!?――早く!!」

ノスフィーは焦り、早口で僕に戦いを促す。

しかし、僕は動かない。正直、いま時間がないと思っているのは、この場でノスフィーだけだ。彼女の作った時間制限は、優しい彼女だけを追い詰めている。

焦りに焦り、うっかり本心が漏れ出かけているほどに。

――その手を誰に伸ばすのですか？

結局、それが全てなのだろう。そして、それをノスフィーは諦めている。僕のせいで諦めてしまって、間違った方法で『未練』を果たそうとしてしまっている。

それを解決するまで、僕は絶対に戦えない。そして、その動かない僕に向かって、彼女は本当に優しくも、丁寧に現在の状況の説明を始めてしまう。

「いいですかっ？　わたくしを殺せば、『経典』が手に入り、ファフナーに言うことを聞かせられるようになり、ラスティアラさんは助かることでしょう！　もちろん、ラグネさんも助かります！　それはつまり、使徒ディプラクラの解放も意味します！　陽滝《ひたき》様だって助かるのです！　ラスティアラさん、ラグネさん、ディプラクラ様、陽滝様の四人ともが助かる！　しかし、わたくしを助けたいと戯言を言い続けるならば、四人を捨てることになります！　捨てられますか!?　捨てられませんよね!?」

残り少ない時間を恐れて、ノスフィーは自らの考えた策略を暴露していく。

「渦波様はわたくしよりも妹様が大事です！　ラスティアラさんは、いまや恋人！　一番大切な人となった！　一番はわたくしじゃない！　だから、『素直』に言ってください！　わたくしよりも、他が大切だと!!　構いませんからあっ!!」

ノスフィーは戦いが予定通りにいかず、癇癪《かんしゃく》にも似た叫び声をあげた。

涙を必死に堪《こら》えている子供がいるようにしか見えなかった。

僕だから、いまの彼女の気持ちがよく分かる。

――僕もそうだった。

幼少期、父と母に見捨てられたとき、似たような感情を抱いていた。

両親にとっての『一番』が自分でないと知ったとき、泣きそうになった。

この世の終わりだと思い、自暴自棄になり、一人部屋に閉じこもった。

「全部分かっていますから、遠慮なんていりません！　もう『素直』に言っていいのです！　わたくしは渦波《かなみ》様の一番愛する人にはなれないと！　ノスフィー・フーズヤーズは、一生渦波様の『たった一人の運命の人』にはなれないと！　分かっています！　だから、わたくしはあなた様の敵としてここにいるのです！　敵としてっ!!」

とうとうノスフィーは策略だけでなく、自分の戦いの目的まで口にしていく。

動かない僕を動かす為《ため》に、自分が倒されなければいけない理由を説明していく。

「とても卑怯《ひきょう》な方法でわたくしは、あなた様の記憶に残ろうとしています！　本当に厄介な敵となってしまいました！　渦波様の『一番辛《つら》い記憶』となることを願うだけの敵です！　その歪んだ願いの為に、いま、あなた様の大切なものを全てを壊そうとしている！　わたくしは敵！　敵敵敵っ、『一番の敵』なのです！――《ゼーア・ワインド》！　《ワイルドウッド・ウィップ》！　《ダークフィッシャー》!!」

複数の属性の攻撃魔法が、僕に襲い掛かってくる。

腕で頭部だけを守り、その全てを受け止める。裂傷で血を流し、打撲で胃液を吐きかけ、吹き飛ばされて激痛が全身を突き抜ける。

——魔法で攻撃される最中、僕は返答だけに全神経を集中させる。

戦うのではなく『話し合い』に来たという方針は、未《いま》だ変わっていない。

いまノスフィーは、幼少の僕と同じことをしている。

あの頃、僕は一人部屋に閉じこもりながらも、父と母の住むマンションから離れることは絶対になかった。ちゃんと毎朝顔を出して、何の期待もされなくなった自分の存在を示していた。一人普通の学校に通って、両親や妹と違う世界に生きながらも、決して一人立ちしようなんて考えはなかった。

すぐ傍《そば》で色んなことをして、気を引こうとしたのを覚えている。

わざと近くで転んでみせて、泣いた振りをしたことがあった。いじけてみせて、悪いこともやった。

かつての僕は、両親にどうして欲しかったのかを思い出しながら、返答する。

「違う、ノスフィー……！　僕はおまえを誰よりも助けたいと思ってる！　本心から『娘』だと思ってる！　だから、おまえを一番——」

「一番なら!!　本当に、わたくしを『娘』と思ってくれるのなら、目の前にいる『敵』と戦ってください！　その手で殺してください！　そして、一生悔やんでください！　それがわたくしは、一番嬉《うれ》しい!!——《ライトアロー》ォ!!」

幼少の僕も、目の前のノスフィーも。拗《す》ねながら、必死に叫んでいた。

「渦波様！　ここでラスティアラさんを救えずに、わたくしを一生憎むか！　ここでラスティアラさんを救って、わたくしを殺したと一生後悔するか！　どちらでも構いません！　どちらでも、わたくしは渦波様の『一番』となれる!!」

どちらかでいいなんて嘘《うそ》だろう。その戦いぶりから分かる。

――もうノスフィーに勝つ気はない。

明らかに自分が殺されるほうへと誘導している。

辛い人生に疲れたというのもあるだろう。だが、それ以上に勝っても負けても目的達成できる状況を作ってしまったのが原因だ。その時点で、優しい彼女は誰かの迷惑になり続けるよりも、大人しく自分が消えることを望んでしまう。

――僕のせいだ。

千年前、僕がノスフィーの心を歪ませて、最後まで『いないもの』とした。

現代でも、僕は彼女を避けて、その心を傷つけ続けた。

ただでさえ『理《ことわり》を盗むもの』ゆえに、その心は不安定だったのだ。彼女が一番に愛されることを諦めて、せめて『一番辛い記憶』として残るのを選んだのも無理はない。

――認めるんだ。

いまや相川《あいかわ》渦波の敵であることだけが、ノスフィーの生きている感触となってしまった。

もう僕がどれだけ『娘』と繰り返しても、いまさら遅い。千年後の世界で、『父』は記憶を捨てていて、歩み寄るノスフィーを何度も拒否して、その上で、いま信じて欲しいなんて都合が良過ぎる話だ。

ふと周囲を見る。話に夢中になっている間に、四十五階の大広間は激変していた。木の根の魔法によって、至るところに大穴が開いている。暴風の魔法によって、窓硝子《まどガラス》や調度品は全て砕けてしまっている。闇と光の魔法が入り乱れて、床も天井も分からない宇宙のような景色が広がっている。

続いて、自分の身体《からだ》を見る。

ろくな防御もせず、ずっと会話に集中していた為、全身が傷だらけだ。

四肢のどこを見ても、傷のないところはない。無数の打ち身によって、指一本動かすのにも痛みが走る。頭部からは血が流れ続けて、視界は真っ赤。それでも、両腕で頭部を庇《かば》い、立ち続けるだけの僕の姿。

覚えがあった。この四十五階の光景は、『未来視』の光景の一つ。

危惧していたコインの裏が近い。最もありえる失敗の流れだった。

……やはり、僕はノスフィーに謝り切ることができなかった。

無抵抗で謝り続ける程度で解決できるほど、軽い問題ではなかったのだ。

そもそも、スキル『最深部の誓約者《ディ・カヴェナンター》』で感情を整理して、口だけ「ごめん」「助けたい」

と繰り返しても、『たった一人の運命の人』はラスティアラのままだ。その根本にある不変を、ノスフィーは本能的に感じ取っているのだろう。

「……駄目か」

説得が失敗に終わったことを認めて、呟《つぶや》く。

しかし、『最悪』ではないと思っている。説得に失敗しても、いまここにラスティアラがいる。失敗したとき用の次の行動に移れる。当たり前だが、『未来視』できる僕はコインが裏になりそうなときのことも考えていた。

「渦波様！　わたくしを殺すか！　ラスティアラさんを殺すか！　早く――」

「ごめん、ノスフィー。僕はどちらも選ばない」

失敗は残念だが、悪いことばかりではない。

こうして、ノスフィーの本心を聞くことができた。互いの本音の願いを、ぶつけ合えることができた。それだけで満足なところがある。

だから、次の言葉はすんなりと出てくる。

「だって、どちらを選んでも、ノスフィーは『未練』を抱えたままだ。僕とラスティアラは、そんな結末を見に来たんじゃない。二人でおまえを助けに来たんだ」

ノスフィーとは絶対に戦わないと、すでに僕とラスティアラは誓っている。

迷いなく、次へ――

「だから、ノスフィー。もしかしたら、これからこの場で生き残るのは、おまえだけになるかもしれない。そうなったときは、本当にごめん」

「い、生き残るのがわたくしだけ……？　何を言っているのですか？　渦波様が本気で戦えば、わたくしに負けることは絶対にないでしょう!?　あの反則の魔法を！　未来を改変する魔法を使えば、決して負けることはありません!!」

「いや、あの魔法はもう使ってる。『未来視』で確認した上で、僕は説得に失敗したんだ……。だから、僕は死ぬまで謝り続けるしかない。その間、ノスフィーは前に街で言っていた通り、考慮し続けて欲しい。一考してくれるだけでいいから、お願いだ」

説得の次に、僕は自らの失敗を認めて、謝罪と懇願を続ける。

その行為を理解できない様子のノスフィーは、少し遠くで横たわるラスティアラを指差して、声を荒らげて咎《とが》める。

「謝り続けても、意味なんてありません！　戦わなければ、わたくしは倒せませんよ!?このままだと、ラスティアラさんが本当に死にます!!　見捨てる気ですか!?　それでいいのですか!?」

「いい。そのときは、僕も一緒にラスティアラと死ぬ。説得は僕たちの負けになるけど、ノスフィーは消えない。……だから、それでもいい」

「い、言っている意味が……。先ほどから、わたくしには渦波様の仰《おつしや》っている言葉が……、よ、よく分かりません……！」

震えるノスフィーが指差しているラスティアラが無事な時点で、絶対に反撃はありえない。この乱戦の中でも、あえてノスフィーはラスティアラへの攻撃を避けていた。その優しい彼女が『未練』を抱えたまま消えることを、僕たちは認めない。

もちろん、ただ自殺しようとしているわけではない。

僕もラスティアラも、ノスフィーならばと思っている。

きっと優しい彼女ならば、『みんな一緒』に生きて、幸せになれる道を選んでくれるという信頼に、二人分の命を賭けているだけだ。

「……ごめん、ノスフィー。ちょっと分かり難《にく》かったかもしれない」

僕は腰に下げた剣を、心の中で親友に謝罪しながら乱雑に床へ捨てる。

「渦波様！　なぜ、剣を!?」

「ノスフィーと戦うつもりはない。絶対に」

「いま、わたくしたちは戦っています!!　敵同士！　わたくしは渦波様の『一番の敵』として、ここにいます！――《ライトアロー・ブリューナク》!!」

ノスフィーは戦いを証明するように、空中に巨大な光の槍《やり》を生成して、僕に向かって投《とう》擲《てき》した。それを僕は避けなければ、魔法で対抗しようともしない。

また両腕で頭部を固めて、真っ向から受け止めようとする。

その僕のすぐ隣を、光の槍が奔《はし》り抜ける。右の前腕の肉が抉《えぐ》れて、白骨が露出した。すぐに無詠唱の回復魔法で腕を治しながら、僕は微笑する。

回避行動を取らなかったのに、魔法が直撃しなかった。つまりは、そういうことだ。

「いや、違う。ノスフィーは敵じゃないよ。僕にとっての『一番の敵』は、僕自身だったんだ。千年前の記憶を見て、いまノスフィーと話して、確信した。僕に倒すべき敵がいたとしたら、それは千年前の『始祖カナミ』であって、ノスフィーじゃない!!」

「そ、そんなの……！　そんなものは言葉遊びです！　現実に、いま戦っているのに……！　敵じゃないはず、ありません……！」

未だに戦おうとしない僕を見て、ノスフィーは狼狽《ろうばい》する。

その表情から、少しずつ裏から表に傾いているような気がした。まだ弾《はじ》いた運命のコインは転がり、回っている。流石《さすが》はラスティアラ式の説得方法だ。まだ説得を諦めるのは早いと、僕に教えてくれる。しかし、そろそろ回避なしの防御だけでは限界が近いので、もしもの場合のことを口が利けなくなる前に伝えないといけない。なまじ多くの未来が視《み》えるせいで、心配事も多いのだ。

「ノスフィー、それとなくライナーには頼んである。僕とラスティアラが死んでしまったときは、彼と協力してラグネと陽滝《ひたき》を救ってあげて欲しい。それから、陽滝と共に新しい人生を歩んでくれ。父親の一番は無理だったとしても、母親の一番を目指して、『未練』

を果たしたあと……。どうか、笑顔で人生を終わって欲しい」

「勝手に……！　勝手に、話を進めないでください!!」

互いの話のずれ具合にノスフィーは顔を青くして、目に見えて焦りを加速させていく。

何度も首を振って、何度も歯噛《はが》みして、最後に顔と声を明るくする。

「……い、いやっ、これは脅し！　わたくしを脅してるんですね!?　そうです！　これは戦いの駆け引き！　わたくしを攻略するための渦波《かなみ》様の作戦!!　ならば、わたくしが使うべき力は――!!」

ノスフィーは光の旗を地面に突き刺して、赤い剣を両手で強く握り締めた。

赤色が濃くなった。おそらく、『血の理を盗むもの』の力を増幅させているのだろう。

その赤を見るだけで足が竦《すく》み、逃げ出したくなる。その切っ先が近づくだけで悲鳴と涙が出そうになる。その刃が触れることを想像しただけで発狂しそうだ。

しかし、僕は踏み止《とど》まり続ける。

「いざとなれば、渦波様と言えども絶対に！　絶対に!!」

ノスフィーが自分に言い聞かせるように叫びつつ、その剣を真直《まっす》ぐ前方に構えて、突進してきた。稚拙も稚拙だ。それは剣術どころか攻撃かも怪しい突き。

子供でも簡単に傷つくことなく避けられるだろう。

だが、避ければ、ノスフィーが傷つく。

いま一番に優先すべきは、自分でも『たった一人の運命の人』でもなくて、『ノスフィー・フーズヤーズ』だということを証明するために、僕は動かなかった。

その僕の腹部を、剣が貫く。

「ぐっ、うぅぅ……!!」

中まで刃が入ったことで、その剣の【二度と戻らない】という『理』を強く感じた。

この恐ろしい剣を、一歩も動かずに受け入れた自分を褒めてやりたい。

ただ、軽く微笑を浮かべた僕に対して、ノスフィーの口元は歪《ゆが》み切っていた。

「な、なんで……!?　治らないんですよ……!　渦波様っ、これ!　これは治らないんですよ!?」

慌ててノスフィーは、剣を腹部から抜いた。

傷口から、どろりと大量の血液が流れ出す。それを見て、敵であろうと毅然として努めていたノスフィーの表情が、いま完全に崩れ去っていく。

狼狽の頂点に達したであろう彼女は両目を忙《せわ》しなく動かして、助けを求め出す。

「誰か……!　ラ、ラスティアラさん!　渦波様が避けてくれなくて!　それで!　起きてください、ラスティアラさんっ!!」

いましがた自分が刺した相手を頼ったことから、本当に混乱し切っているのがよく分かる。当のラスティアラは大量出血で意識が朦朧《もうろう》として、返事ができない状態だ。声を出せない彼女の代わりに、僕が答えていく。

「ファフナーに頼めば治る傷だから、大丈夫だよ……。それに、もし間に合わなくても、問題ない。ラスティアラも僕も、おまえのためなら死んでもいいって思って、ここまで来た。僕たちはおまえを一番に考えてる。全部分かった上で、その剣を受けてるんだから……。だから、何も心配しなくていい……」

その僕の返答を聞いたノスフィーは、限界一杯まで眉を顰《ひそ》めて、震えながら距離を取っていく。

「こ、こんなのっ、狂ってます……！　お二人とも、狂ってます……！」

「僕たちは正気だよ。ずっと正気で話してる。心の底から本当に、ごめんって……。嘘《うそ》偽《いつわ》りなく、思ってる……！　それだけは信じて欲しい……!!」

それを証明する為《ため》に、僕は一歩前に出ようとする。しかし、腹部の傷が深く、上手《うま》く距離を縮め切ることができなかった。傷を右の手の平で塞いでいるが、溢《あふ》れる出血は止められない。さらに、その一歩で、焼《や》き鏝《ごて》で腹の中を掻《か》き回されているような痛みに襲われる。僕が痛みに耐え切れても、身体《からだ》が本能的に制止を選択してしまいそうになる。

しかし、僕は身体の反射を抑え込むのには慣れている。強引に、二歩目を踏み進む。謝罪の言葉を、少しでも近くで届けようとする。

その僕の二歩目を見たノスフィーが止めるように叫び返す。

「あ、謝りたいのは分かっています！　分かっていますし、もう許します！　だから、どうかお止まりください！　そもそも渦波様は、何も謝る必要はないのです！　わたくしが悪い子だからです！　この千年後の世界で、わたくしはたくさん悪いことをしてきました！　ティティーとアイドに手を貸して、あなた様を困らせました！　このフーズヤーズでは色んな人を利用して、その心を魔法で変えました！　このままわたくしを放っておけば、わたくしの偽りの平和の光が世界を侵略していくことでしょう！　わたくしは、この世界にとって最悪の敵と言えるほど、悪いことをしてます!!　そんなわたくしに謝る必要なんてっ!!　一つも、ありませんっ――!!」

僕が謝る必要はないなんて、絶対にない。ただ、そのノスフィーの優しさから零《こぼ》れた「許します」という言葉によって、少しだけ心は楽になった。

僕は顔を少し俯《うつむ》けて、やっと聞けた言葉を嚙《か》み締めて、三歩目を踏む。

その僕を止めようと、ノスフィーは必死に叫び続ける。

「だから、謝るのではなく、敵であるわたくしと戦ってください！　恨んで、憎んで、殺してください！　いま、渦波様がすべきことは、悪を討つことです！　光で人々の自由を奪いっ、偽りの幸せを広げる最悪の敵っ!!　『光の理《ことわり》を盗むもの』ノスフィーを討つこと！　それは大英雄の渦波様にしかできないこと！　な、なにより、いますぐわたくしを倒さないと、お二人は死んでしまいます!!　渦波様、死ぬのですよっ!?」

僕は四歩目を進みながら、そのノスフィーの問いを聞いた。胃から汲《く》み上がってくる血液が邪魔で仕方ないが、決して言い間違えないように僕は答えたい。

「そうだね……。確かにノスフィーは、千年前と比べて悪い子になったと思う……」

「そうっ！　悪いのは全てわたくし！　わたくしが倒すべき悪い敵！　だから、いますぐ渦波様は――」

「けど、いいんだ。悪い子だとしても大目に見る。だって、ノスフィーは『娘』だから」

『娘』と繰り返して、特別だと告げた。たとえノスフィーが世界を滅ぼそうとしていても、僕もラスティアラも戦わないだろう。むしろ、味方につくだけの準備がある。

余りに大雑把過ぎる敵味方の識別方法を聞いたノスフィーは、呆然《ぼうぜん》と口を開いた。

その『娘』に向かって、僕は五歩目六歩目を進み、叫ぶ。

「ああっ、僕が言いたいのはそれだけだった……！　何があろうと、僕はノスフィーを一番に優先する！　ずっと『娘』の味方ってことだけなんだ……!!」

そう言い放ち、僕は両手を前に伸ばす。腹部の致命傷のせいで、その動きは拙い。

けれど、絶対に方向を間違えることはない。横たわるラスティアラでもなく、腹の傷口でもなく、ノスフィーだけに向ける。

「し、信じません……！　そんな嘘っ、わたくしは……！」

七歩目八歩目と進む僕から、ノスフィーは逃げるように後退《あとずさ》った。

その伸ばした手が信じられず、瞳を揺らし続けて、唇を震わせている。

それでも、どうか信じて欲しいと、僕は九歩目十歩目と歩き続け――そこで足元から力を失って、膝を突いてしまう。

おびただしい出血の中、ぼやける視界の先にいるノスフィーを讃《たた》える。

「……ノスフィーの勝ちだ」

もう限界だ。血を含めた何もかもが、いま空になる寸前だった。

昼間から続く連戦に、突入前の『未来視』といった大魔法の連発。この四十五階では無防備に『理を盗むもの』たちの魔法を全て食らってきた。その結果を『表示』させる。

【ステータス】
名前：相川《あいかわ》渦波　HP4/543　MP10/1514　クラス：探索者

残り一桁。百分の一以下の命。

むしろ、いまの十歩が、奇跡と言っていいだろう。

膝を突いて動かなくなった僕を見て、ノスフィーは弱々しい声で否定する。

「いいえ……。あの渦波様が、負けるはずありません……。だって、渦波様は最強です。わたくしが勝てるはずないんです。絶対に……」

「そんなことない。だって、僕の『未来視』の魔法だと、僕がノスフィーに勝つ未来なんてなかった……。一つもなかったんだ……」

勝てない理由は、明白。僕は勝ち負け以前に、ノスフィーと戦えない。絶対に『娘』に剣を向けることはない。どうか、それを信じて欲しい。

信じて貰《もら》えると信じて、僕とラスティアラはここまで来た。

「そ、それは『娘』だからですか？　そんなのおかしいです……！　だって、わたくしを『娘』と思う義理なんて渦波様にはありません！　一つもありません!!　わたくしは使徒の計略で勝手に生まれて、いつの間にか生きていた『魔石人間《ジュエルクルス》』！　娘と思う理由がない!!　一つも!!」

ノスフィー側から思いがけない言葉が返ってくる。

少し誤解があったかもしれない。

「違う、ノスフィー！　『娘』だからだけじゃない！　それが先でもない！　それ以前に僕は、ノスフィーがノスフィーだから、ノスフィーを助けたいって思ってるんだ!!」

順番が違う。「『娘』だから」は最終的な答えでしかない。

その誤解が残ったまま、終わるわけにはいかないと力を振り絞って、立ち上がる。

「『過去視』で、僕は全部視《み》て来たんだ……。どれだけノスフィーが頑張ってきたかを、ちゃんと視た……。ノスフィーがどんな気持ちで生まれて、どんな気持ちで僕と出会ったかも、視た……。だから、『娘』だと思った……！」

「か、過去を見たとしても、あのときのわたくしはもうここには――」

「大丈夫、いまも見てる……！　いまのノスフィーを僕は見て、言っている！　もう見失ったりしない！　『いないもの』にもしない！　二度と!!」

喉から声も絞り出す。そして、十一歩目を踏む。続く十二歩目を進んで、最後の魔力を魔法に変換していく。

「ノスフィー、お願いだ。これが僕の最後の魔法だから、この手を摑《つか》んで欲しい……」

もう勝負はついている。ノスフィーの勝利だ。だから、何があっても逆転はない。

それを前提にして、魔法をかけさせて欲しいと正面から強請《ねだ》った。

右腕に残った全魔力を集め、《ディスタンスミュート》を発動させる。

その微《かす》かに紫に発光する右腕を、彼女に差し伸べる。

「ノスフィー、遅れてごめん……。本当にごめん……」

本当に遅い。

このフーズヤーズ四十五階、大広間。ノスフィーと僕が初めて出会ったときとそっくりの場所に、やっと僕は帰ってきた。ここは作り直されただけの場所でしかなく、もう全て手遅れだと分かっている。けれど、それでも謝りたい。この手を差し伸べたい。

僕の身体は死の間際で、もう一歩も前には進めない。だからこそ、僕はノスフィーのことだけを考えて、ノスフィーのことだけを見て、ノスフィーに向かって手を伸ばす。

「か、渦波《かなみ》様……」

ノスフィーは僕の名前を呼び、鏡に映ったように、その右手を持ち上げた。

震えながらも、ゆっくりと、不安げに、恐る恐ると。

僕が差し伸ばした手に、その手を重ねてくれた。

魔法《ディスタンスミュート》が発動する。しかし、その少ない魔力と瀕死《ひんし》の身体で発生する『繋《つな》がり』は、か細い。ゆえに届くのは、たった一つ。――一つだけだった。

「僕はノスフィーに生きて欲しい。そして、幸せになって欲しい。この命に代えてでも」

この理不尽な世界の中、悪夢に苛《さいな》まれ続けたノスフィーを助けたいという想《おも》い。

魔法で心を繋げて、それだけを伝えていく。苦しみ自殺しようとする『娘』の手を強く握り締めて、どうか生きて欲しいと引き止め続ける。

「くっ……、ぅ、うぅうっ……!!」

ノスフィーは歯を食いしばり、喉の奥から声にならない声を漏らした。

いま僕の気持ちが、誤解なく伝わったのだろう。《ディスタンスミュート》の魔法の効果だけではなく、ここまで積み重ねた言葉によって、想いが届いた実感があった。

ノスフィーの声は少しずつ膨らむ。

どこまでも声は震え、掠《かす》れ、裏返り、軋《きし》むような慟哭《どうこく》が発せられる。

「うぅ、ぅぁあああっ！　あ、あああぁあ、ぁあああぁぁああ……!!」

そして、ノスフィーは膝を地面に突いた。その手に握った赤い剣を床に落とした。

剣で斬られたわけでも、魔法を食らったわけでもない。けれど、先ほどの僕と同じように、立っていられなくなった。

ずっと僕は、攻撃でなく言葉を投げ続けた。その『話し合い』が、いま、ようやく通じたのだ。そのノスフィーに合わせて、僕も瀕死の身体で膝を突く。

目線の高さが合って、互いの瞳の中に互いの姿が映った。

いま、本当の意味で、二人は向き合う。

やっと親と子が、初めての出会いを果たすかのように。

やっと一人の少女が世界に生まれ落ちて、この明るい世界を目にしたかのように。

「ぁあぁ……！　わ、わたくしは……！　わたくしは……!!」

そのノスフィーの声と共に、未来の変わる音も聞こえた気がした。

ずっと回り続けていたコインが倒れる音だ。

いま、コインは、裏から表に――

「わ、わたくしは……、お父様と……」

表を証明する言葉が、ノスフィーの口から発せられる。

同時に僕たち二人の目尻から、涙が一筋落ちた。

——辿りついた。

成功の枝葉に、未来が収束していくのを感じる。

この瞬間の為《ため》に、僕とラスティアラは命を懸けた。死の間際までノスフィーとの絆《きずな》を信じ続けたことで、最良の結果が引き寄せられていく。

「お父様と一緒に……！　みな様とも一緒に、ほ、本当は……!!」

やっとノスフィーに手が届いた。信じても貰えた。絆を得た。だから、僕は目尻と口元を緩ませる。千年前にはできなかったことを、いまの僕ができたのだ。嬉《うれ》しいに決まっている。自分で自分を褒めたくもなる。

結局、戦いは起こらせなかった。最後まで『娘』と、『話し合い』をしただけだった。

それを成就させたのは、単純な強さではないだろう。心の成長だけでもない。

——僕という存在の根本的な変化だ。

そう。やっと僕は変われたのだ。生まれ持った悪癖を乗り越えて、『次元の理を盗むもの』の『代償』にも負けず、自分の選んだ道を進み切った。

この最低最悪の『相川渦波』を、自分自身の力で是正できた。

だから、いま、ノスフィーが僕の手を握り返してくれている。

良かった……。本当に勇気を出して、良かった……。

恐れずに、命を懸けたからこそ、この最上の結果を得られたのは間違いない。

だから、感謝したい。僕という存在が変われる切っ掛けを作ってくれて、勇気をもたらしてくれた彼女に——

「——チッ」


その彼女の顔を浮かべた瞬間。

その彼女の舌打ちが聞こえた。

気が緩んでいた。

原因は間違いなく、《次元決戦演算《ディメンション・グラディエイト》『先譚《リアライズ》』》。なまじ未来が視えるせいで、いつも戦いのあとの隙をあれだけ警戒していた僕が、余りにどうでもいい自賛の言葉を頭に浮かべてしまった。

もうこれが最後だからと。

もう他に敵はいないからと。

もう『未来視』で確認済みだからと。

完全にハッピーエンドの未来に入ったと、自分で自分を褒めてしまい——

その隙を、彼女は的確に突く。

方角は背後。

後方から聞こえた舌打ちと迫る殺意。

「――っ!?」

咄嗟《とっさ》に僕は、背後へ振り向こうとする。

視界の端で何かが煌《きらめ》いているのが見えたからだ。

目の眩《くら》む光が弾《はじ》ける部屋の中で、鋭い刃物のような『何か』が飛んでいる。

凶器だ。

濃過ぎる殺意が、凶器が迫ってきていると僕に教えた。

このままだと、僕もノスフィーも、その凶器に串刺しにされて、死ぬ。

油断で察知するのを遅れたと瞬時に理解して、僕はノスフィーの身体《からだ》を突き飛ばす。

その行動は計算でも計画でもない。『未来視』も『過去視』も関係なかった。

瞬間的にノスフィーを助けたいと思った。

「――え？」

重ねていた手を使って、強く突き放されたノスフィーは声を漏らした。

同時に、凶器が背中を貫く。

僕の左胸から、血に染まった『何か』――スキル『魔力物質化』で固定された魔力の刃が突き抜け出た。

貫かれたのは、右の肺。心臓は、どうにか守りきった。ノスフィーを突き飛ばしたあと、すぐさま身を捩《ねじ》ることで敵の狙いは僅か右に逸《そ》れたようだ。

しかし、続く一撃は避け切れない。

ノスフィーを助ける為に伸ばされた右腕が——もう二度とノスフィーには届かないと暗喩するかのように、上から飛来してきた魔力の刃に根元から切断されて、宙を舞った。

斬り飛ばされて、太陽に手を突っ込んだかのような熱と痛みが襲ってくる。

「くっ、ぁあっ——!!」

右肺と右腕を失い、ようやく僕は振り向き切る。

背後にいたのは、彼女——


「——ああ、胡散臭《うさんくさ》い」


僕に勇気をもたらしてくれた少女ラグネ・カイクヲラだった。

先ほど二十五階で別れたときと同じ姿で、彼女は四十五階に現れた。

ただ、表情は別物過ぎる。氷を砕くかのように冷たく、溢《あふ》れんばかりの侮蔑を含んでいた。そのラグネが『魔力物質化』で刃渡り二メートルほどの剣を複数生成して、それを宙に浮かせて、僕たちに迫ってきている。

幸い、まだ距離は十歩分ほどある。

おそらく先ほどのは、浮いた剣を操っての遠距離攻撃。

そう冷静に解析していく一方で——

——『混乱』が加速して、疑問が尽きない——

な、なぜ？

なぜ、いま？

いまラグネがここにいる？

こんな未来は一つもなかった。ありえない。第三者が介入する未来はないと確定していたからこその捨て身の説得だった。どうやって、僕の未来予知から逃れた？　いや、その方法よりも、どうしてラグネが僕を殺そうとする？　ラグネは仲間だ。いま最も僕と心の通っている仲間だ。誰よりも僕のことを理解してくれて、励ましてくれて、勇気をくれた。そのラグネが、なぜ——いや、違う。それも違う。それを考えている暇はない。いまは、それよりも——

その余計な思考の間にラグネは、床に落ちている赤い剣と水晶の剣を拾った。『ヘルミナの心臓』と『アレイス家の宝剣ローウェン』を両手に持って、僕に襲いかかる。

——不味《まず》い。

どちらの刃も尋常ではない。

決して受け止めずに、受け流さないといけない——

その目立ち過ぎる二つの剣に、僕の意識が向いた——のに合わせて、背後から宙に浮いた『魔力物質化』の剣が飛来してくる。また正面からではなく、背中からの攻撃。だが、僕のスキル『感応』は反応している。

「————っ！」

咄嗟に躱《かわ》せた。

いま僕は腹を貫かれて、肺と腕を失い、目は霞《かす》み切り、痛みで頭が狂いかけている。

だが、まだ行ける。

その全てのハンデを無視して、戦える。

その領域に至っているから、僕は『次元の理《ことわり》を盗むもの』。

まだだ。まだ最大ＨＰを削れば、魔法を使って状況を打開できる。

そう冷静に判断して、魔力を練り始めたとき——

「ハァ？　つまり、さっきのって全部嘘《うそ》なんすか？」

「————っ!!」

咎《とが》められる。

いまの回避と魔法構築を「話が違う」と咎められて、僕は硬直する。

確かに、先ほど最後と言った魔法は最後じゃなかった。死んでもいいと言いながら、ここで死ぬまいと生き足掻《あが》いている。しかし、ノスフィーに投げた言葉に嘘はない。

ノスフィーにかけた言葉は全て本当だ。

そう言い訳をしたかったが、いまの自分を見る限り到底言えない。いま、まだ行けると考えた自分の余裕は、先ほど喜んだ「自分は変われた」という事実を否定していた。

――その逡巡《しゅんじゅん》の間に、次の剣は迫る。

血と水晶の剣が左右から。

紙一重で、右の『ヘルミナの心臓』は躱した。

しかし、左の『アレイス家の宝剣ローウェン』は躱し切れない。

左胸の肺を貫かれた。

ぎりぎりのところで心臓狙いから、をずらせた。

その徹底した急所狙いから、殺意殺意しか感じない。

ラグネから発する殺意は濃過ぎる。僕が恐怖して、竦《すく》んでいるのが自分で分かる。なにせ、守護者《ガーディアン》たちも、使徒も、あのパリンクロンでさえも、ここまでの殺意はなかった。

だが、そのおかげで血液不足で朧気《おぼろげ》だった思考が、生存本能に喚起されて一つに纏《まと》まっていくのも感じる。

もう考えるな。余計なものが多過ぎる。

生き残ることだけでいい。

生き残ることだけを考えろ。生き残ることを生き残ることを、生き残りさえすれば――――！　あとは、どうとでも――――!!

「あー、やっぱり。彼女の耳元で、命に代えてでもとか囁《ささや》きながら、あわよくばって思ってたっすね。自分一番優先の死ぬ気ゼロっす」

「――――っ」

その考えを読まれたかのように、冷た過ぎるラグネの言葉が刺さった。

脳が言葉の意味を読み取った瞬間、途端に全身が冷える。

冷や水を浴びたかのように、身体が一瞬硬直する。

その隙を敵の返す刃が突いて、両の大腿部《だいたいぶ》が裂かれてしまう。

ざくりと筋繊維が纏めて断たれて、脚に力が入らなくなった。

さらに声は続く。それこそが『次元の理を盗むもの』に最も有効な攻撃であると確信しているかのように、冷たい言葉は刺さり続ける。

「自分は英雄譚《えいゆうたん》の正しい正しい主人公だから、どうせまた最後には全部上手くいく……そう思ってたっすよね？」

背後には『魔力物質化』の剣があり、後退は不可能。

ラグネを中心に、周回する衛星のように刃が回っているのを、ここで確認する。一切無駄のない動きで、大量の透明な剣が大広間をぐるぐると舞っていた。まるで深海を遊廻《ゆうかい》する白銀の魚の群れのように。

両肺を貫かれ、脚を斬られ、剣に囲まれ――しかし、一番の致命傷は、言葉だった。

ラグネの言葉の攻撃に、僕は涙が滲《にじ》んでいた。

やっと僕は変われたと思ったのに。

やっと嫌いな『一番《ぼ》の敵《く》』を倒せたと思ったのに。

やっと『娘』を助けられたと思ったのに。

それは違うと言われる。それは自分に甘過ぎると咎められるのが、斬られるよりも苦痛だった。

痛みで硬直し続けていく身体に、容赦のないラグネの剣と言葉が襲いかかり続ける。

「それ、何もかもを思い通りにしてきた天才《ひと》の思考っす。未来が分かるってそういうことっす。世界は厳しい厳しいーって愚痴りながらも、最後はハッピーエンドが約束されてる。なにが『娘』の為《ため》なら死ねるっすか。――まるで、心が籠ってない」

さっきまで見ていたノスフィーという鏡が、いかに優しかったかよく分かる言葉だった。

ずっとノスフィーは僕のいいところばかりを必死に映そうとしてくれていた。けど、ラグネは違う。真実だけを映す。僕が卑怯《ひきょう》で最低なやつということを、その全身と言葉を使って、映す。

だから、僕は死にたくなる。自己嫌悪が、生存本能と戦意を超える。

「ほんと『未来視』って、カナミのお兄さんの人生そのものと言っていい台無しの『魔法』。カナミのお兄さんのそういうところが、私は嫌いっす。ほんとすげえ嫌いっす。だから――」

自分の嫌いな部分。醜い部分。最低な部分。

まざまざと見たくない自分を見せつけられ、とうとう僕は――

「カナミのお兄さん、いいから――命に代えるなら代えろ」

その一言と剣を、躱し切れない。

「死ぬなら死ね。この人間のクズが」

完全に硬直する。そして、ラグネの左手にある『ヘルミナの心臓』の赤い切っ先が、僕の上着を突き破り、左胸の皮膚を突き裂き、筋肉と血管を突き断ち、肋骨《ろっこつ》を縫って、その奥で鼓動する柔らかな心臓を、通り抜けた。

『ヘルミナの心臓』が僕の心臓を突き刺して、その鼓動を手で摑《つか》むように制止させる。

生命活動の要が止められた。僕自身、それを両目で確認する。

『ヘルミナの心臓』の形状のせいか、まるで胸に建った墓標のようだと僕は暢気《のんき》に思った。

そして、他人事《ひとごと》のように『注視』して、いま死ぬ男のステータスを見る。

【ステータス】
名前：相川渦波《あいかわかなみ》　HP0/543　MP0/1514　クラス：探索者

身体《からだ》が崩れ落ちるのに合わせて、視界も崩れ落ちていく。
四十五階の天井に映るステータスの『表示』。
そのHPの隣にある数字を見た。
HP0。
元の世界ならば、何度も見たことのある数字。
けれど、この世界では気軽に見てはいけない数字。
それが『相川渦波』という名前の横にある。
――だから、『相川渦波』が、死ぬ。
理解した瞬間、もう僕は血溜《ちだ》まりに倒れ込んでいた。
自分の流した血を頬で弾《はじ》いて、身体から失った熱を肌で感じ取る。
もう身体に力は入らないが、まだ瞼《まぶた》は開けていられる。
眼球を動かして、なんとか周囲を確認しようとする。
まず目の前に、血溜まりを踏むラグネの両足が見えた。
さらに、その上へ目を動かして、彼女の顔を見ると、視線が合った。

険しい顔で、僕を睨《にら》んでいる。

この状態でも尚《なお》、まだ僕を警戒しているのだ。この化け物ならば、ここから何が起きても不思議ではないといった表情をしている。僕が『理を盗むもの』たちを倒したときと同じように、油断なく、その戦意と殺意を切らすことはない。

彼女の嫌悪の入り混じった両目に、まだ慣れない。

ここまで明確な殺意を抱かれていたことを、まだ僕は信じられないのだ。正直、ラグネは僕の理解者だと思っていた。パリンクロンやラスティアラに続く、僕の本当の理解者だと信じていた。なのに、どうして……。

逃げるように僕は視線を切って、涙が零《こぼ》れ落ちる寸前の両目を別方向に向けた。

少し遠くでノスフィーが、ぺたりと床に腰をつけて、目と口を大きく開けて呆《ほう》けていた。

無事のようだが、僕に突き飛ばされたところから全く動いていない。

何が起きたのか理解し切れていないのだろう。

無理もない。僕も同じだ。

あっという間のことだった。

ほんの数秒で全てが決した。

いま、僕の身体で無事なのは、左腕だけ。

腹部にはノスフィーに刺された【二度と戻らない】傷。

さらに右腕が肩口から斬られて、血が開けっ放しの蛇口のように流れている。両の腿《もも》は深く斬り裂かれ、もう歩くことはできない。両の肺に穴が一つずつ、呼吸がままならない。そして、止《とど》めに心臓を貫かれた。

鼓動が止まり、血の巡りが止まる。

明らかに、頭の血液が足りない。

なのに、どうしてか。頭は冴《さ》えているような気がした。

これは走馬灯でいいのだろうか。

先ほどから短時間で、長く色んなことを考えている。0・1秒も経《た》っていないのに、たくさんの言葉が湧いてくる。最後の火花のように、思考が弾けて止まらない。

本当に不思議な感覚だ。

身体の感覚が鈍く、もはや自分のものではない。僕の肉体についていたカメラは生きているけど、コントローラーは利かない感覚。まさにゲームのキャラクターが死んで、暗転する時間。あとはゲームオーバー画面でスタートボタンを押すだけの余韻。

その余韻の中、僕はスタートボタンを押すことなく、少しずつ現実を理解していく。

敗北と失敗を。

負けと死を。

全てを認めていく。

本当に見事な不意討ち《バックスタブ》だった。

僕を殺すに理想的な手順だったと言っていい。

言ってしまえば、ノスフィー相手に全力を費やしたところに、仲間だと思っていた彼女に後ろから刺されただけだが……、そのプロセスが最初から最後まで綺麗《きれい》だった。

何より殺意に揺るぎがなかった。

一撃目から心臓狙い。それを外せたものの、肺を貫かれて『詠唱』を封じられた。次に利き腕を失って『剣術』が封じられた。最大の武器を二つ封印されてからの、さらなる心臓狙いの連続。

ラグネは剣戟《けんげき》だけでなく言葉でも攻撃してきた。

僕のように言葉だけでなく、ノスフィーのように攻撃だけでなく、どちらも有効利用して本気で殺しに来た。いまでも、そのラグネの言葉は胸に刺さっている。

あわよくばと確かに思っていた。どうせまた最後には全部上手くいくという感覚があった。魔法のおかげで、僕の都合のいいように物語が動く気がした。ああ、人間のクズで間違いない。そう、僕は人間のクズのまま、変われることなく——

どこかで聞いたことがある話だ。

ああ、そうだ。

これは、確か……父さんだ。

父さんと同じ。

同じ姿と同じ死に方だ。

上手《うま》くいき過ぎた人生に呑《の》み込まれて、愛する伴侶を助けられず、目の前で我が子を一人にしてしまい、無念の末に背中から刺されて死ぬという最期……。

……最期？　父さんって死んでたっけ？　刺されたのは何度か見たことはある……。確か、もう二度と会えなくて……。その後は……あれ？　本当に死んだ？

どうも思考が纏《まと》まらない。脳みそに血が巡らないから当然だろうが、思考は妙に早くとも、そこまで深く考えられない。

どこまでも世界は歪《ゆが》んでいく。

熱した砂漠の蜃気楼《しんきろう》のように、ぐにゃりと視界と思考が朧気《おぼろげ》になる。

冷たい深海の渦の中のように、ぐるぐると視界と思考が吸い込まれていく。

徐々に僕の五感が狂い、混ざり、薄まり、遠ざかっていくのが分かった。

どれだけ思考を加速させようとも、一歩一歩ずつ確実に死は近づいてきている。それを証明するかのように、ずっと維持されていたスキルが一つ解除される。

【スキル『最深部の誓約者《ディ・カヴェナンター》』が解除されました】

溜《た》まった混乱を元の感情に換えて『払い戻し』されます

ついさっき選《よ》り分けて、棚に預けていた感情が返ってくる。

それは沼のように深く粘着質なラスティアラへの恋心。

死にかけた『たった一人の運命の人』を救いたいという衝動。

それらが復活して、僕の世界に灼熱《しやくねつ》が灯《とも》る。

あぁ、ラスティアラ……。

この世で唯一、僕を救ってくれるラスティアラ……。

もはや自分自身でも分からなくなっても、いつかは必ず救ってくれると信じていたラスティアラ……。ラスティアラ。ラスティアラ、ラスティアラ。ラスティアララスティアララスティアラ、ラスティアララスティアララスティアラ――!!

本来の僕に戻り、冷静な解析や反省なんてものは、一瞬で全て溶けて消えていった。

その死の冷たささえも払う恋の熱に突き動かされて、僕は顔を動かす。

それは部屋に転がるラスティアラの姿。

ずっと強引に視界から外していたが、いま見直すと余りに酷《ひど》い状態だ。

僕と同じく、腹部の出血で丸い血溜まりを作って、その上に輝く髪を円状に広げている。

その髪の下で、荒い呼吸を繰り返していた。目を閉じて、薄い桃色の唇を動かして、吐息で血と髪を波立たせている。その痛ましい姿がとても綺麗で、目が離せない。その頭の先から足の先まで、彼女の流した血も含めて全てが、愛《いと》おしく感じる。そう、愛おしくて愛おしくて、堪《たま》らない――

いますぐ、ラスティアラの名前を呼びたい。

好きで好きで好きで仕方ないから、もう一度彼女と言葉を交わしたい。

けれど、もうそれはできそうにない。

それならば、僕は一緒に死にたいと思った。

ここに来る前から決めていたことだ。

もしものときは、一緒に死ぬ。そう誓って、ここまで来た。

最期に「愛している」という言葉を言いたい。

一度の好きという言葉では全く足りないから、何度も繰り返したい。

ずっと愛を囁《ささや》きながら、死にたい。

ラスティアラと一緒に……！

どうか最期は、ラスティアラと一緒に死にたい……!!

恐ろしいことに、身体が動いていた。残った左手を使って、どうにか這《は》いずって近づこうとする『次元の理《ことわり》を盗むもの』カナミ。

そう遠くはない。激痛など、もう過ぎ去った。残された全ての力を使えば、僕はラスティアラと一緒になれる。最期、僕とラスティアラは愛し合いながら、物語を終えられる。

それだけを希望にして、自分の死に様は自分で決めようと蠢《うごめ》き、這いずろうとする。
しかし、遮るように、続きが『表示』される。
それはスキル『最深部の誓約者《ディ・カヴェナンター》』の次の欄。
死の間際、解放される束縛は、全てだった。
一つではなく、全て。全てのスキルから、僕は解放される。

【スキル『???』が解除されました】
作成した自分を元の魔力に換えて『払い戻し』されます

それは少し懐かしいメッセージ。
一度スキル名を名付けてからは見なくなった『???』という文字。
それがここに来て、『表示』として目に映った。
短時間に二度目の『払い戻し』。
しかし、いつかと文面が少し違う。
かつては感情の『払い戻し』だったものが、今回は自分と魔力……？
訳が分からない……？　一体、どういう――
『表示』の文字を読み切ったとき、脳を劈《つんざ》く痛みに襲われる。

頭が破裂したかと錯覚するような唐突な痛みは――

「――――っ！」

ラグネに体中を穴だらけにされて、人としての痛みという痛みを受け切り、痛覚は麻痺《まひ》していたと思っていた。脳も壊れる寸前で、まともに五感は働いていない。しかし、それでも激痛としか表現できない正体不明の苦しみが、僕を襲ってきた。

そして、自分のスキルなのだから当然だが、直感的に何をされているのか分かる。その痛みと共に、何かが戻ってきているのが分かる。未知のスキル『？？？』が僕の魂に触れて、強引な『払い戻し』を行っているのが分かる。

それは、開錠。

何者かにかけられた鍵が外されて、触れてはいけない領域への通り道が繋《つな》がった。

――『相川渦波《あいかわかなみ》』の走馬灯の制限が解除された。

箍《たが》が外れて、走馬灯が加速する。

最期には絶対に思い出すべき大切な記憶が増えたからだ。防波堤が決壊したかのように、溜まっていたものが全て噴出する。想い出《おもいで》が次々と、土石流のように雪崩《なだ》れ落ちていく。

思い出すというより、もはや悪夢のフラッシュバックだった。

死の間際、そんなものを見ている状況ではないというのに、それよりもラスティアラを見たいと願っているのに、走馬灯は脳内を奔《はし》り、背中から追いかけてくる感覚。

それは、一瞬も一瞬。

――その間に、僕は走馬灯という名の『過去視』の魔法を、視《み》せられる。

まず最初に視えたのは、学校。

異世界ではなく、元の世界での思い出。

記憶に新しい中学や高校ではない。

いまや建物の細部を思い出すのが少し難しい小学校での思い出だった。

視るなと、ずっと僕の魂は叫んでいる。

けれど、もう扉は開いてしまった。繋がってしまった。死の間際、否応《いやおう》なく僕は、過去の僕の姿を視せられていく。

◆◆◆◆◆

小学校の思い出。

掠《かす》れたベージュ色のコンクリートに、規則正しく透明な窓が並ぶ校舎。

その四階の一番端にある教室。落書きの彫られた小学生用の机が並んで、正面には教卓と黒板が一つずつ。側面の窓からは、夕日の橙色《だいだいいろ》が差し込んでくる。走馬灯のはずなのに、とても懐かしい匂いが漂ってきた。たった一度嗅ぐだけで、多くの古い思い出を掘り起こしてくれる匂いだ。

匂いに紐《ひも》づいた全ての思い出が想起される。この頃の僕は、妹の才能に打ちのめされて、両親から『いないもの』として扱われていた。

友達なんて一人もいなかった。間違いなく、とても辛《つら》く苦しかった頃の記憶……のはずなのに、その走馬灯は明るく煌《きらめ》いていた。

夕暮れの教室の中に、生徒が二人だけいる。

僕と女の子。少し茶色がかった髪を肩まで垂らした可愛《かわい》らしい女の子が一緒にいる。

その二人が向かい合い、どちらも目に涙を浮かべていた。

泣いている小さな僕の手を小さな女の子が握って、拙いながらも強気に励ましている。

「──な、泣かないでください！　これからは、もう一人じゃありませんわ！」

「うん。これからはずっと一緒に。……一緒にいて欲しい」

「はい。私はカナミ君の前から、いなくなったりはしませんわ……。これからは『みんな一緒』です。だから、もう泣かないでください……」

これは、いつの記憶だろう……？

いや、そもそも、この子は誰だ……。僕の友達……？　いや、この顔は、確か……。

あ、あぁ……。確か、僕の幼馴染《おさななじみ》だ。

僕と少し境遇が似ていたとある財閥のお嬢様で、世間ずれしたところはあった。けど、僕と違って真《ま》っ直《す》ぐに育っていた子……だったはずだ。彼女とは何度も顔を合わせてた……気がする。それと何度も僕を助けてくれた……気もする。一緒に遊んだ機会が多かった……かもしれない。

どうして、いまのいままで忘れていたのだろうか……。

クラスの全員の名前を覚えてなどはいないが、せめて彼女の名前だけは忘れてはいけなかったはずなのに……。

間違いない。これは彼女に絶望の底から救われたときの記憶だ。

幼少期。とある長く苦しい戦いがあって、その『結末』を迎えたワンシーンだ。

これは輝かしい黄金のような少年期の始まり。

そう。僕には幼馴染が一人いて、その子とは――

思い出し切ったとき、教室の光景は霧のように掻《か》き消えた。

最低限の事実だけを突きつけて、次の思い出に飛ぶ。

僕の意思を無視して、どこまでも早く、走馬灯は奔っていく――

――小学校の次は、高層マンションの一室――

今度の僕は、先ほどより少し成長していた。

おそらく、中学生くらいだろう。

その僕が自宅にいる。あの雨音ばかりの部屋にいる。

ガラス張りの居間で、父親と一緒に向かい合っていた。

この頃、僕は自分の可能性に諦めをつけてしまっていた頃だ。

間違いなく、このときも、とても辛く苦しかった頃の記憶……のはずなのに、またしても明るい走馬灯が目の前を奔っていく。

居間の中、また二人きり。

僕と父さんだ。その父さんが雨の叩《たた》く窓を背にして、僕に笑いかけていた。

それに僕も笑顔で応えて、必死に叫びかける。

「——父さん、『みんな一緒』に暮らそう！　僕は『みんな一緒』がいい！　これからは、ずっとずっと一緒に！」

「そうだな……。俺もそれがいい。それが良かったんだ、ずっと……。俺には家族がいる。こんな馬鹿な俺でも、渦波……。『息子』さえいてくれたら、それだけで……」

信じられない光景だった。

僕と父さんが涙ぐみながらも笑い合い、家族として和解しようとしていた。

あの父さんが僕を見ている……？

それも、いまにも僕を抱き締めようとまでしている。まるで家族間の長年のすれ違いが解消されて、一つの悲劇が『結末』を迎えるワンシーンに見える。

あ、ありえない……。

これだけはありえない……!!

これがありえなかったから僕は、ずっと孤独だったんだ！　誰も助けてくれないから、ああなってしまったんだ！　なのに、これでは、まるで――

そう心が叫んだときには、もう次の走馬灯が広がっていた。

急げと追い立てるかのように、僅かな反芻《はんすう》も許されず――高層マンションの一室から、鬱蒼《うっそう》とした森の中へ――

その現代日本の都会には合わない風景から、ここが異世界であることが分かる。

そして、そこにも、また二人。

今度の僕は高校生ほど。異世界に見合った服装だが、いまの僕とさほど変わらない姿だ。その僕の隣には、ラスティアラに似ているがサイズの小さめな女の子がいた。

おそらく、千年前の僕と聖人ティアラ。当然のように、二人きりだった。

見知らぬ森の中で、二人が死に掛けている。特に聖人ティアラの傷は酷い。だが、治らないものではないようで、二人が魔法を使って回復中だった。

これもまた、とある凄惨な戦いの『結末』に見える。何かの戦いを乗り切ったティアラは、一本の巨木を背に座って、何かに気づいた風に呟《つぶや》いていた。

「――ああ、だから……。だからか。だから、陽滝《ひたき》姉は私に押し付けたんだ……。この師匠の『呪い』を……。つまり、陽滝姉は誰かがこの役割を果たすまで、ずっと……？　そんなの……。そんなのって……──」

「ティアラ、喋《しゃべ》るな！　それよりも、早く治療を！　『みんな一緒』に生き残るって、二人で決めただろ!?　今回のことを考えるよりも、まず生き残ることを考えろ!!」

喋っている場合ではないと断じて、回復を優先させようとする僕。

その僕の必死な姿を見て、聖人ティアラは頷《うなず》く。

「うん、分かってる……。師匠、やっと私は分かったよ……」

強く頷き、悲しそうに微笑《ほほえ》み返す少女。

その彼女を救おうと必死に魔法を紡ぐ少年。

見たところ、これも千年前にあった二人旅の『結末』。

これもおそらく、何かの重要な終わり。

──三つも。僕は『結末』を視せられた。

そこで走馬灯は終わる。そして、いま僕が陥っている現在の四つ目の『結末』まで戻されていく。それら四つを比べろと言われているかのように、刹那の時間旅行を終えた僕は、フーズヤーズ城の四十五階に帰っていく。

◆◆◆◆◆

意識が身体《からだ》に帰った。

けれど、身体は全く動かない。地べたに這《は》いずっているままだ。

走馬灯の時間は、本当に短かったのだろう。

少なくとも、この身体の血液が全て流れ出るほどの時間はかかっていない。

ただ、ラグネの立ち位置が、少し変わっていた。

僕の顔が見えるところまで移動して、酷《ひど》く蒼褪《あおざ》めた表情を見せていた。

その開いた口から、驚いているのは分かる。まるで化け物以上の何かを見て、心底怯《おび》えているかのような顔だ。

ただ、その表情は僕も同じだ。

蒼褪めるどころか、きっと死者のような土色の顔をしているはずだ。

奔り抜けるかのように見せられた走馬灯。その真の意味に気づき、ただでさえ不足していた血の気が、限界まで身体から引いていっている。

ラグネよりも、自分の死よりも、先ほどの走馬灯の『結末』のほうが重要だと本能的に理解していた。

ゆえに、どこか最期だと諦めていた脳が叩き起こされる。

いま、眠りについては駄目だと理解する。

視えた『結末』と『結末』を結びつけて、引かれた線が描いた形は余りに醜い。

最後に今回の僕の死という『結末』に繋《つな》ぎ、薄《うっす》らと浮かび上がる真実。

――この世界の舞台裏。

そこに届きかけて、死の間際にだけ許される正気の中で理解していく。

無数の単語が頭の中で駆け巡った。真実同士が紐でくっついたかのように、とても連鎖的に、それらの真の意図が見えてくる。

――『元の世界』『幼馴染』『親子』『みんな一緒』――『異世界』『スキル』『?・?・?』『相川《あいかわ》陽滝』――『ティアラの再誕』『神聖魔法』『フーズヤーズ国』『レヴァン教』――『ティアラとリーパー』『魔法の身体』『魔石線《ライン》』『魔石人間《ジュエルクルス》』――『千年後の世界奉還陣』――『パリンクロンの問答』『提案の裏の裏』『既知ゆえの言葉』――『三人の使徒』『理《ことわり》を盗むもの』『相川渦波《かなみ》とノスフィー』『不老不死』――

水が流れるかのように記憶と推理が溢《あふ》れて、止まらない。

本人は絶対に思いつきたくないと思いながらも、背中を押されていくように僕は行き着いてしまう。

――一つの推測に。

もちろん、それは推測でしかない。

確定はしていない。

ありえるかもしれない真実。

ただの可能性。

未来の枝葉の一つだ。

だけれど、もう心のどこかで、これしかないと思ってしまっている自分がいた。

なにせ、僕の魔法は過去と未来を視《み》る。

気づけてしまう。

──『相川渦波』の人生の『真実』に。

その本当の滑稽さに気づいて、僕は本当の恐怖に震える。

四肢を失って、いま死につつ、芋虫のように這い蹲《つくば》り、蠢《うごめ》きながらも、声にならない慟《どう》哭《こく》が喉から弾《はじ》け出すのが止められなかった。

「──アアァ────ッ、──、────ッッ、────!!────ッ、────ッツ、────!!────ッツ、────!!!!」

嘆いた。

唾液も胃液も、臓腑《ぞうふ》も魂も、全てを吐き出すかのように嘆いていく。

次第に慟哭は呻《うめ》き声《ごえ》に、呻き声は嗚咽《おえつ》に、嗚咽は啜《すす》り泣きに変わっていく。しかし、肉体は追いつかない。腹と肺に穴が空いた上、喉から音を出すだけの力もない。しかし、肉
いまならば、他にもずっと説明のつかなかったものに答えが出そうだ。

陽滝の病気が治らない理由。

聖人ティアラが諦めた理由。

使徒の主《あるじ》ノイが地上に出ない理由。

けれど、気づいても、もう止められない。

死ぬ直前だ。いかに化け物のように強くなったとはいえ、この人外じみた往生際の悪さにも限界は来る。

もう視界は霞《かす》みに霞み切っている。

血で真っ赤に染め上がり、まともな機能を果たしていない。

しかし、そのぼやけた赤の中、目的の輪郭だけは見つけ出せた。

ラスティアラだ。

あと少し這えば、届くところにラスティアラがいる。

赤い視界が少しだけ薄まっていく。

止《と》め処《ど》なく、涙が両目から溢れてくるからだ。

僕たちは余りに道化過ぎた。その情けなさと悔しさで、涙が止まらない。

泣きながら、ラスティアラを見続けて――一つ、疑問が浮かび上がる。

もしかして、すでにラスティアラは知っていたのだろうか……？

だから、ああも……。

絶望的な推測が増えて、その可能性に涙が溢れる。

もうラスティアラだけの話じゃない。

ここまでの僕たちの出会いも、旅も、想《おも》い出《で》も、戦いも、何もかも全てが――

本当にラグネの言う通りだった。

壇上に上がって、役者を殺したくなる気持ちがよく分かる。

劇を都合よく進めるための『舞台装置』とされたラスティアラとノスフィーを、僕から助けに来た気持ちもよく分かる。

だからこそ、この今日のタイミングだ。

ラグネはノスフィーの死を以《も》って、本当の『異世界』の物語が始まると、知っていたのだろう。だから、彼女が消える前に勝負をかけてきた。

「――あ、ぁ、あぁぁあぁっ……。お、お父様ぁ……。わ、わたくしのせいで……――」

そのノスフィーの声を、僕は耳鳴りと共に拾った。

僕が地べたで蠢くのと同じように、彼女もまた僕に近づこうとしている。ようやく現状を理解して、尻餅をついたまま震える手を、倒れた僕に伸ばそうとしてくれていた。

それを見て、最後の炎が灯《とも》る。その熱で、心臓は動いていないというのに、死んだはずの身体が僅かに力を取り戻す。残った左手を、僕はノスフィーに伸ばす。

決して、これはノスフィーのせいではないという遺言を、残そうとして――

「ア、ァ……ノ、ノス――フィー……。ラス、ティア――ラと一緒に、――――ッ!!」

その途中で閃光《せんこう》のような刃が、視界の上から落ちてきた。

残っていた左腕が、ぶつんと切断される。

ラグネの魔力の刃が、宙から飛来してきたのだろう。

それも一つだけではない。十を超える剣が襲い掛かり、腕だけでなく両足も切断される。

四肢全てを失った上で、胴体に五つの剣が突き刺さり縫い付けることで、僕の遺言は止められてしまった。

それを目前で見たノスフィーは、声にならない悲鳴をあげる。

涙を散らし、その手を僕に向かって伸ばし、擦り寄ろうとする。

しかし、その前にノスフィーは背後から斬られてしまう。

ラグネが『アレイス家の宝剣ローウェン』で袈裟《けさ》切りにしたのだ。

前のめりに、ノスフィーは倒れた。

僕に意識が向いていたところで、また背中からの不意討ちだ。

本当に死角からの攻撃に徹底している。そのラグネが、動けなくなった重傷のノスフィーを見届けたあと、僕に近づいてくる。当然、慎重に、少しずつだ。心臓を潰されて、HPがゼロになっても動こうとする化け物《ぼく》を心底警戒している。また僕が声をあげようとすれば、彼女は直接でなく、その魔力の刃を飛来させて止めるだろう。最後の『詠唱』と『半死体《ハーフモンスター》』への変身だけはさせまいと心に誓っているのがよく分かる。

しかし、警戒してくれているところ悪いが、もう僕に力なんてない。奥の手もない。できるのは、いまの低過ぎる視線の向くまま、倒れ伏せたノスフィーを見ることだけだった。

ノスフィーは肉体と精神の両方のショックによって、完全に心が折れていた。僕と同じように倒れて、涙まみれの顔を上げて、僕を見続けている。

先ほどの遺言が伝わっている気がしない。

当然だろう。

こんな状態で、あれだけの時間では、正確に伝えるのなんて不可能だ。

足りない。足りない、足りない、足りない。

言葉も時間も、何もかもが足りない。

もっと声を届けたい。

ラスティアラとノスフィーに。

そして、ラグネにも。いま、僕が気づいたことを伝えたい——

けれど、声は出せない。

何も届けられない。

それを悔やむ。悔やんで悔やんで仕方ない。

——『未練』だ。

死にたくないと、心から思う。

だが、明滅していた視界が、とうとう消える。

鼻腔《びこう》に溜《た》まっていた血の匂いも、口内に溜まっていた血の味も、分からなくなる。

残っていた胴体の触覚も、いま消えた。その現実からの消失の中、まだ僕は心の中だけで呪詛《じゅそ》を呟《つぶや》く。

いま死んでしまえば、全てが本当に台無しになる……。

だから、死にたくない。ラグネ、お願いだ……。僕に幻滅したのも分かる。見損なったのも無理はない。けど、これは駄目なんだ。これでも駄目なんだ。――死にたくない。まだ僕にしかできないことがある。だから、やり直させてくれ。今度こそラグネの納得のいく答えを出してみせる。――死にたくない死にたくない。情けない答えは出さない。僕が戦う。僕に戦わせて欲しい。――死にたくない死にたくない死にたくない！　このまま死ぬものか。絶対に死ぬものか。絶対に――!!

まだだ。

まだ諦めていない。

まだ僕は勝ってない。

まだ僕はやれる。

まだ――

「しぶと過ぎっす、、、……」

最期に聞こえたのは、忌々しげに言い捨てるラグネの声。
それと冷たい切っ先が肉を貫く音。
触覚も痛覚もないため、もうどこを攻撃されたのかは分からない。
しかし、それが止《とど》めの一撃になったことだけは分かった。
それを機に、プツンッと切れる。
ありとあらゆる命の機能が切れて、命を命たらしめる自我の連続が途絶える音だ。
黒の視界も、形而上《けいじじょう》の思考も、全て切れた。
そして、意識は遥《はる》か彼方《かなた》。
何もないところに行き着く。
そこは広大だけれど喉は詰まり、全てが闇だけれど無限に見通せる。
指先が凍るけれど冷たさはなく、肉体はなくとも魂が悲鳴をあげ続ける。
――『死後の世界』。
あとは、ここを永遠に漂うだけ。
もう二度と、元の場所には戻れない。

永遠に、ここで一人。

ここから先は、もう何もない――


ない、はず、なの、に、その音は聞こえてくるのだ。

それは雨が窓を叩《たた》く音。

とても高くからたくさんのものが落ちてきて、ぶちゃぶちゃと潰れているかのような音。

それと、とても懐かしい陽《ひ》滝《たき》の声。

かつて一度だけ、聞いたことのある言葉が。

雨音の中、ずっと反響し続けている。


「――私と二人だけ。『永遠』に二人で、生きましょう。兄さん――」


それを、いつ聞いたか分からない。

なぜ、いま聞こえるのかも分からない。

もちろん、その意味も理由も、何もかもが分からない。
ああ、分からない。
もう何も分からない。
分からない。
分からない。分からない。分からない。
分からない分からない分からない。分からないわからない分からないわからないわから
ないわからないわからないわからないわからない——
ここは現実か魔法か。
元の世界か異世界か。
過去か現在か未来か。
僕は死んでいるのか生きているのか。

——分かりたくない。

それが相川渦波《あいかわかなみ》の最期となった。

5. エピローグ

「死んだ……。本当に死んだ。なかなか死なないにも程があったっすけど、やっと……」

両の肺を潰した。

両手足を切断した。

心臓を止めてやった。

さらに首の骨を『ヘルミナの心臓』で突き断ち、それでやっと動かなくなった。

カナミの死体の前で、私は大量の冷や汗を額から滴らせる。

正直、いまでも死んだのが信じられないところがある。

まさか、心臓を潰しても動くとは思わなかった。いや、可能性として考慮はしていたが、実際に目にするのは恐ろし過ぎて、身体《からだ》が固まってしまった。片腕だけで這《は》いずり回る姿には、本能的な恐怖と嫌悪を抱かざるを得なかった。

そのあとに響いた彼の断末魔の叫びは、まるで空間そのものを切り裂くかのような怨念が籠っていた。しかし、何かしらの『詠唱』を使われる前に、なんとか止めることはできた。完璧な不意討ちと確実な勝利だったというのに、アイカワカナミには本当に何度も驚かされてしまった。いまも心臓がばくばくと、爆発しそうなほど大きく鼓動している。その恐怖を振り払うように、私は両手にある二つの剣を使って、何度も彼の胴体を突き刺し、死を確認し続ける。

「で、モンスターにはならない……。いや、正確には、カナミのお兄さんは、もう――」

『理《ことわり》を盗むもの』たちには『半死体《ハーフモンスター》』という状態がある。

巷《ちまた》で流行《はや》り、畏れられている『魔人』の上位互換だ。

ゆえに私は念を入れて、ざくざくと身体を剣で突き刺していく。

身体にHPとMPの余裕がある状態だと、死んだあとに動く可能性が常に残っているのだ。ただ、その残酷な確認方法は一人の少女の心を折ってしまう。

「う、ううあああっ、あああああっ……！　うぁああぁぁあ、ぁああああっっ――!!」

すぐ近くで倒れ伏している『光の理を盗むもの』ノスフィー・フーズヤーズだ。

つい先ほどまで光という光を発して、濃い魔力を纏《まと》っていた彼女だが、いまや見る影もない。直前にアイカワカナミの説得によって『未練』と戦意のほとんどを失ったとはいえ、余りに弱々しい姿だった。

大泣きしている。目の前で死んだアイカワカナミを目に収め続けて、大粒の涙を流している。背中を斬られ、血まみれで倒れて、爪が剝がれそうなほど強く床を掻《か》き、少しでも想《おも》い人に近づこうと必死に這って、泣いている。

「ぁあぁぁあっ……！　こ、こんなことっ、ありえない……！　ありえないありえないありえない！　ぁああっ、まさか！　まさか、そんな……!!」

自身に回復魔法を使うことすら忘れて、目の前の現実を否定しようとしている。

私は冷静に観察する。よく見れば、背中の傷が少しずつ治っていっている。やはり、『光の理を盗むもの』ならば『ヘルミナの心臓』以外の剣で斬っても、自動で回復するようだ。その人外の自己治癒能力を前に、私は戦意を膨らませていく。

「……ノスフィーさん。いやあ、よかったすねー。望み通り、パパは娘を命に代えて守ったっす。で、願いが叶《かな》ったあとは、どうするつもりっすか？」

両手の剣を強く握り、視線をノスフィーに移す。

これから始まるであろう戦いの準備と共に、睨《にら》みつける。だが――

「ひっ！」

返ってきたのは、小さな悲鳴だった。

そして、ノスフィーは逃げようとする。しかし、立ち上がることに失敗して、腰を抜かしたまま後退《あとずさ》りするだけとなってしまう。顔は歪《ゆが》み切り、怯《おび》え切っていた。

「…………」

無言で内心を読み取る。

罠《わな》でも演技でもないだろう。ノスフィーは他の『理を盗むもの』と同じで、お人好《ひとよ》し。嘘《うそ》を吐《つ》くのが苦手な人種だ。怯える理由にも推測がつく。

彼女はアイカワカナミに恋焦がれていた。崇拝していたと言ってもいい。自分の父こそが世界で一番強く、世界で一番恰好《かっこ》いいと信じ切っていた。ゆえに、そのアイカワカナミを殺した私を世界で一番で強く、凶悪な敵だと思っている。

呆《あき》れた思考の回り方だ。

強い人は負けない。一番はずっと一番。どんなときでも無敗。――馬鹿過ぎて笑える。

『理を盗むもの』が本当に弱い人種であると、とてもよく分かる姿だった。

思い込みが激しく、ネガティブで、極度の依存性持ち。

とにかく世界に虐《いじ》められるだけに用意されたと言ってもいい存在。

『理を盗むもの』は弱い。間違いなく、弱い。

――しかし。

しかし、過去に私が『舞闘大会』で見た『地の理を盗むもの』ローウェン・アレイスは強かった。

彼と彼女の違いは何か、私は知っている。

要は、答えに至っているか否か。

心の在《あ》り処《か》の差にあるのだろう。

要は、まだノスフィーは完成に足りない。

自分を知らず、自分を認められていない。

だから、こうも弱い。

　これでは殺す価値がない。殺しても、私の命の値打ちは上がらない。ノスフィー用の戦術を練ってきたのを無駄にしないためにも、私は流儀に反してでも、声をかけ続ける。

「ハッ。なーにがまさかっすか。全部、自業自得っす。散々パパに甘えた結果っすよ」

「う、ぅうっ、ぅぅううっ……」

　ノスフィーは怯えて、啜《すす》り泣き続けるが、容赦なく続ける。

「甘えるから、こうなるっす。ははは」

　少し前のノスフィーを真似《まね》るように、邪悪な笑みを浮かべる。

　鏡になろう。彼女のためにも、私のためにも。

　アイカワカナミのときと同じように、その弱い命を完成させてやろう。

「わ、わたくしは……、甘えてなんか……」

　ノスフィーは怯えながらも反論しようとしたが、冷たく遮る。

「ははは一、あれで甘えてないつもりだったっすか？　パパなんて嫌い嫌いって言いながら、構って構ってと近くでうろちょろうろちょろ。私はすっごく悪い子ですって目の前でアピールしては、目線をちらちらちらちら。これを甘えてるって言わなければ、なんと言えばいいやらっす」

　肩を竦《すく》めて、虚仮にし続ける。

それはありきたりな挑発の言葉だったが、紛れもない事実でもあった。

ずっと誰もが気を遣って言わなかったことを、はっきりと言われてしまったノスフィーは数秒ほど唖然《あぜん》としたあと、また泣き始める。

「う、うぅあぁぁあっ……、ぁあぁぁぁぁあぁぁ……。あぁぁあああぁあアアア……!!」

慟哭《どうこく》しつつ、さらなる涙を零《こぼ》す。

限界まで歪んでいたと思われた顔が、さらに歪み、両手で頭を抱えた。

「それとも、私の大好きなパパなら平気って思ってたっすか？　超天才のパパなら絶対死なないって高括《くく》ってたっすか？　はっ、甘えも甘え。甘え過ぎっすよ」

手加減はしない。事実は事実。いつかは向き合わないといけないことだ。

「だから、私のような本当に悪い子の接近を許して、背中を刺されるっすよ。あーこれ、全部間違いなく、ノスフィーさんの甘えのせいっすねー」

「ぁあぁぁあ……わ、わたくし……？　わたくしのせい……!?　わたくしのわたくしのわたくしの――！　あぁあっ、ぁあぁぁぁああアァアアアアア――!!」

「はい、ノスフィーさんのせいっす！　それでは、ノスフィーさん！」

戦う理由だけでなく、戦いの意味も作った。

これだけあれば、彼女でも流石《さすが》に……。

「いまこそ父親の敵討ちっす！　約束通り、私と勝負っす！　ちゃんと私はノスフィーさんを『敵』と思っていますから、ご安心をっ！　どちらの命の値打ちが高いか、天秤《てんびん》で測るときが来たっす!!」

真似をし続けて、恨みを買い、『敵』であることを主張した。

いますぐ戦えと挑発する。

「い、いやっ、来ないでください!!」

しかし、ここまで馬鹿にされてもノスフィーは立ち上がれなかった。

尻餅をついたまま、どこにでもいる女の子のように首を振るばかり。

いかに重傷を背中に負っているとはいえ、余りに弱々し過ぎる。

それに私は少し落胆しながら、その要望を無視する。

「嫌っす。近づくっすよ」

これも先のノスフィーと同じだが、いざとなれば戦ってくれるかもしれない。

少し期待して、誘うように無防備に近づいていく。そして、剣を振り上げる。

いまにも振り下ろそうと、とてもわざとらしく。

「ひっ――――！」

対して、ノスフィーは目を瞑《つぶ》ってしまった。抵抗を放棄し、悲鳴をあげるだけだった。

私は歯を食いしばり、眉を顰《ひそ》める。

振り上げた剣を地面に突き刺して、空いた手を彼女に向ける。

「ノスフィーさん。本当に、世界がカナミのお兄さんだけだったんすね……」

そして、彼女の首にかかっているペンダントを二つ盗んだ。

あっさり同時に三つも『理を盗むもの』の魔石を手に入れてしまう。

その事実が、彼女の戦意喪失の証明でもあった。

ノスフィーは最大の武器たちを盗《と》られても、まだ立ち上がれない。

目を瞑ったまま、唸《うな》り続ける。余りに弱い言葉を繰り返す。

「ぁあ、あぁあ……。こ、これは夢……。きっと夢です……。夢……!!」

その光景を前に、少しだけ悲しくなる。

彼女は、私とカナミに似過ぎだ。安い命ばかりの世界に、色々と虚《むな》しくなってきた。

「ちょっと予想外っすね。いや、楽といえば楽なんすけど」

さらに私は手を伸ばす。今度はスリのような手つきではなく、堂々と彼女の懐をまさぐり、例の『経典』を奪った。それでも動かないノスフィーに確信する。

もはや、『光の理を盗むもの』は敵足り得ない。

そう判断して、すぐに私は思考を次へと移す。

魔法で荒れに荒れたフーズヤーズ城四十五階の大広間を見回し、最後の一人に目を向ける。アイカワカナミは死に、ノスフィーは心が折れた。あと、残るは一人。

「さて、最後にお嬢を――」

かつての主《あるじ》であるラスティアラ・フーズヤーズを押さえれば、この階で警戒する相手はいなくなる。そう思い、状態の確認に向かおうとした。

だが、その途中で強い意志の籠った叫び声があがる。

「だ、駄目っ!!」

「おぉっ？」

ノスフィーが動いた。ふらふらの両足を強引に動かして、何度も転びそうになりながらも、私より先にラスティアラのところへ駆け寄った。

そして、すぐに腰をおろして、瀕死《ひんし》で横たわった身体《からだ》を抱きかかえる。

立ち上がったとは言えない。

けれど、ノスフィーが動くことはできたことに、私は軽く驚いた。

「や、止《や》めて……。許してください！　ラスティアラさんは関係ありません！　彼女はただの被害者です！　千年前のしがらみを受け継ぐためだけに生まれて、運命に翻弄されている被害者！」

私は足を止めて、その彼女の奮起の理由を考える。

確か、アイカワカナミが死の間際にラスティアラという名前を口にしていた。

それを遺言だと判断したのだろうか。

「ラスティアラさんは、わたくしが守ります……！　ラスティアラさんだけは絶対に守ります！　わたくしと同じ運命を辿《たど》った……、大切な妹！　彼女は妹なのです！　妹はわたくしに刺された瞬間さえも、優しい目で見てくれていた！　まだ信じてくれていた！　こんな馬鹿な姉を、愛してくれた！　優しい子なのです！　何も悪くない！　わたくしと違って、いい子に育った!!」

すぐに遺言など関係ないと気づく。彼女の言葉と表情が、全てを表していた。

いまノスフィーはラスティアラを家族と判断している。そして、その家族愛が、なんとか恐怖を打ち払っている。家族が全てだった彼女ならではの勇気のようだ。

「妹は死なせない！　絶対に守ります！　わたくしがラスティアラを守る!!」

ノスフィーは妹の血まみれの身体を抱き締めて、自分に言い聞かせるように叫ぶ。

少しだけ私は嬉《うれ》しくなる。安い命ばかりの世界だけど、まだ歩いていける気がした。

「あー、分かったっす。手、出さないっす。もうお嬢、死にかけっすからね。そもそも、お嬢には一対一で何度も勝ったことあるっす。格付け済んでるっす」

両手を挙げて、戦意を霧散させる。

それを見たノスフィーは、少しだけ安心した顔になる。

正直、最初からラスティアラを殺すつもりはなかった。現人神《あらひとがみ》ラスティアラ・フーズヤーズだけは殺さない。そう強く心に決めて、ここにいる。そのこちらの事情を知らないノスフィーに対しては、大げさに恩を売ろうと思う。

「ただ、代わりに『理《ことわり》を盗むもの』たちは全員貰《もら》っていくっすよ。当然、カナミの兄さんもっす。それが嫌なら、私に勝つしかないっすね」

手にした『闇の理を盗むもの』『風の理を盗むもの』『木の理を盗むもの』のペンダントを自分の首にかけて、近くに突き刺した『地の理を盗むもの』の剣を手に取る。

そして、アイカワカナミの腰にある鞘《さや》を奪って収めて、自分のベルトに装着する。

右手に『血の理を盗むもの』の心臓を持ち、左手に『次元の理を盗むもの』の死体の頭を持つ。これで暫定的にだが、六つ。最後に、あえて死体のカナミの黒髪を乱雑に摑《つか》み、ノスフィーへ突きつけるように見せ付けた。

「う、ぅぅぅぅっ……！　ぅぅぅう、ぅぅぅぅっ――!!」

ノスフィーが涙目で睨《にら》んでくる。

強くラスティアラを抱き締めて、震える身体を抑えつけている。

気持ちは分かる。本当は嫌なのだろう。

カナミだけは譲りたくない。一番大切なのは、自分のパパ。

渡したくない。渡したくない。渡したくない。

しかし、カナミに勝った私が怖くて、一歩も動けない。

「お、お父様……！　お父様ぁ、お父様お父様お父様ぁぁあ……!!」

いまのノスフィーにできるのは、名前を呼ぶだけだった。

それを確認した私は、この階でやることがなくなり、動き出す。

向かうは、四十六階に続く階段。途中、一応彼女を誘っておく。

「いまから『元老院』の全員を殺してくるんすけど、ついてくるっすか？　それが終わったら、下に行って残りを――」

しかし、もうノスフィーは、私を見ていなかった。

両目を強く瞑り、祈るようにラスティアラの身体を抱き締めて呟《つぶや》き続ける。

「た、助けてください……。ティアラ様……」

そして、その聖人の名を呼んだ。

ここに来て、彼女は彼女の生まれに頼って、嘆き出す。

「わたくしたち姉妹には、あなた様の『代わり』なんてできません……。『代わり』なんて、わたくしには……。『本物』のお姫様の役は、『本物』のお姫様にしかできないのです……。だから、どうか――」

悪くはない。むしろ、いい具合だ。

ノスフィーは【本当に欲しかった愛情は、もう二度と手に入らない】を果たして、その自身の人生を見直そうとしている。そして、このまま『ラスティアラを守りたい』という意志を持ち続ければ、きっと至るだろう。

――『光の理を盗むもの』ノスフィー・フーズヤーズの本当の『魔法』に。

使徒の教えた失敗魔法ではない。力を集めるだけなんてちんけな魔法ではなく、彼女が彼女ゆえに彼女だけの魔法がある。

――それを確か、ティアラさんは『永遠』と表現していたっけ。

『永遠』……。それと、『不老不死』か……。別に欲しいわけではない。正直、『不老不死』という力を得ても、人として強くなれる気が全くしない。無限の耐久力と時間を得ると言えば聞こえはいいが、ないほうが便利に決まっている。

ただ、見る価値はある。世界的に見て、『不老不死』は高い値打ちがあるのだ。

そう私が力を分析している間も、ノスフィーは呟き続ける。

「わ、わたくしは聖女じゃない……。光すらない……。『代わり』なんてできない……。だから、どうか……。どうかどうかどうか……、どうかティアラ様……――」

その顔を読む。とても分かりやすい顔だ。

どうしてこんなことに……？　こんな結末、望んでなどいなかった……。

自分が望んでいたのは、ささやかな願い一つだけだったというのに……。

そう考えているのだろう。

自分自身がフーズヤーズの物語の主役であると気づくまで、まだ時間はかかりそうだ。

そして、それを暢気《のんき》に見守っている時間はない。

ここに集まっている敵たちを考えれば、いま考えている一秒さえも私は惜しい。

「じゃっ、行ってくるっすね。ここで大人しく待っていたら、止《とど》めくらいは刺してあげるっすよ。全部が全部、終わったあとっすけど……」

嘆き続けるノスフィーに忠告したあと、私は四十五階の奥にある階段を上がっていく。

彫刻の入った無駄に豪奢《ごうしゃ》な階段を、靴裏で一つずつ叩《たた》く。愉快なリズムを刻み、スキップ気味に進んでいく。あのカナミでもなく、ノスフィーでもなく、ラスティアラでもなく、このラグネ・カイクヲラが『頂上』へ向かっていることに軽い充足感を覚えていた。その途中、私は笑顔で右手に持った死体に語りかける。

「……渦波《かなみ》のお兄さん、ちゃんと約束通りお見せしたっすよ。私の考えた必殺技、どうでしたか？」

もちろん、答えは返ってこない。

けれど、もしカナミが聞いていたら、私を褒めてくれるという確信があった。

殺されたことは別として、私の見事な不意討ち技術は素晴らしいと、悔しそうに認める彼の姿が目に浮かぶ。

その褒め言葉に照れながら、私は私の心の鏡に映っているカナミに自慢する。

初めて会った日から、私は《ディメンション》というインチキ魔法の攻略法に悩んでいた。どうすれば、アイカワカナミに勝てるかを、ずっと考えていた。

辿りついた答えは、本当に単純。誰でも分かる答えだ。

――アイカワカナミの友人になればいい。

たったそれだけで、あなたは私を警戒しなくなる。

いかに優れた魔法と感覚を持っていようと、それを扱うのは人。不完全な人が使う限り、そこに完全や絶対という言葉はないと誰でも知っている。

だから、ずっと友人になろうと頑張ってきた。『舞闘大会』では一緒に食事をして、船の上で劇を見た。他にも色々と助言をして、協力して、記憶のないアイカワカナミの力になった。当然、その間に本気で戦ったことなど一度もない。気づかれていたとは思うが、あの最初の決闘でも、大聖堂での戦いでも、『舞闘大会』三回戦でも、私は力を隠し続けてきた。さらに、この一年はアイカワカナミの想《おも》い人の側近として、一生懸命働き続けた。そのおかげで、自然と今回の戦いに同行することができて、そして、悩めるアイカワカナミの理解者として、最高の信頼を得た。

その何もかも、全てが先ほどの一瞬の為《ため》。

「ふふー。これが『魔力物質化』の最高の戦い方だと思ってるっすよ。私は手に持つ『剣術』に拘《こだわ》っていないので、こうやって刃をふわーっと浮かして飛ばせるっすよ。こればっかりは向き不向きっすかねー」

私は右手の死体に見えるように、眼前にて小さな魔力の刃を躍らせた。

数分前、この魔力の刃を足場にして、私はフーズヤーズ城の窓の外の空を、一人で駆け上がった。そして、四十五階の窓から侵入して、タイミングを見て隙だらけの二人に向けて投擲《とうてき》した。一投目で即死はさせられなかったが、続く刃で利き腕の切断には成功。声と剣を封じた私は、切り札である刃の大量生成によって止めを刺せた。

「カナミのお兄さん、本当に私のことに気づいてなかったすね。こっちはハラハラの連続だったけど、終わってみれば余裕だったっす……」

その一連の奇襲を、カナミは『未来視』できなかった。

理由は複数あると思う。まず、最初にカナミは味方である私を信じ切っていたこと。色々と用意したけれど、結局はこれが一番の理由のはずだ。

それと私の持つスキルと魔力の質の影響が大きい。私は『数値に現れない数値』だけでなく、『スキル名のないスキル』をティアラさんから教わっている。その中に不意討ちの極みともいえるスキルが一つある。そして、この私の魔力の特異な性質が、余りにも今回の不意討ちに向いていた。――まるで、『運命』のように向いていた。

「……あっ！　勝利の余韻も大事っすけど、いまのうちに『理を盗むもの』たちと『親和』しておかないと……。『親和』の仕組みは、よく聞いてたっすからねー。ついでに、みなさんの人生も聞いたっす。だから、完全にとまでは言えずとも、そこそこはできるはずっす」

魔力の性質は、本人の性格に依存する。

どろどろと粘着質だったり、まっさらだったり、燃えやすかったり。

対して、私の魔力はぴかぴかと輝いていた。まるで鏡のように、世界をよく映す魔力。

その便利な魔力は隠密《おんみつ》において無類の力を発揮する。

そして、その鏡の魔力は『親和』においても、力を発揮してしまう。

軽く心を調整して、胸のペンダントに祈るだけで――ドクンッと、世界が四重の鼓動を打った。その魔石から漏れ出る多様な魔力が身を包み込み、この城にいる化け物たちと同レベルの濃さとなっていく。

まだ完全とは言えない。だが、四つもあれば十分過ぎる力が引き出せている。

「よーし、いい感じっすね。というか、やっぱりこれ……。一人一つじゃなくて、複数合わせて使うためにあるっすね。で、いまの私は『地と木と風と闇の理を盗むもの』ってところっすか？……なんか語呂悪いっす」

ノスフィーが『魔法』を使って成功させたことを、あっさりと私は再現した。

便利過ぎる自分の魔力に苦笑しながら、死体との世間話を続けていく。

「闇と地と風と木、ちょっと違うけど血とかも足してるので、全部合わせて、『月の、、、理を――いや、『星の理を盗むもの』とか、どうっすか？　恰好《かっこ》よくないっすか？」

おそらく、右手の死体も納得してくれるセンスのはずだ。

これからは『星の理を盗むもの』を自称しようと決心したところで、私はフーズヤーズ城の四十六階に辿《たど》りつく。当然だが、そこには階下の警戒をしていた騎士たちが待ち構えている。

数は五。国の王族よりも重要な『元老院』を守る為に選《よ》りすぐられた門番たちだ。

丁度いい。試し切りしたかったところだ。

「カイクヲラ様？　どうしてこちらへ……。ここより上には――」

遠目に私を見つけた騎士が一人、話しかけてくる。

それに私は、にっこりと笑いかけて、大胆に近づいていく。

それは親しみを含めた笑顔ではない。人生初の属性魔力が使えることを喜ぶ笑顔だ。

「なっ――！」

距離が縮まり、騎士たち全員が私の異常に気づいた。

その手に持った赤い十字架と死体。その二つの異様な魔力に驚き――その隙を私は突き、彼らに向けて腕を振り、無造作に魔力を飛ばす。

まず一番近くの騎士の心臓に、鏡の魔力の刃が突き刺さった。

「ぐっ、ぁあっ……！　な、なぜ……、カイクヲ……、ラさ、ま――」

よく見れば、その騎士は親交のある顔だった。

確か、『天上の七騎士《セレスティアル・ナイツ》』の末端時代に、同室になったことがある。

その騎士が心臓から透明の刃を飛び出させて、口から血を吐き、いま死に倒れた。

続いて、他の騎士たち四人も、ばたばたと倒れていく。ただ死因は別々で、それぞれの心臓は、闇に食われ、木に巣食われ、風で破裂させられ、水晶に貫かれて死んだ。

「これが『理《ことわり》を盗むもの』の属性の乗った魔法……。面白いっすねー。ちょっと魔力を籠《こ》めただけなのに、色々と派手なことになってるっすー。へー、ほー。ふふーふふー」

警備の騎士たちが全滅したのを確認して、新鮮な血の池を上機嫌にちゃぷちゃぷと歩いていく。

ずっと味気のなかった自分の魔力に彩りが乗って、少なかった手札が一気に増えていっていくのは快感だった。自然と私は鼻歌交じりとなり、次の階段を上がっていく。

「ふんーふふー、ふふー。ふふふふーっすー」

道すがら、立ち塞がる騎士たちを血祭りにあげながら最上階を目指し続けた。

本当に楽なものだった。向こうは自分を顔見知りだと思って油断するし、近づけば手に持った剣と死体に驚いて隙だらけ。自前で持ってきた過剰装飾の剣とは比べ物にならないほど、楽に敵の不意を討てる。こうして、誰かに出会えば殺して階段を上がり、誰かに出会えば殺して階段を上がり、誰かに出会えば殺して階段を上がり――とうとう私は『元老院』たちの待っている階まで到達する。

大聖都フーズヤーズ城の最上階だ。

当然だが、ここまでの騎士たちとは違った強敵が、ここで現れる。

最上階の戦いのフィールドは酷《ひど》く狭い。

幅三メートルほどの廊下一本しかなく、その始めと終わりに扉が一つずつあるだけだ。

その長い廊下の途中に、黒ずくめの装いの『魔石人間《ジュエルクルス》』が一人立っていた。さらに、いま入ってきた扉のすぐ上の天井の両角の陰にも『魔石人間《ジュエルクルス》』が左右一人ずつ。合わせて三人の暗殺特化の敵が、私を待ち構えていた。

そして、その三人が全員、ラグネ・カイクヲラという騎士について詳しい。侵入者である私が『スキル名のないスキル』で不意討ちしてくることを知っているのだろう。手に持った剣と死体の異様さに心を揺るがされることなく、迅速に私の弱点を突いてくる。

「「「――《ダーク》」」」

彼女たちは命を削るような『詠唱』も使えるが、あえて力の弱い基礎魔法を選択した。三方向から囲むように闇を広げていくのは、剣を主体とする騎士相手には非常に有効な戦術だ。私の最高の手札である『魔力物質化』は視界が悪いと全く役に立たない。騎士ラグネ・カイクヲラを殺すには最適と言っていい動きだろう。

しかし、残念ながら、いまの私に闇魔法は通用しない。

軽く胸の『闇の理を盗むもの』の魔石に祈り、こちらは無詠唱で《ダーク》を使って、広がった闇を一瞬で相殺して、晴らす。

これで、闇に紛れて、手に短剣を持って襲い掛かってくる三人の姿が丸見えとなった。

すぐさま私は魔力の刃を三つ生成して、三人の心臓を狙って放つ。

しかし、相手も20レベルを超えた戦闘特化の『魔石人間《ジユエルクルス》』だ。予定外の事態に困惑することなく、その飛来する刃を全て避けてみせる。

続けて、私は三つの刃を六つに増やして放った。しかし、それさえも三人は紙一重で避けていき、私に肉薄してくる。

仕方なく私は、その敵の毒に塗《まみ》れた短剣を、躊躇《ちゆうちよ》なく両腕の側面で受け止めた。

「――――っ！」

敵三人の表情は黒い覆面で見えなかったが、軽く動揺してくれたようだ。

向こうからすれば意味の分からない防御だろう。かつて、ここで同じ仕事をしていた私が、この短剣の毒に気づいていないわけがない。にも拘《かかわ》らず、肉体で受け止めたのだから。

私は即効性の毒に冒された振りをして、顔を顰《しか》め、膝を屈しかけて見せる。その迷いのない追撃から、罠《わな》で対して、敵三人は止めの一撃を急所に入れようとする。その迷いのない追撃から、罠であれ何であれ誰か一人刺し違えればいいという気迫を感じる。

それに私は一言。顔を伏せたまま、出会いと別れの挨拶をする。

「後輩ちゃんたち、初めましてとさよならっす」

もちろん、その安易過ぎる注意逸《そ》らしの言葉に三人が引っかかるはずはない。答えることも動揺することもなく、殺害のためだけに動く。

次の瞬間、二人が魔力の刃に心臓を貫かれて倒れた。

一人だけは掠《かす》り傷《きず》だけで刃を避けて、跳ねるように距離を取った。

「────っ!?」

いま、私は八つの魔力の刃を放った。その攻撃を潜《くぐ》り抜けた先に、『魔力操作』で限界まで薄めて、魔法の風で透明化もさせた刃を置いていた。

それだけの罠だった。

正直、上手《うま》く思考の隙を突いても、この程度の罠では殺せないと思っていた。

だが、なぜか二人も引っかかった。何かしらの不条理な恩恵を感じる。自分でも測りきれないほどに、私の魔力操作と風魔法のレベルが上がっているのだろう。つまり、死んだ二人は、事前に聞いていた私の情報との違いの大きさに殺されたのだ。

これがいわゆる才能の補正。魔の毒の干渉力。世界の贔屓《ひいき》そのもの。

と、冷静に自分の変化を確認しているところで、

「──くっ、ぅう、ぁあ……」

「え……？」

掠り傷だけだった最後の一人も、急に倒れた。

眩暈《めまい》に襲われたかのように、ぱたりと気を失ったのだ。

私は罠を疑いながら、両腕に刺さった短剣を抜く。毒の影響は『親和』のおかげで全く

ない。軽い足取りで彼女に近づいて、状態を確認する。

「これ、もしかして……」

もしかしなくとも、死んでいた。

その意味を私は理由もなく、理解している。

『星の理を盗むもの』と自称したからこその直感だった。

――これが『星の理を盗むもの』の盗んだ『理』の力。

どういう経緯でそうなっているのかは分からないが、掠り傷だけで死に至らしめることが私は可能になったようだ。

ノスフィーたちとは違う不正の手順で――いや、デメリットがない以上、これこそが正しい手順か。とにかく、私も他の人たちと同じように『理』を盗んだ。名実共に『星の理を盗むもの』として完成しかけている。

その結果が、これ。

優しいノスフィーの力とは真逆とも言える戦闘特化の『理』だった。

「ふふっ。ふーふふっ。ふーんふーんふふーっすー」

ここにきてさらなる力を得て、気分は最高潮となる。

私は後輩三人の死体を飛び越えて、意気揚々と廊下を進み、『元老院』たちの待つ扉の前まで辿りつく。ここは最後の最後だから、本気でいこうと思う。

本来の私の力と新たな力。

総動員させて、邪魔を排除する。

先ほどの試し切りの感触からして、きっとできるはずだ。できないはずがない。

「っふー……」

心を無にして、何も考えず、目的を達成するだけの現象となっていく。

気配を消して、存在を薄めて、『いないもの』になるのが私の魔力とスキルの真価。

そこへ、さらに『理を盗むもの』たちの協力も得る。木属性で強化を得て、風属性で防音と迷彩を得て、闇属性で違和感を消す。

私は『元老院』の扉を開けた。

とてもとても自然に部屋の中へ入る。

部屋の中。

目に入る視界の情報は、最小限に抑える。

中央の円卓に座る老人どもは無視。

あと匂いとか音とか色とかも無視。

最小限で最適解な世界だけでいい。

白黒の立地と敵だけを見据えて、ただ静かに歩く。

敵となる脅威の数は四。

それぞれの老人どもの最も信用する護衛だ。騎士だったり獣人だったり『魔人』だったり『魔石人間《ジュエルクルス》』だったり色々といるが、私のやることは一つ。

音もなく死角から近づいて、その首を刎《は》ねる。

いかに世界屈指の護衛たちといえど、カナミでも防げなかった暗殺者に対応できる理由はなかった。あっさりと四人、即死させていく。

目的が達成したと同時に、私は魔法とスキルを解除して、目の前に広がる色鮮やかな部屋を正確に視認していく。

部屋の中には、計八人。中央の円卓にある椅子に老人が四人座っていて、その後ろに控えていた護衛たちは首から血を噴水のように撒《ま》いていた。

質素で味気なかった部屋が、一気に鮮烈な赤によって染め上がっていく。

床も天井も、机も椅子も、そして私も老人たちも、みんなが真っ赤になったところで、ようやく第一声が放たれる。

「――こ、これは……!?　なっ、ラグネだと……!?」

老人の中の一人。

『元老院』でも一、二を争う地位の男が状況を理解して、部屋に現れた九人目に驚く。

名前を呼ばれたけれども、私は答えず、状況を分析し続ける。

予定通り『元老院』の老人どもが四人もいる。事前の私の誘導が上手くいき、暢気《のんき》に報告待ちをしてくれたようだ。私がカナミとノスフィーの人柄を丹念に報告したおかげで、階下の激戦を舐《な》め切っている。

「ラグネ、これはどうなっている……？　いま、何を……！」

あの老獪《ろうかい》な老人どもも、さっきのカナミと同じ顔をして、私に問い質《ただ》す。

流石《さすが》の『元老院』も、護衛が全員唐突に死んだら動揺するようだ。普段は全く内心が表に出ないので、ちょっとだけ愉快だった。

その感情のまま、私は楽しく自分の成果を口にしていく。

「はい。ここに来られない後輩ちゃんたちの代わりに、下の戦いの報告するっすねー。えー、四十五階の戦いは、英雄カナミの死亡で終結。聖女ノスフィーは重傷を負い、全ての『理を盗むもの』の魔石を紛失。結果的に見れば、ノスフィーさんの勝利っすね」

「馬鹿な……！　あの二人の性格で、引き分け以外になるものか！　い、いや、違う！　そうではない！　そもそも、我らが向かわせた『魔石人間《ジュエルクルス》』たちは――」

「あ、その人たちなら、戦う前に死んでるっすよ。邪魔だったんで」

「おまえ……！　そういうことか……！」

この困惑する他ない状況の中でも、『元老院』は最低限のことは理解できたようだ。

私は裏切りを理解されて、四人全員から睨《にら》まれる。

この戦いのあと、カナミに恩を着せるための用意がたくさんあったのに、それをおじゃんにされたのだから当然の反応だろう。全てを、私は賞賛として受け止める。

「ラグネ、自分が何をしたか分かっているのか？　全てが崩れるぞ……。この先、どう転ぼうと、おまえは終わりだ」

「そっすね。もう何もかもが、滅茶苦茶《めちゃくちゃ》っす。けど、それが私の予定通りっす。で、この世界で『一番』っぽいみなさんには、ここで死んで貰《もら》うつもりなんすけど……」

「なぜ、我らを……！　あのときの恨みか!?　いやっ、おまえは恨みを抱き続けられるような人間ではない。まさか、義憤で我らを討つつもりか……!?」

カナミは嫌いだが、『元老院』は嫌いではない。

なので、死ぬ前に理由と目的をきちんと説明してあげようと思ったのだが、それは見当違いの受け止め方をされてしまう。

世界を裏から操る悪を殺しに来た正義の味方のような扱いを受ける。

「落ち着け、ラグネ・カイクヲラ！　聖人ティアラの遺産を秘匿しているのは彼女自身の指示だ！　歴史の改竄《かいざん》も全て、その御意思に従っているだけだ！　『元老院』は世界を保つ為《ため》の装置として、あえて世界の悪意を一身に受け持ち――」

「あー、それ。全部、本人から聞いて知ってるっす。それとは関係なく、殺すって言ってるっす。よく分かんないすけど、悪意とか不幸とかそういうのは、これからはちゃんと世界全体で分け合えばいいんじゃないすかねー？」

「本人からだと……!?　き、貴様っ、一体――っ、がはっ！」

誤解を解くのが面倒臭くなってきたので、話していた男の首を刎ねた。

私は悪くない。一人と話している間に、別の『元老院』が逃げようとしたのが悪い。

『元老院』たちは戦闘に特化していないとはいえ、修羅場慣れしている魔法使いが多い。

これ以上の時間は万が一を生んでしまうので、もう遺言を聞いてやることはできない。

心を悼ませながら、私は部屋中に魔力の刃を生成していく。

「ま、待て、ラグ――っ！」

私を止めようとした一人を、言い切る前に首を刎ねる。

そして、逃げようとした一人も、ぱぱっと首を刎ねる。

動けずにいた最後の一人も、同じく首を刎ねる。

血の噴水というオブジェが四つ追加されたことで、世界の頂上とも言える最上階は凄惨な光景に包まれた。

八人、全てが口の利けない屍《しかばね》となった。静寂に包まれて、残ったのは一人だけ。

宙で散り舞う血の雨の中を、私は歩いていく。

ふと『元老院』だけに許された円卓の椅子が目に付き、興味本位で座る。

「おぉ……、やっぱり座り心地いいっすねー……」

これが世界を裏で牛耳っていた一番のボスの席。

いま見えているのが、世界で一番の席の視界。

かなり真っ赤っ赤……。

それは待望の略奪だったが、胸に溜《た》まる感情は味気ない。

悪くはないが、大騒ぎすることもないほど。子供の頃からの夢なのに、予定より少なめの達成感だった。これならば、カナミを殺したときのほうが楽しかった。

私は少しだけがっかりして、その椅子から立ち上がり、次に向かう。

この部屋の奥にある屋上に続く階段だ。

最上階の血の海を乗り越えて、私は階段を上り始める。

ここまでの長い階段と違い、装飾の一切ない質素な石畳な造りだ。最上階から屋上までの道のりは、思っていたよりも狭く、蛇のように長い。

かつかつと音を鳴らして歩くにつれて、暗がりは深まっていく。

天に向かっているというより、底に向かうような明暗の変化だ。

そして、その階段の途中に彼女はいた。

五人いる『元老院』の内、最後の一人が汚くて狭い階段の一つに座っていた。

「え、あれ……？　レキさん？　国外に仕事で出たはずじゃ……」

私は驚きつつ、その名を呼ぶ。

レキ・アーヴァンス。若くして『元老院』にまで至ったフーズヤーズの異端中の異端。

その外見に似つかわしくない言葉遣いが特徴的で、私の保護者だ。縁が深く、恩がある人だ。大聖都でも連合国でもお世話になり、色々と守ってくれたこともある。

だから、私は彼女だけは殺すまいと、上手《うま》く今日は遠ざけていたのだが……。

『元老院』に着任したばかりの彼女は標的外だと、都合のいい理論で納得していたのに……。こんなところに座られていたら、もうどうしようもない……。

「長い付き合いじゃ。……分かっておった」

レキは私の動きを読んでいたようだ。しかし、あの円卓の椅子ではなく、ここに腰をおろして、私を待っていた。その理由を聞く。

「なんで、逃げなかったんすか？」

分かっていたならば他にもやりようがあったはずだ。

他の『元老院』に報告することも、個人的に事前に止めることもできただろう。

こんなところで待つことだけは『元老院』の一人としてありえない。

「なあ、ラグネよ。おぬしはこれでいいのか？」

レキは私の質問に答えず、質問を投げ返す。

長い付き合いだから、その意味が私には分かった。

「……はい。これでいこうと思うっす。念願の大逆転っす。ここさえ、上れば――」

「私が『一番』、か？」

「はい。わったし、『いっちばーん』っす!!」

ずっと私は『一番』になるために戦っている。ただ、それだけだ。

その目的を聞き、またレキは話を省略しつつ、要点だけ話す。

「わしは……、おぬしたちの親代わりになれなかったか?」

本当に頭のいい人だ。私に時間がないのを知っていて、ちゃんと短く纏《まと》めてくれる。

その優しさと真剣さに、私も応えようと思って、真剣に答えていく。

「そうっすね。まるで、あなたは母のように私の面倒を見てくれたっす。けど……」

レキは本当にいい人だ。

だからこそ、家族ではない。あの卑怯《ひきょう》で臆病で狡賢《ずるがしこ》くて、その美貌で媚《こ》び回るのだけが上手だった実母《ママ》とは似ても似つかない。似ているのは——例えばだが、いま引きずっている死体の人くらいだろう。だから、私は決して、レキの『娘』ではない。

感謝はあれど、廻《めぐ》りが悪かった。

ゆえに私は、自分の知る限り最高の礼をする。仕える騎士として、厳粛に告げる。

「『元老院』レキ、この血と魂から貴方《あなた》に深く感謝しています。しかし、私に親なんていませんでした。本気で我《わ》が儘《まま》を言える相手など、この世に一人も存在しない。ゆえに、ずっとずっと私は一人。そして、これからもずっと一人だと思います。だから、すみません。本当にすみません」

その謝罪をレキは、とても悲しそうに聞き届ける。

「……そうか。すまぬ。本当にすまぬ。……おぬしもパリンクロンも、結局わしは救うことができんかった」

そんなことはないのだが、それが彼女の真実なのだろう。

私もパリンクロンさんもみんな、レキには心の底から感謝している。けれど、それをいくら伝えども彼女には届かない。諦めて、最後の別れを告げる。

「さよなら、レキさん」

「さよならじゃ。おまえの『一番』の姿を目に収められないことだけが、心残――」

首を刎ねた。

これで五人、『元老院』は全滅だ。絵の具を撒いたかのように、狭い階段内に赤色が飛び散った。胸に一抹の寂しさが通り過ぎていく。しかし、すぐに私は切り替える。

「……さあ、次っす。次」

最後の血の噴水を乗り越えて、最後の階段を上っていく。

殺して殺して真っ赤になった身体《からだ》で、血に塗《まみ》れた道を進んでいく。

そして、上へ上へと上りつめて、ようやく私は辿《たど》りつく。

フーズヤーズ城の屋上、その夜の外気に触れる。

「っふー、ついたー……。ここが世界で一番高いところかぁ……」

何もないところだった。

特に何かに使用されているわけではないので当然だが、石畳の床があるだけで柵すらない。見渡しても、いま出てきた階段と中央の吹き抜けの穴くらいしかない。

すぐに屋上の縁まで歩き進む。五十階の塔の天辺《てっぺん》は本当に高い。

雲に手が届くほどに高く、塔の下にある大聖都が余りに遠い。

もはや別世界と言っていい高所だろう。それは物理的な高さだけでなく、精神的な高さも含んでいる。ここは世界で一番豊かな大陸である『本土』――の一番の国であるフーズヤーズ本国――の一番の城であるフーズヤーズ城――の一番に君臨する『元老院』――の上にある屋上だ。あらゆる意味で、ここは高い。

そして、その高い屋上の周囲に広がるのは漆黒の闇――ではなかった。

とうに深夜の時間は過ぎ去っている。カナミ一行の突入と戦闘によって、フーズヤーズは朝に近づいていていた。

いつの間にか、暗い黒色から明るい藍色に変化していた。

さらに言えば、晴れ渡っているとは言えない中途半端な夜空だ。

綿のような雲が疎《まば》らに浮いて、星々をほとんど隠している。

夜明け前って、なんだか……。暗いけど、ちょっと面白い色彩だ……。

なかなか空を見上げることのない時間帯のせいか、その絶妙な色合いは目新しい。

深海のような藍色の沁《し》み込んだ夜空に、青か緑か分からない色が淡く塗られている雲。垣間《かいま》見《み》える星の色は白ばかりだが、時々濃い三原色が混じっていることもある。

改めて注視などしたことなかったが、思っていたよりも色が多いものだ。

夜というものは常に黒一色と思い込んでいたけれど、それは勘違いだったようだ。これならば、偶《たま》に早起きして見上げるのも悪くなさそうだ。

などと、どうでもいい感想を抱いていると、

――眩《まばゆ》い光が、私の両目を優しく焼いた――

「……え？」

唐突に強い明かりが横から差し込んできて、私の思考を中断させた。

地平線から散乱する橙《だいだいいろ》色の陽光が、真横から照りつける。

すると、雲の色が先ほどとは対照的な紅黄色に変わっていく。雲の合間に散らばっていた星々が、明かりに呑《の》まれて消えていく。一変していく絶景は、まるで目覚めた世界が窓を開け放っているかのような光景だった。

私は頭の中が真っ白になって、焼かれた目を地平線に向け続ける。

黎明《れいめい》の時間に、私は包まれる。

「あ……。あ、朝が――」

まだ太陽は見えない。けれど、地平線の下で隠れ輝いていると確信できる陽光が、布を

染めるように夜空へ沁みていく。

地平線は赤く、上に行くほど徐々に橙から黄に変わる染物の空で――

朝焼けだった。

別に、その陽《ひ》と色に目を奪われたわけじゃない。

ただ、背中が強く押されているのだ。そちらを向けと、背中から風が吹き抜けている。

直前の雲の量から、今日は天候に恵まれていないのは分かっていた。しかし、異常な強風過ぎる。頭の上に溜まっていた雲たちが全て、嘘《うそ》みたいな速さで地平線に向かって動き出している。

初めて見る雲の速さに、初めて見る空の輝きだった。

綺麗《きれい》な星々が消えた代わりに、いま雲が黄色い宝石《トパーズ》の如《ごと》く淡く発光している。そして、その複雑な色彩群が、目に見える速度で空の彼方《かなた》まで吸い込まれていっている。まるで、いま私の身体が金砂の川を流れているかのように。

心地いい浮遊感と黄金の煌《きらめ》きだった。

空そのものが、宝石。『宝空』とでも呼びたくなる美しさを放っている。

世界で一番高いところで見ているおかげで、その美しさを私は全身で浴びる。

空を見上げているのではない。私は『宝空《トパーズ》』の中を泳いでいる。

塔の下、左右、上空、どこを見ても黄色い宝石の雲が流れている。私は光と共に吸い込まれている。あの遠く、彼方の彼方まで。流れ流れて、世界の果てまで――

その光景に、その時間に、私は一言。

「……綺麗」

人生初の感想を抱いた。

そして、その想《おも》いは止まらない。

歓喜としか呼べない黄金色の感情が湧いて、溢《あふ》れる。

「は、ははっ――」

笑い、指先が震えた。

釣られて、指の関節も手の甲も震える。

それは手首から肘先まで伝わって、両肩が飛び跳ねた。

背骨に快楽という熱湯が駆け抜けて、お腹《なか》一杯に熱々の幸福感が満ちていく。

全身の産毛が逆立った。毛穴という毛穴が広がる。その火照った身体を冷まそうと、この朝一番の冷たい空気を吸い込もうとしている。

その敏感になった全身の皮膚を、風が遠慮なく撫《な》でていく。背中から撫で上げられて、物凄《ものすご》くくすぐったい。特に頬と首筋が、人の手に触られているかのようで堪《たま》らない。

熱気と冷気が混ざり合い続けて、我慢の次の解放感を延々と感じ続けているような快感だった。全ての肌がぞくぞくと震え続ける。当然だが、脳も震えている。尋常ではない明るさ広さ美しさ清々《すがすが》しさ神々しさに、私は感動し続けている。それは――

まるで、空から無限の白金硬貨が落ちてくるかのような感動――

まるで、空に向かって無限の白金鳥の群れが飛び立つかのような感動――

いや、違う……！

それどころじゃない……！

もっともっと速くて、もっともっと綺麗で、もっともっと輝いて、とにかく――

こうっ、ぱぱぱぁーとなって、ふっわあーーってなって、すぁああああーーってなってる!!

「――カナミのお兄さぁんっ!!」

私は反芻《はんすう》を止《や》めて、感動の共感者を募った。

その相手は人生最高の相性だった男。長年かけてやっと殺してやった最強の宿敵の死体。

嫌いで嫌いで仕方ないカナミと一緒に、その朝焼けを見る。

「み、見てください！　ほら、見てくださいっ、カナミのお兄さん!!　ここっ、すんごく綺麗っす!!　すっごくすっごく綺麗っす！　ここが世界で一番高いところっすよぉっ！　高くて高くて、眩《まぶ》しくて眩しくて、しかも涼しい！　あーーーー!!　気持ちいいーーーー!!　とっても気持ちいいっす！　あはっ、はははははっ――!!」

興奮した私は血を屋上に撒《ま》き散らしつつ、四肢のないカナミの胴体を高く持ち上げた。

そして、初デートに来たカップルのように、見晴らしのいいスポットで無邪気に笑う。

「ははは、ははは！　あはははっ!!　あはははははははははっ――!!」

黄金の時間の中、笑って笑って笑いまくって、自分の達成を祝福し続けてみた。

いま、私は『一番』になったことを再確認する。

この屋上こそ、間違いなく世界で一番高いところ。

そこに、私は登頂した。

間違いない。

そして、登頂と同時に、私は世界で『一番の命の値打ち』も得ただろう。

世界で一番と囁《ささや》かれる存在を、この手で殺したからだ。

『元老院』と『大英雄』。対極に位置する二種の最強を二つ、殺してやった。

事実最強だったかどうかは分からないが、この世界に住む人々は認めるしかない。

あの『元老院』と『大英雄』を殺したとなれば、どういう理由であれ、何かしらの一番であると認めるしかなくなる。

そこが大事なのだ。

その中でも『一番の恨み』は凄《すさ》まじいことだろう。

なにせ、これで世界の均衡は崩れる。戦争が本格化し、止まらなくなる。裏から操り、数を調整していた『元老院』がいないのだ。歯止めのなくなった戦争は、人類を再生不可能なところまで減らすかもしれない。

人が死ぬ。とにかく死ぬ。私が理由で一杯死ぬ。

その死の戦争を『元老院』の代わりに調整する気はない。というか、前準備なく暴力だけで頂上を奪った私ではコントロール不可能だ。いま、誰かに私は洗脳されたとしても、これから起こる大量死だけはどうしようもない。

というより、私は止めるのではなく、むしろ加速させるつもりだ。

これからフーズヤーズ城を落として、私の拠点とする。『元老院』と違って、『理《ことわり》を盗むもの』の力を使って世界の均衡を保ちなんかしない。全ての力を最大限に利用して、世界を戦乱で塗り替えていくつもりだ。

まず手始めに、いま目下にある大聖都を終わらせてやる。『血の理を盗むもの』代行者を名乗るファフナーさんに現実を突きつけて、暴走させてしまえば一瞬だ。彼に全力さえ出させれば、この無駄に広くて豊かな国は血の海に沈む。一晩で。

きっと大戦犯として、私の名は世界に轟《とどろ》くことだろう。

主犯格として世界中に喧伝《けんでん》すれば、世界中の人たちに憎まれ、恨まれ、畏れられる。

少なくとも、『いないもの』になんてされない。

誰もが私を知る。誰もが私を見る。誰もが私を恨む。

世界で一番の値打ちが、この命につく。簡単に言えば、超有名人。

そのとき、やっと私は世界に生まれ落ちることができるはずだ。

ママの『娘』として生まれ、やっとママも認めるママの一番となれる。

本当に酷《ひど》い人生だったけど、ここまで来た。

ママと約束した日から、ここまで本当に長かった。

振り返れば、本当に多くの思い出がある。『いないもの』から侍女になって、侍女から養子になって、養子から実子になって、実子から騎士になって、色んな人と出会って、色んな国のために働いて、その果てに――

――その走馬灯にも似た郷愁の中で、とうとう両目が眩い光に慣れてしまう――

「――はははははっ！　はははははっ、ははは、はは……、は……」

笑い続けていくうちに、黄金の時間は終わってしまったようだ。

時間が過ぎて、世界が天候を変えたわけではない。

空は黄金の川のようなままだ。しかし、それを見る私が変わった。無粋な私が「だからなに？」と私に水を差してくる。

あんなにも明るく広く美しく清々しく神々しかったものが、暗く狭く醜く気持ち悪く稚拙に見えてくる。無慈悲に少しずつ、その価値がなくなっていく。

「ははは。綺麗な空も、一瞬っすねー」

もう綺麗ではない。明るくもない。

いま立っている場所も、全く高く感じない。

世界は暗く、怖く、いつも通りに最悪となってしまった。

「当たり前のことっすけど、いつまでも達成感が続くわけないっすね。人生を懸けた夢が叶《かな》っても、物語完結したとしても、世界は続く。本みたいに綺麗に終わってくれはしない。人は生きないといけない。死ぬまで戦い続けないといけない。……ははは」

人生を懸けて得た景色だけあって、なかなかの喜びだった。

しかし、それだけ。

「まっ、仕方ないっす。次っす、次。ちょっと呆《ほう》けちゃったせいで時間が足りなくなってきたっすから、急がないと……！」

急がないと、このフーズヤーズ城の戦いが一段落してしまう。

最低でも地下の『血の理を盗むもの』と『火の理を盗むもの』の代理闘争が終わる前に動く必要がある。私は服の裾を千切り、手に持った『ヘルミナの心臓』に巻きつけていく。布でできた即興の鞘《さや》を腰のベルトにつけることで佩《は》いた。

そして、頭と胴体だけとなった死体を両手で抱き締める。

「重い……っすけど、持ち運ばないとパクられそうっすからね。魔石抜きするまでは、しゃあないっす。……いやあ、しかし、いま下にいる人たちがこれを見たら、どんな顔するかなーっす」

カナミは未《いま》だに最重要だ。
いま城で戦っている人たち全員の心の支えになっているのは間違いない。
それは恐ろしいことに、死体であり、ながらも、だ。
きっと、この死体は奪い合いになるだろう。
そして、それこそが本当の――
「さあ、始めるっす。本当のフーズヤーズ城攻略戦を――」
私はカナミを抱き締めたまま、一歩ずつ屋上の縁から遠ざかる。
後退して後退して、中央にある吹き抜けの穴まで移動して、背中から落ちていく。
せっかく手に入れた世界で一番高いところの明かりだが、もう私には必要ない。
だから、落ちていくのに躊躇《ためら》いなんて一つもなかった。
穴の闇に呑《の》み込まれていくにつれて、天上の光は放射状の薄い筋になっていく。
千に広がる光の筋が、百になり十になり一になり、世界は完全な暗闇に包まれる。
私は慣れ親しんだ光のない地の底まで、落ちていく。
背中を叩《たた》く風が痛くて、耳裏を打つ風が煩《うるさ》い。
その落下の最中、これからの予定を最終確認する。
結局、フーズヤーズ城の頂上に、私の望む人はいなかった。
今日、私は見事大勝利を収めたが、まだ『一番』足りえていない。

……というより、所詮『一番』なんて言葉は言葉でしかなかった。

それをはっきりと証明することなど不可能。先ほどのような思い込みにも似た歓喜の中にしか存在しない幻。目指すだけ無意味な子供騙《だま》しの言葉。だから、誰を殺しても、いつまでも『一番』足りえることはない。最初から、分かっていたことだ。

しかし、めげはしない。

この場合の打開策は、ちゃんとあの胡散臭《うさんくさ》い先輩騎士から聞いている。

それは世界の『理』を人為的に弄《いじ》る方法。

『理』で白いと決まっている鳥を黒い鳥に変える方法。

とても単純で、とても分かりやすい方法。

それを達成する為《ため》なら、私はどこにだって行くつもりだ。

世界で一番高いところだろうと、世界で一番強い敵だろうと。

『最深部』だろうと、『異世界の果て』だろうと。

目指し、至り、殺す。

「『星の理を盗《わたし》むもの』の物語を、いま、ここから――」

始める。

だから、どうか見ててとママに祈りながら、私は光から遠ざかる。

この世界の一番高いところから、この世界の一番深いところまで。

いま、世界に『星の理を盗むもの』が生まれ、落ちていく。

あとがき

十五巻到達！　コミカライズ三巻も同時発売です！　今回は書籍もコミックも『理《ことわり》を盗むもの』との戦いがメインなので、「主人公のボスとの戦い方・向き合い方」の違いを見比べたりすると、より面白くなると思います。どうかよろしくお願いします。

十五巻本編のほうですが、前巻のあとがきの通り、「『元の世界』も含めた物語」に移行しました。そのお話を詳しくしたいところですが、今巻はネタバレ厳禁な要素が多く、少し厳しいと思っています。次巻の予告も同じく、色々と気を付けないといけない状況なので……「次巻も相川渦波《あいかわかなみ》の物語は進み続けます！」とだけ宣伝させてください。しかし、その分ワクワクできる展開がこの先待っていると思いますので、どうかもう少し『異世界迷宮の最深部を目指そう』とお付き合い頂けると嬉《うれ》しいです。最後にいつも素晴らしいイラストを描いてくださる鵜飼先生――の九巻表紙について、少しだけ！　ノスフィーがメインとなっている九巻表紙ですが、十五巻を読み終えた上で見直して頂けると、少し印象が変わり、色々と察せられる表紙になります。美しいだけでなく奥深いイラストに、いつも感謝です。そして、『闇の理を盗むもの』ティーダとの戦いをより良く、格好良くしてくれた左藤先生にも！　読者のみなさんにも深々と感謝を！　それではー!!

コミカライズ連載中！
【運命】に、抗え。
『異世界迷宮の最深部を目指そう』
漫画／左藤圭右　原作／割内タリサ　キャラクター原案／鵜飼沙樹
コミカライズ最新情報はコミックガルドをCHECK!!→
COMIC GARDO

OVERLAP

異世界迷宮の最深部を目指そう 15

発　行　2021年1月25日　初版第一刷発行

著　者　割内タリサ
発行者　永田勝治
発行所　株式会社オーバーラップ
〒141-0031　東京都品川区西五反田 7-9-5
校正・DTP　株式会社鷗来堂
印刷・製本　大日本印刷株式会社

Printed in Japan ISBN 978-4-86554-825-9 C0193